北大日记

从文学、哲学到信仰

于仲达 ◎ 著

山西出版传媒集团

北岳文艺出版社

图书在版编目（CIP）数据

北大日记：从文学、哲学到信仰 / 于仲达著 . —太原：北岳文艺出版社，2017.4
（2025.4重印）
ISBN 978-7-5378-5008-7

Ⅰ．①北… Ⅱ．①于… Ⅲ．①随笔—作品集—中国—当代 Ⅳ．① I267.1

中国版本图书馆 CIP 数据核字（2016）第 325288 号

书　　名	北大日记：从文学、哲学到信仰
著　　者	于仲达
责任编辑	范　戈
装帧设计	贾阳阳·鼎央阁
出版发行	山西出版传媒集团·北岳文艺出版社
地　　址	山西省太原市并州南路 57 号
邮　　编	030012
电　　话	0351-5628696（发行部）
	0351-5628688（总编室）
	0351-5628697（编辑室）
传　　真	0351-5628680
网　　址	http://www.bywy.com
E-mail	bywycbs@163.com
经 销 商	新华书店
承 印 者	三河市天润建兴印务有限公司
开　　本	880 毫米 ×1230 毫米　　　1/32
字　　数	196 千字
印　　张	8.75
版　　次	2017 年 4 月第 1 版
印　　次	2025 年 4 月第 4 次印刷
书　　号	ISBN 978-7-5378-5008-7
定　　价	36.80 元

前言

恐怕我这一生再没有如此纯粹的时光了，这里记录着我当初学习的一点心得。

2007年6月，我从皖地S城来到北京，然后先是宿命般地在北京大学中文系旁听，后在北京大学哲学系和宗教学系学习，一直到2013年6月我重新返回S城，一晃几年就过去了。我一直认为，这是我生命中一段比较快乐的时光。北大静园的草坪绿了又黄，黄了又绿。转眼之间，六年已过。这些年里，是我思考问题最多最集中的，如果缺乏这个环节，我基本还是没成年，可能终生无法走出S城。

这本书看起来都是一些零散琐碎的文字，但也有我个人的生命体验。记录了我在北大中文系、哲学与宗教学系的学习、感悟、交流、碰撞与心得，兼容文学、哲学与宗教的沉思。以亲身经历，从一个求知若渴的旁听生角度，描绘北大名师的风采，诸如星云法师、楼宇烈、钱理群、陈平原、曹文轩、吴晓东、汤一介、李零、黄子平、朱良志、何怀宏、陈鼓应、周学农……体验北大名师风采，享受一次次精神的盛宴。我把这本书视为自己年轻时代的最后证明。现在仍想这样说，这是一个曾经的苦痛者写给正在困惑的年轻人看的读物。当然，它是一本关于"我执"和消融"我执"的书。

当我写完此书以后，我发觉自己不再年轻。特别是我在北大听课的这段日子里，不再感时伤世，因为时间已经不多了。早上在校园里漫步，雨水潮湿的气息袭人，白丁香花开了，袅娜着散发着微弱的香气。忽然想起《圣经·传道书》说："虚空的虚空、虚空的虚空，凡事都是虚空。"既然一切都是虚空，岂不是都没有意义吗？我确信，自己挣扎过，存在过，担当过，也就足够了。

这些年，我一直在逃：从中文系的课堂逃到哲学系、宗教学系的课堂，从鲁迅研究的课堂逃到老庄、佛禅的课堂，从中国哲学的课堂逃到《圣经》研究的课堂，又从《圣经》研究的课堂逃到儒家哲学研究的课堂，终于又折回鲁迅研究的课堂。随后，我又从北京大学的课堂逃到中国人民大学的课堂。从 S 城逃到北京，又从北京返回 S 城；从人间世逃到内心，又想从内心对外超越；逃离了 S 城的小官场，又落入一个更大的尘网里。曹雪芹说"逃大造，出尘网"，不被虐杀，又不疯狂，还要守住"娘生真面目"，谈何容易呢？

想来想去，还是鲁迅最透彻，"回到那里去，就没有一处没有名目、没有一处没有地主、没有一处没有驱逐和牢笼、没有一处没有皮面的笑容、没有一处没有眶外的眼泪。"可是，透彻和深刻又有什么用。苦痛解决了吗？信靠基督被理性放逐，折服慧能又没见性，出家没有用，鲁迅的眼太寒凉，庄子的超脱只是无奈，真是造化弄人。

我确信，没有经过思辨与净化的生命是人生最大的悲哀。一个人不能在书本里待得太久，正如不能在世俗里待得太久一样，他所看到的也许只是他虚构出来的世界。

我常想：在担当自己的责任之后，我就放下心外之物，来这里静静熏习思考，一个人能有些时间直面浩瀚的宇宙、时空，直面自己的内心，面对大化流行世界，该是多么幸福啊。

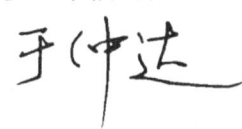

目录

第一章

文学——为人性提供良好的基础

曹文轩：艺术感觉

2010 年 4 月 7 日

对于曹文轩，我最近几年关注比较多了，原因是，在当今学院体制下，曹先生身上兼容着学者、作家与批评家三重角色，这自然是当今大学所稀缺的。在北大中文系，大文化的研究已经有遮蔽纯粹文学研究的趋势。这个时候，坚守文学性的"文学内部研究"就很有必要重提一下。

仔细听了曹文轩的讲课，认真阅读了曹先生的学术性著作《中国 80 年代文学现象研究》《第二世界——对文学艺术的哲学解释》《20 世纪末中国文学现象研究》《小说门》和随笔散文《追随永恒》《阅读是一种宗教》，以及长篇小说《天瓢》等。

我向爱好写作的朋友每每推荐曹先生的《阅读是一种宗教》，提醒他们培养文学的感觉。在这本书中，可以看到，对于作家的鉴赏，曹先生创造了一种"曹文轩式的解读"。不管你是否认同他的观点，你都必须承认，曹先生是懂文学的。他坚持文学有恒定基本面，承认有一贯文学性的人，不太欣赏"文学性是一种历史叙事"的相对主义说法；文学的基本，并未改变。我对此也很认同。

我唯一的看法就是，曹先生似乎过于拘泥于审美了，而削弱了思想的深度。个别长篇小说，比如《天瓢》，略带理念的痕迹。不过，从积极方面来看，曹先生借鉴以契诃夫、屠格涅夫到废名、沈从文、汪曾祺等中外作家作品中的古典形态。在充斥着欲望的文坛追求一种"净洁"的美感，试图开拓现代意象的诗性空间。这种探索是有益的。

曹文轩认为，如果从中国古典文学的角度考察，则"深刻"从未作为文学标准的关键词。中国古典文学强调的，是意境、情趣、灵性、智慧……鲁迅放弃小说创作，而改以大量创作杂文抨击时政，正是鲁迅意识到"知识分子"与"作家"两种不同身份的结果。对此，我觉得不应该简单看待鲁迅，也不应该将"深刻"与"意境"等古典文学审美传统割裂开来。毕竟，当下中国文学的超越之路必须是借鉴中西文学传统的基础上的。鲁迅在创作杂文与小说时，分别安置不同的内容，并不存在"知识分子"与"作家"两种不同身份的冲突。我很纳闷，为什么一提"深刻"曹先生就出来质疑呢？我觉得，曹先生此举主要是为自己的小说辩护。

首先谈谈敏锐的艺术感觉。

曹文轩是个有着敏锐细腻艺术感觉的学者型作家。不仅表现在创作方面，同时也表现在研究方面。阅读他的系列著作，不难得出如下结论。比如他的小说、散文和评论，你可以感受到他对景物、事物或情绪的描绘中，对存在的感受方面，保持着一种很出色的能力。

由于多种原因，中国当代作家的艺术感觉一直不太好。曹先生认为，一个作家的感觉能力好不好，并不体现在他对重大事物的感受上，而是体现在他对细微事物的感受上。因为最容易被感觉到的是那些体积粗大、形象突兀的事物，而那些微小、平淡的东西则不容易被感觉到。若是无形的事物，如情感，最容易被感觉到的则是那些沉重的、明快的情感，像悲痛、快乐、愤怒等，而淡淡的忧伤、隐隐约约的惆怅之类的情感，就不容易被感觉到（即使是感觉到也不容易被说出来）。

粗大、突兀、沉重、明快的事物，在力上是强烈的，我们容易受其震动，因此容易形成心理印象，而微小、平淡的事物在力上是细弱的，我们不容易受其震动，因此也不容易形成心理印象。

为了论证这个观点，曹先生举了很多例子。有些作家确实倾向于去感应历史、时代和一些重大的存在命题，但他们的功夫恰恰是显示在他们能够感觉到细微之物与写出细微之感觉上，如加缪、鲁迅等。至于一些惯写小调作品的作家，如俄国蒲宁、中国的沈从文与废名，自然更细腻地感应了这个世界。

印象最深的是，曹先生特地举了阿城的中篇小说《棋王》和莫言的《透明的红萝卜》：

《棋王》对生活的真切而细致的感受，而这些感受又用了承载能力极好的语言惟妙惟肖地表达了出来。"冬日的阳光斜射过来，冷清地照在北边儿众多的屁股上"，"王一生走进屋子，灯光下那个身影被拉长了，投在墙上，灯光摇晃起来时，那身影也摇晃了起来"……这些细致入微的句子，实在使人觉得久违了。他使我们忽然意识到：从前，我们把这个世界所呈现给我们的绝大部分形象都忽略掉了。对王一生将茶几上跳动的干米粒捉进嘴中，随之喉结一动一动的细节的描绘，使我们惊喜地领略到了一种入木三分的观察能力。

《透明的红萝卜》则把当代文学的感觉意识强化了。这部小说给人强烈的印象便是作者的感觉。他用"透明的"的红萝卜和落在水中"发出玻璃声响"的红萝卜，给人们的视觉与听觉带来了莫大的快感。这篇作品之后的《爆炸》《红高粱》等作品，则把他的追求漫无节制地"挥霍"出来。

自阿城、莫言以后，到了20世纪80年代末90年代初，我们可以从杨争光、格非、苏童、余华等许多作家对事物或情绪的描绘中看到，他们在对存在的感受方面，依然保持着一种很出色的能力，并且在质上有了很大的进步。

曹先生也反思了一些作家的"玩弄感觉"。玩弄感觉的风气起于80年代中期，后渐甚，至90年代则大盛。所谓玩弄感觉就是人为地而不是自然地利用语言的活性制造出一些句子，一些意象，这些句子和意象毫无审美的和认识上的价值，充其量只能刺激人的生物感官或使人在心理上产生不良反应。比起小说界来，诗歌界的情况似乎要严重一些。不少诗歌，完全放逐意义，放逐美感，而一门心思沉浸于感觉，沉浸于由感觉的玩弄而产生的只有自己才能领略的快感。有一些诗作者，大概连自己也未能获得玩弄的快感。他们的玩弄，只是一种扬名的策略罢了。

其次谈终极追问和哲学根底。

曹文轩不仅关注语言、叙述、结构、人称等内部因素，同样也关注悲剧精神、神秘主义、终极追问、哲学根底和历史人性诸外部因素，论述起来，深刻而又不乏思辨色彩。

中国当代文学有很多缺憾，其中之一就是没有哲学根底。曹先生说：

这里的所谓"哲理性"，显然不是一种较低层次的哲理性，它并没有显示出作者对存在、人生、生活、生命、文化、历史的深刻的哲学思考。所谓"哲学根底"，是指统帅作品全局的灵魂，而且，它沉入作品的最底部，通过结构、情节、主题、人物、语言等散射出它的智光。阅读者并不能一下子看清和捕捉住它，却又分明感到它富有生命力的存在。它支撑着整个作品，使作品获得了巨大的张力和诱人思索的魅力。作品因为有了它而变得凝重。这种哲理不是对生活的某一局部的解释，而是作者对世界的整体把握。它显示了作者对自然、社会、人类本质揭示的企图。

没有哲学的文学是贫血的。过去，我们缺少气度恢宏、深邃旷达的作品。我们拘泥于日常生活，不能自拔，作品不是过实，就是精神单薄。这原因是我们不能宏观把握世界，没有宇宙意识。

曹文轩以新时期作家为例子，指出作家们正在高扬人文精神进行"哲学根底"的探寻。他以西方作家为例说：

西方现代派文学作品的背后无一不蕴藏着哲学。事实上，西方任何一个现代文学流派的出现，都是起因于某种哲学思潮。那些力作，更是深刻、独到的哲学思考后的产物。卡夫卡的《城堡》表现了人对他所追求的目标的无可奈何，人不可逃脱地被一些无形的力量所掣肘。《地洞》的底部无疑藏着这样的意念：人类，在茫茫的宇宙中，只能永远处在深刻的不安和焦虑的心理状态之中。《变形记》使人产生暗淡、焦躁、压抑的情绪。这种情绪体验，促使人思考被社会变异了的人类的心绪。《等待戈多》《局外人》等，也都含着令人深思的哲学主题。毕加索的立体主义绘画，无疑是哲学时空观的形象化。萨特的《苍蝇》《恶心》等，哲学意识更是清楚不过。西方的文学艺术总含有某种哲学动机。这里，我们还不包括那些诗化哲学和哲学小说（如郭尔凯戈尔的《人生大道上的驿站》，摩勒的《一个丹麦大学生的遭遇》，尼采的哲学诗）。

曹文轩集教授、作家、学者于一身，这在北大实属凤毛麟角。对于文学和写作，他有自己独到的体验，能说到点子上。他对文学和人的关系，文学对人性和诗性培养的重要意义，写作对于人的精神发展的意义，都有精辟的阐释。他认为，情感是文学的生命，悲悯情怀，是文学存在的理由。文学进入现代，过分注重了认识价值，放弃了审美价值。认识价值过分注重真实，将现实作无机的处理，将丑陋也写进作品，他认为这是文学观的一个误区。

作为一个作家，曹先生认为，文学就是一种用来书写个人经验的形式。一个人必须写经验，这些经验与你血肉相连，而不是后来人为观察出来的东西。作品的创作最重要的是与作者的命运联结在一起。

曹先生特别强调，文学为人类提供人性基础。如果这样定义的话，那么这个所谓的良好的人性基础究竟包括什么样的内容，也就是说都有一些什么样的维度？我想第一点肯定有这么一个东西，就是道义感。文学之所以被人类选择，作为一种精神形式，当初就是因为人们发现它能够有利于人性的改造与净化，那么人类完全有理由尊敬那样一部文学史，完全有理由尊敬那样一些文学家，因为文学从开始到现在，对人性的改造与净化起到了无法估量的作用。大家想一想，在我们人类的精神世界里边，有许多光彩夺目、精美绝伦的东西是文学给予的。在我们人类今天诸多的美妙的品性之中，我们可以看到文学留下了深深的痕迹。所以说没有文学就没有今日之世界，就没有今日之人类——我觉得这个话不算是一个大话。

最后，反思一下曹文轩的古典美的追求。为了方便，联系沈从文。沈从文笔下只有美没有丑，而把审美和现实混淆。既然是现代社会，就要讲一个人的生存权利。因此，我从沈从文的小说里读出了"心惊的残酷"，而这不能仅仅被说成"淡淡的悲哀"。生命高于审美，只有美没有丑是荒谬的，川端康成和芥川龙之介就是个例子。文学不只是纯文学，文学孤立到只是文学的地步还是文学吗？文学与其他学科（哲学、宗教、历史、伦理）只能互相包容。族群的自负、文化的自负使审美的意义更为复杂，如何评价审美？这是一个问题，再者，文化相对主义会不会成为文化虚无主义？曹文轩也是，假若把古典美拔高到一定程度从而高过生命的生存权利，肯定是荒谬的。有一节课的内容是"心灵的风景"，曹先生饶有意味地大谈什么"美的浸润""格调和情调""抒情法"，谈"凄清孤独之美"，谈枯山、老水、废墟和旷野……于是，他又举例说明美与丑的不和谐，比如"一个时髦年轻女子抠鼻屎"，"老女人的耳朵就像夏天枯萎卷起来的叶子"，直到把许多学生讲出笑声还不停下来。

高远东：精谨缜密

2008 年 5 月 6 日

这节鲁迅研究课上，高远东请来了交响乐演奏家王西麟现场用音乐来演绎鲁迅的作品。王先生经历坎坷，富有激情，他分别播放了三首自己谱写的纪念鲁迅的音乐:《黑衣人》歌里，古老、蛮荒、神秘、恐怖;《过客》的配乐，凄风苦雨，毛骨悚然;《第五交响曲》，深情、愤懑、追思。

欣赏王先生的音乐，时时感受到一种抗争和冲突，在这个处处和谐了的时代，用他的话来说是"大鬼的哭泣"，特别是《铸剑》中殊死搏斗的精神。

……

高远东给我的感觉，就是"严"而认真。

他身上有传统士大夫的品质，也不缺乏现代知识分子的精神气质，不过他从不以过度张扬的知识分子姿态出现，而是以一种严谨的学者和思想者的形象面世。在一些学术前沿问题上，他通常讲出别人所体味不出来的真知灼见。他像王瑶、严家炎、孙玉石这些老一辈的知识分子一样，不是那种见风使舵、逢迎权势的人，而是以他的全部生命和心血，投入培养学生的教育事业。他以高度认真的精神对待教学，备课非常认真，他的讲稿，每次都写得特别细心、工整，而且是亲自将大纲打印出来，发放给学生。这在多媒体普及的北大，估计也只有他这样认真的学者能做到了。他的字又写得好，板书工整，像是漂亮的书法珍品。

高先生有个看法，鲁迅是大家，沈从文是名家。沈从文对人、社会、文化、现代性的态度，与"五四"以来的新文学方向正好相反。沈对"五四"以来的现代性有自己的看法，其思想的"原点"不在"五四"的现代性里。因此，沈从文的"现代性"是抗"五四"的现代性。与"五四"相反，沈从文认为，中国自从进入现代以后，中国人的生活和价值观都出了问题，传统的美德都没有了。虽然解放了人性，但人也因此苦恼，找不到可以肯定的东西去追求，丧失了古老文明的延续。沈从文来自民间，从自身的体验出发，对于中国社会、生活和人性的看法不同于"五四"以来的精英知识分子，对于美好的自然和质朴的人性保留着怀恋。高先生重点阐释了沈从文小说的"湘西世界"，沈的社会理想、文化理想、人的理想、风土人情和奇异的世界以及对于生命自然的看法与儒教文明统治下的看法不一样。

　　旁听过高远东的鲁迅研究、周作人问题研究、大学语文等，也算是囫囵吞枣吧，一直在消化他的课，深感先生为人温朴，治学严谨。他跟那些热衷云山雾罩的所谓研究相比，大概属于肯在基本功上用心的研究者。他对鲁迅、周作人的整体把握，对于鲁迅与传统儒、道、墨三家的研究，以及他对鲁迅研究史的梳理，都是很深刻的。这种质朴无华、大智若愚的研究，我口慕心追，难以企及。

　　高远东惜墨如金，著书一部，名《现代如何"拿来"——鲁迅的思想与文学论集》。该书写作横跨时间很久，足见先生追求真理精谨缜密。书中认真解决了几个颇为重要的问题，比如鲁迅对于儒、墨、道三家的批判与承担，鲁迅与中国现代性问题，鲁迅的"自由"观问题，鲁迅思想中"相互主体性"意识的历史发掘，鲁迅的小说及其他。高先生从鲁迅、丸山升们的存在里，得出教益和启示："在当代中国，我们需要自由主义，但也需要提升、完善自由主义；我们需要左翼思想，但更需要深化、发展左翼思想，而鲁迅、丸山升们的存在，就可同时在两个方面和两个方向给我们以教益和启示。"

　　作为思想者，高远东是严肃的。他在本书的后记里说，"实在惭愧，本论集算我的'书'了，却总觉得不如仍旧把它抹杀为好：一是因为我自己仍旧没弄清楚这个问题，即，真理如果不被说出，是否它就不存在？思想如果不表达出来，是否就等于子虚乌有？我总是恍惚觉得，即使全体人类消灭，宇宙的天道也会一仍旧轨，支配着它的运动。真理即使始终埋没，依然会在自然和人类社会发挥其决定性的作用和影响。思想即使没表达出来，或许会以语言之外的其他形式自行说话也说不定。何况自己所写，只是一己之得的'意见'，不仅够不着'真理'的级别，连次一级的'学问'的边儿也还差得远呢！此外，庄子说过，'大道默默，小道切切'——既然切切者为小道，而自己连微小道、细毛道都不及，为何也装个大道的样子，正事不作，整日默默，扮酷唬人呢？算计下来，这样做其实也并不吃亏。"从悟道的角度来，很多鲁迅研究学者确实没有开悟。连鲁迅悟道否还没弄明白，更不用说超越鲁迅——仅仅能够理解一些，也许已经十分不错了。看看那些催促高先生出书的善良人们，真不知说什么为好，或许是躁郁时代的一种悲哀吧。

2007 年以后，我在北京工作之余，经常去北大中文系听课。高远东给本科生、留学生和研究生讲授"大学语文""现代文学史""鲁迅研究""周作人问题研究"等专题课。只要能有时间，我都会听听。这样，在将近几年多的时间里，我同高先生的接触就多起来了。我一次一次系统地聆听了高先生那些充满魅力的讲授。他总是用他那亲切缓慢的山西口音，慢条斯理地讲着他对鲁迅和作家的独到的理解。有些道理当时未必一下子就能接受，但是听课以后过了一段时间，才能由此更深地悟出先生所讲的道理来。高远东是个诚挚、朴素、严谨、低调、缜密的人，他讲课的时候，不靠哗众取宠，取悦于学生，更不会在课堂上向学生炫耀知识和故弄噱头。其实，真理是朴素的，假若在课堂上煽情炫耀，固然可以赢得学生的喝彩，但是，如果把握不好界限，这样一来通常离道很远。

之前，读过高远东 2000 年发表的随笔《读鲁迅》，从中可以感受到他的才情与思辨。依笔者在北大旁听的感受，高先生的精彩见解还有不少，可惜除了这本专著以外，没有留下更多文字。我想，高远东这样严谨的学者，如果写些学术随笔，肯定与一般人不一样。一般而言，中文系出身的人，写文章才情有余，思辨不足，高先生显然不属于此列。

高远东的问题意识、辨析能力、思想能力都让我深受启发。他的鲁迅研究直接启发了我，特别是他关于鲁迅与先秦儒、道、墨三家文化内在关联的研究，在我最初思考转型的时候启发了我。文学为我带来了丰富的情感、审美的体验、敏锐的感觉，可是也给我带来了痛苦。有文学思维的人非常感性，观察细腻，这对于某些事情也是极有好处的，但是，在思考人生终极的问题上，我明显感觉到文学的局限。在我思考转型时，高远东高屋建瓴提出中和之法和整合之法，这些都很有见地。他让我意识到，如果要想更深入认识鲁迅，必须要在知识结构上完善自己。此后，我重点去哲学系、宗教学系、历史系听课。

何怀宏：文学与伦理

2010 年 5 月 7 日

一

何怀宏在北大讲授"文学与伦理"专题课，语速特慢，似乎总沉浸在思考的状态之中。何先生有一头柔软的淡棕色头发，有些乱，举手投足之间，都可以感受到他的庄重。

"文学与伦理"专题课，在世界文学的背景下探讨文学与人生伦理，重点是近现代文学及其中反映出来的现代人的道德困境和选择，尤其是从有关生命原则的命案小说中反映出来的复杂人性和底线伦理。

何怀宏说，伟大的文学作品能形象和鲜明地反映人的处境、性格、命运以及社会道德的冲突和个人精神的状态，生动体现人们对生命意义和价值理想的探求，展示人性的复杂性和深度，故而与现实人生和社会伦理有一种深刻而紧密的联系，很值得进行一种哲学伦理学的分析和挖掘。

何怀宏的课，注重精选文本的阅读和分析，通过分析这些文学经典的思想意蕴和艺术特点，使同学们在阅读这些作品中不仅有审美的感知，也获得道德和人生哲学的一些感悟，了解人性和伦理的一些基本内容，从而丰富和深化自身一种能够自律自主的精神世界。

对于19世纪的俄罗斯文学，何怀宏概括说，"这一文学传统的核心是一种对于人的灵魂与精神、人的处境与命运的深深关注，是对道德与上帝、自我与社会、时代与民族诸多重大问题的紧张探索，而它又有一种艺术上的伟大成就与之偕行……所以，即便在20世纪这片大地上的文学最受政治钳制的年代里，不仅在公开发表的作品中可以发现一些对现实的批判反省和纯洁的人道主义关怀，更有直承这一传统的潜流不绝如缕，对精神、上帝和永恒事物的寻求依然隐藏在一些孤独的灵魂中，而一旦展露就是一道洪流。"

印象深刻的是，何怀宏对于俄罗斯文学的见解，特别是分析陀思妥耶夫斯基和托尔斯泰等人的作品中的人物和情节所包含的伦理意蕴，对我颇有启发。何先生是在20世纪90年代着迷陀思妥耶夫斯基的，突然打动他的是《卡拉马佐夫兄弟》中的"宗教大法官"的传奇。他久久不得其解、很困惑的问题，比如意志、精神和社会的问题，陀氏已经在小说里深入思考了，还有自由、人性，使他非常震撼。显然，类似的作家，中国现代作家确实少有。

何先生引用一个说法，高中生应该读《罪与罚》，大学生读《群魔》，到了研究生或者研究生以后读《卡拉马佐夫兄弟》。因为《罪与罚》相对来说特别紧凑，在情节和故事人物方面很吸引人。另外他确确实实提出一个最根本的问题，就是个人如何立身。这个不是简单的道德。在陀思妥耶夫斯基那里，道德永远和灵魂，和最深的东西在一起。所以他记得读《罪与罚》，最感动的就是一个凶手和一个妓女，两个人在一个灯下看一本最神圣的书——《圣经》，当时他眼泪不禁就流出来了。一个凶手，一个妓女，在那个灯下看最神圣的一本书，在陀思妥耶夫斯基的作品里面，最低的永远和最高的联系在一起，好像最表层的永远和最深邃的联系在一起，所以读陀思妥耶夫斯基可以检验我们心灵是否足够深邃，是否足够强劲。

何先生特意提到一点，陀思妥耶夫斯基的小说和神学家的著作不一样。如何从陀氏那得到最多或者是最深的东西？何先生认为，就是把某些新的阅读法结合起来，就是社会的和心灵的，政治和上帝，或者道德和上帝，这两者在他那里是紧密地联系在一起的。陀氏不是只有一个方面。我们读一些神学家的著作，他们好像仅仅是关注灵魂，他们说的语言好像是陌生的，但是陀思妥耶夫斯基不是这样的，他永远好像是现实社会中的人。他是紧密地将社会、政治和时代联系在一起，永恒和时代联系在一起，最低的和最高的，最浅的和最深的都联系在一起。他其他的小说也是这样的。他永远非常强烈关注时代和社会，包括他总说他是时代的儿子，也是民族的儿子，但是他也永远有一个灵魂的向往，就是追求永恒，渴望永恒。所以在这一点上，他把人的现实和理想发挥到极致。

这个是特别吸引何先生，也使我们特别感动的地方。

陀思妥耶夫斯基小说里面，很少发现自然描写，比如说像屠格涅夫那样的美丽的自然风景。他很少描写自然风景，甚至也很少描写爱情，比如说像我们看到托尔斯泰那里的爱情，如《战争与和平》，还有《安娜·卡列尼娜》的那个爱情描写是非常深入和动人的，但是陀思妥耶夫斯基这里面很少这样的描写。他非常集中地关注、关心人本身，他关注所有的人，就是人的命运、处境。男的女的都不是很重要，人和自然的关系在他的眼里也不是最重要的，但是人和上帝的关系，人和社会的关系是非常重要的。人脱离不了这个社会，人脱离不了时代。然后呢，他追求既是有限但又有个无限的一个存在，所以在这一点上非常特别。

　　何怀宏认为，单纯就文学的成就来说，他感觉陀思妥耶夫斯基可能总体上不如托尔斯泰，但是在思想上，陀思妥耶夫斯基确实超过了托尔斯泰。至于托尔斯泰，何怀宏觉得他最好的作品就是《战争与和平》和《安娜·卡列尼娜》，到了托尔斯泰的晚期，包括《复活》中有一些思想，依然很感人。但是呢，他的晚期作品在对人性的认识上，也包括人类的出路上，甚至可以说是他只能起到某个极端的片面的深刻的作用。他不是一个大道，这是说托尔斯泰。何怀宏在他的《道德·上帝与人》的修订版那本书里面专门增加有一个补编，大约有十万字，就是专门写托尔斯泰，说托尔斯泰的矛盾。

　　关于这一点，其实鲁迅是与之有些相似的，但鲁迅走不到陀思妥耶夫斯基那样的高度，原因是鲁迅缺乏一个厚重博大的基督教信仰的背景。陀思妥耶夫斯基和屠格涅夫的区别，有些像鲁迅和沈从文、废名的区别。鲁迅和陀思妥耶夫斯基虽然写人的复杂、阴森，但是他们内心最深的东西是温柔的，特别是陀思妥耶夫斯基。

何怀宏还比较了陀思妥耶夫斯基和鲁迅，观点精辟。

鲁迅是非常伟大的思想家。但第一个，他的文学成就不是世界性的，对日本或在亚洲有一些影响，对欧美几乎没有多少影响。另外，除了文学，他思想的成就体现在思想的深刻性上。鲁迅自己说，他对陀思妥耶夫斯基来说也常常是难以忍受，废书不观。我们知道鲁迅是足够坚强的，但是他觉得他没有办法再深入了，没办法再忍受了，要逃出来。包括我们这些陀迷，也不可能老和陀思妥耶夫斯基待在一起，也会想逃出来。但是如果你一生从来没有去读过他，没有进入过他的心灵世界，那是很遗憾的。比如说他揭示现代世界最明显最典型的特征，就是上帝死了，是否就什么都可以做？这个是现代性的特别突出的非常典型的标志。权威没有了，是不是人什么都可以做。这个问题太重大了，还有在《宗教大法官》中谈到人性，谈到自由，但是不是所有人都能承担自己的自由。自由不仅仅是一种享受，自由也是一种负担，是忍受，要承担。为什么有时候我们说他是残酷的天才，因为他会告诉你，人不是总那么理性，还有很多非理性的东西，所以人间的天堂，社会的完美，有时是相当可笑的，尤其是以这样的理想来号召，比如说杀人，集体杀人，革命暴力，这是相当可笑的，这没有充分认识人的复杂性。我反复想，人可以自己自愿地从内心去试图永远不停步地去追寻上帝，但是试图把这个社会改造成一个人间天堂反而可能带来灾难。他永远让我们正视这一点，这个对人性的认识是托尔斯泰不可匹敌的，这里有一种曾经深入到人类和人性最底层，洞悉其全面性复杂性，而托尔斯泰终生都是个贵族。

以前在阅读钱理群的时候，觉得他很有思想，然而，只要读读上述何怀宏的观点，你会觉得他走得更远。相比陀思妥耶夫斯基，鲁迅的局限就在于缺乏基督教信仰资源。鲁迅对于人类和人性最底层的全面性复杂性，还缺乏足够深入的理解，也正因为如此，他一度陷入"人道主义或个人主义"之间苦苦挣扎的苦恼。相反，陀思妥耶夫斯基是充分认识到人的复杂性，甚至人全部的黑暗性阴森性，却也看到了他的洁白他的光明他的向善。这体现在他个人的生活，包括他和他妻子的关系，包括他对孩子的态度。他肯定也体会到非理性的一面，包括他自己也不可遏制地要去赌博。他由此认识到人性的很多东西。他写的《死屋手记》，接触到各种各样的人，在一个完全绝望的环境里，这是其他的俄罗斯作家没有经历过的。他的经历是最独特的，同时也是最苦难的，但是他没有在这个过程中丧失信心，也没有丧失文学的天赋。

何怀宏说，俄罗斯文学中有一种特殊的心灵追求。陀思妥耶夫斯基不少的小说主人翁都是思想者，比如他的《少年》。他不是一个单纯的少年，在生活上，他还是一个思想者，他思考很多很根本很重大的问题。这个思想还是正在成长中的思想，没有成熟的思想，但是也有许多的各种各样的开放性。《白痴》里面的主人公梅什金公爵，在某种意义上他是社会上很不成功的人，但很幸运的他也有遗产，过的是这样的一种生活，有人甚至认为这有点类似于耶稣。他已经考虑的不仅仅是我自己要怎么去寻求外在成功，这个不是重要的，重要的是去寻求内在的生活，充实的意义，而且是一种善良，对所有人的宽容、谅解和爱，但是这条道路上爱的困惑始终存在。《战争与和平》里面的皮埃尔，他对其他很多事情都心不在焉，但是对灵魂的事情他确实很在意。如何在一种普通寻常的生活中寻找生命的意义，确实在俄罗斯的文学里有明显的印证。

我一直在思考中国作家与俄罗斯作家的差距所在。在接触了陀氏和基督教之后，我似乎找到了答案，那就是俄罗斯文学所具有的独特的真挚和质朴、深度和广度，其乐感文化培育了不惧痛苦的本能。

二

那天晚上是何怀宏的课，他在半路上堵车了，助教只好先放电影《战争与和平》让大家欣赏。我埋下头读陀思妥耶夫斯基《卡拉马佐夫兄弟》中的"宗教大法官"一段，不禁陷入沉思之中。

"宗教大法官"一段似乎在证明这样一种道理，即不能用追求实物神秘和权威来代替善，假使驯服是用面包换来的，那还有什么自由呢？是的，一旦当历史理论开始质疑上帝的存在，人们因饥饿的肉体而放弃天上的面包时，问题就产生了。

于是，打着旗帜只不过要推翻重造世界的"多数"，不再相信"少数"，甚至也完全无视那个终极"少数"（上帝），于是在神性世界是"少数"所获得的优越感荡然无存，这是否反映了19到20世纪自由神学的困境和面对社会问题的乏力和无奈？是的，面包比信仰（道德）更诱惑人，好奇心胜过信仰，人类倾向于服从权力（力量）。宗教大法官是一个矛盾的化身，一个最虔诚渎神者。在他看来人不需要耶稣和拯救，不需要一个外来的帮助，人们只需要信仰自己心中的上帝，而非外在高高在上的神。这点倒十分像中国禅宗的创始人慧能，他认为佛就是自己的本性，只要能认识到自己的本性，就会觉悟了。问题是什么呢？人人都迷恋自己，就变成了自我中心。所以，要在本质中发现那个"上帝"，也困难重重。

什么是自由？自由的价值更在于精神的价值，拥有了自由，发扬了自由就可以很好地摆脱人自身存在的奴性，不再是迷茫的跟随者。宗教大法官并不否认自由的确在人存在中的重要性，但是"人类生来就比你想象得更软弱而且低贱"，对于那些脆弱的平庸的人来说，用面包换取自由也许是个最好的选择。只有少数人可以在饥饿、不毛的沙漠中忍受煎熬，背负着耶稣的十字架。不是上帝死了，而是我们饱含爱、善与真的心没了，是人类舍弃了对自由的追求，撕碎了一切美好的事物。

大众需要一种规训的信仰，在生存需要和安全需要无法满足时，对于上帝的背叛和质疑，自然顺理成章。基督许诺人们自由，不愿以面包来控制人心，但是人们更需要的显然是面包。对于大多数人来说，自由不仅不能当面包吃，甚至还是一个难以承担的包袱。因为，自由只是一种价值，一种爱，一种责任，与功利无关。伊凡说他也愿意承认上帝，但却不能接受上帝创造的世界——人生活在其中的世界，不能接受其中到处可以见到的罪恶和苦难，尤其是加于孩子的罪恶和苦难。有许多苦难是人为制造的，人不知怎样才能做到真正爱自己。这就又把谈话的路线从上帝引回到了人，引到人性的深处，但却仍然始终不离上帝，面对上帝！尽管人心中隐约具有沉溺于物质生活的不安，但人们还是软弱的，意志薄弱的，又是叛逆的。面对物质需求和精神需求，大多数人只能在物质需求基本满足的情况下才去追求精神需求。而只有少数人可以忍受物质的不满足而追求精神需求。宗教大法官利用这一特点，把面包给了大多数人，因此，他就成了大多数人的领袖。

何先生的文字很耐读，也不晦涩，更重要的是，他不像某些成名学者，整天炒作自己那点有限的"思想"。他也出书，但是很有节制。比如，只要读一读《良心论》《道德·上帝与人》《渐行渐远渐无书》《比天空更广阔的》等书，就可以知道，这是一个对思想十分认真负责的人。

何先生总是在质疑，他似乎对目前的思想界不满意。何先生认为，中国人更表现出一种智慧而不是思想。这智慧在某种意义上是重述的智慧，重就是重复，许多东西是述而不作，或者以述为作，很不容易创立新的概念。何先生举例子说，比如相对《左传》《尚书》，司马迁算是一个开创者，他用编年体写史，后人就学他，都是编年体，一直都没有变化，包括《明儒学案》《宋元学案》，算是学术史，但基本上是文献按照编年的汇集。少数本来有开创能力的人，可能因此受到无形的束缚，因为形式、题材、时代的限制，没能开创新的格局，所以中国不容易出现很多种不同观点的而且是追根究底的思想家或学者。

阅读陀思妥耶夫斯基的很多小说以后，我在纠结一个问题：如何面对人性中的兽性？如何看待这种不完美的缺陷？这是我一直思考的问题。

何怀宏认为，兽性不完全是坏的，我们有兽性或者是动物性，其实我们的一些动物性非常可贵。如果没有动物性我们就没有活力。在某种意义上，我们不如动物的一个地方是，动物永远不会那么恶意地，哪怕对自己没有任何利益时也去折磨别人，这是动物不会的。它也不会为自己伤害其他动物的行为寻找冠冕堂皇的"理由"。但是只有人，会有时候没有任何好处也想折磨别人，这个是人其实不如动物的地方。但是人如果仅仅满足动物性的话，人之为人，你的优势在哪里？你的特性在哪里？他肯定还有另外一个东西，人真正的进化在那里。这个就是俄罗斯文学依然有价值的意义所在。

谈到中西文化的比较，何怀宏说，是文化的类型不太一样，很难去做一种和西方的基督教文化的线性的比较。它们的内心很不一样，就是说很难作历史性的价值和进步的比较，而是类型的不同，也可能就是这一种生活方式是很好的，另外一种也是这样。追根究底来说，那肯定中国文化传统不像西方浮士德或者普罗米修斯的精神那样彻底和无限，但是也达到了足够的境界和高度，所以这里面可能会有一些研究的意义。

谈到鲁迅的"永不宽恕"，何怀宏说，鲁迅批判了梁实秋、顾颉刚、李四光等很多人，其实这些人，并不是坏人，但他依然不宽恕，这个显示了他很决绝的态度。鲁迅有这么一个特点，他是欣然于痛苦。像我们一般人跟别人搞坏了关系，伤害了别人得罪了别人我们心里不太舒服，而他不太在乎。因为他自己觉得别人伤害了我，我也不在乎，我能忍受得住，我能承受得起。但是别人不是都和你一样，有很多脆弱的人，人的脆弱性复杂性你能想到很多很多，性格不像你那么坚强，不像你那么强悍那么硬骨头。我觉得这个事情上一定要想到，不光是我自己，还有很多各种各样的人，所以，至少从政治哲学和社会伦理这个意义上，我觉得是必须考虑宽容的。

何先生在讲鲁迅的时候，特意把鲁迅与耶稣相比。鲁迅的这种唤醒是在人间层面的，是服从一种改造国民性、创造新人的尘世逻辑，而耶稣却是最终以彼岸为依归。他提出一个疑问，"在鲁迅那里，有一种对自身乃至一般的（包括他人的）痛苦的细细玩味乃至品尝。这也许使鲁迅达到了某种中国精神的最深处，但同时也可能意味着他不仅和耶稣，也和大众有某种永远的距离。鲁迅对自身的精神痛苦能够有一种极大的承担，但大多数人的天性都是趋乐避苦的，乃至主要是追求物质的安适的，如何对待他们？是要求他们上升到和自己一样，还是像耶稣一样去俯就他们？"

何先生认为鲁迅本质上是反快乐主义的。能承受精神的痛苦，特别能承受残酷的灵魂考验，这在中国作家之中是极其少见的。是的，我也认为鲁迅区别于其他中国知识分子的就是能自觉承担痛苦，只有通过痛苦，他才真正能体会生命的真味。这点与苏格拉底、耶稣和陀思妥耶夫斯基有些类似。当然，我也认同何先生的观点，即便自己有担当痛苦的能力，也不能拿这种能力要求别人。伦理是常人之理，就大多数人来说，还是喜欢快乐的。《伤逝》中的涓生告诉子君说他不再爱她，就等于把她推向死亡。追求真实是对的，于是，真实与生命相比孰轻孰重呢？鲁迅是独异的，也只能是个案。

鲁迅的绝望意识，最先也是最深地伤害了他自己。绝望意识是最高形态的虚无主义，然而鲁迅是苛刻的，执着的，他不肯为他保留任何一个虚假的精神安慰，不愿意在虚妄离奇的想象中得到解救。

鲁迅绝望意识的最终指向，是一个祈求得到解答的问题。任何一个鲁迅精神的真正的和健康的继承者，都应该真正地走向这个问题，而不是沉湎于鲁迅的绝望意识当中。鲁迅以他的悲剧生命证明了他的绝望意识的失败，所以我们这些后人，如欲真正走向鲁迅的问题，进入活生生的生存场景，就必须先告别鲁迅的绝望意识，走出那个由后来的鲁迅研究者所构建的虚幻的场景。

一位基督徒朋友读过我的文章后对我说："从中感觉到你内

心的焦灼和痛苦，希望你可以早日走出来，不再受罪的辖制。"几年以来，读鲁迅渐渐也有了这样一种心境，特别到了北京以后，这种感觉还要持续下去。

根据我现在的阅读感受，一个年轻人刚刚从学生时代上来，或者还没有脱离学生时代，很纯洁，也很天真，可塑性比较强，没有更多的社会经验和更为健全的心智，在面对困境的时候阅读鲁迅，容易引起叛逆心理。也就是说，他们还没有承受鲁迅精神重压的能力。一位朋友对我说，鲁迅的文字倾向于鼓励人建立一种并不完全的对世界的偏执的认识基础之上的自我封闭的心理，进而在这种心理基础上进行道德（思想）的反身审美。而这是危险的，某种意义上说，是可怕的。鲁迅的性格和社会使命感，早早地将他驱入文化的批判与建设（以前者为主）的壕堑之中，对于人性的恶认识不清楚，加上少时天性良好，受了荼毒，所以在回击时有"绝望""仇恨""冷嘲"，这需要借助基督教文化资源加以审视。基督教文化对人"罪性"的认识是深刻的，比儒家的乐观看法清醒。

在西方思想史上，漫长的争论，没有休止。理性和上帝一直在苦苦地争夺对人类的控制权，或者说他们一直在强调它们才是人类的拯救者。人们在两者之间徘徊，无从做出明确的选择。舍斯托夫有感于人类在理性里过得时间太长，理性的统治在黑格尔等人的努力下已经走向僵化，他提出人类应该砸碎理性的机器，掐死心中那条该死的蛇，回到上帝的怀抱。在近现代传入中国的西方思想也同样如此，民主、科学、自由、平等等观念，都是理性的产物。中国人也接受这些诱惑，认为这是拯救中国积贫积弱的良方。人们似乎过于关注了尼采对鲁迅的影响，而忽视了郭尔凯戈尔。这个理由就是郭尔凯戈尔的存在哲学，只有对伦理有着一种来自宗教的否定，一种建立在信仰基础上的否定，这个否定才更激烈更彻底。在《铸剑》里黑衣人的表述很有意味：

"你吗？你肯给我报仇吗，义士？"

"啊，你不要用这称呼来冤枉我。"

"那么，你同情于我们孤儿寡妇？……"

"唉，孩子，你再不要提这些受了侮辱的名称。"

他严冷地说："仗义、同情，那些东西，先前曾经干净过，现在却成了放鬼债的资本。我的心里全没有你所谓有的那些。我只不过要给你报仇！"

没有任何的伦理道德诉求，只是复仇。这些所谓的伦理道德已经不干净，是必须否定的。在清除这些之后，复仇就是复仇，没有任何其他意义，也不需要再来一个命名。鲁迅或许太不喜欢命名，他为这个精彩的复仇安排了一个可笑的尴尬结局。他自己也非常不喜欢别人给他的所谓的"青年导师"的命名，他将自己死后为自己命名的家伙比喻成一些在战士尸体上嗡嗡响的讨厌的苍蝇。在删除了命名之后，在清洗了伦理之后，鲁迅找不到方向。他自然对西方的上帝不亲近的，他所寻找的济世良方是没有的，他最先找西方的超人，找墨家的侠客，找魏晋的风度，都不能拯救中国人。他在做没有落脚点的飞翔，绝望而没有方向，最终他无奈地落到马克思主义上。可能他太累，想歇一歇，这时他的生命也已燃尽，终于死在路上。他不相信黄金世界的存在，狂人虽然类似超人，但始终不是。狂人似乎将一切的伦理道德都怀疑到了，但始终没有打破的勇气，但最终，就是这位狂人开始了本真的复仇，没有任何道德诉求的复仇。鲁迅似乎总是将自己置身于一个孤独的抗争者的地位，他不想人们对他进行道德伦理的命名，但是，他的所作所为被人们大大地命名。这真是一个可笑的悖论。或许他坚强的反抗就是为了济世救人，这个命名大到可以将他当作救世主，但鲁迅明显不是，也不愿意充当这个角色，他对自己是时时刻刻都在怀疑批判的。鲁迅的思想明显来自于对郭尔凯戈尔的解读，当然也有尼采的一些想法。从理性里反抗出来的尼采将人类的理性已经打破，但没有砸碎，他运用的工具依然有理性的成分，而郭尔凯戈尔使用的工具是上帝，是比理性更加坚硬的上帝。

鲁迅给我们的启示是，一个独异个体以一己之力尝试救赎的悲剧命运，这是无神语境下的荒诞英雄。站在基督信仰的角度来看，在通向伊甸园的大道上，最大的拦路虎就是蛇，最大的诱惑是理性。人类唯有摆脱蛇的诱惑，砸碎理性的机器，忏悔过往，回到上帝那里，让信仰成为生命之树，让它长成参天大树，成为拯救之路。

鲁迅不是基督徒，但是他对社会的洞察，对人性的批判，尤其是对自我的拷问，都值得基督徒学习。归信耶稣后的保罗还说过"我真是苦啊"，可见信仰耶稣后，仍然会有很多的挣扎，仍然会有内心的战斗。但是我感觉很多基督徒都没有认真面对自己的罪性问题，他们没有经过战斗，就已经早早得胜，因为"耶稣已经得胜了"。这些基督徒将信仰看得太容易，把人性看得太简单。以这种信仰基础去说服那些"战斗着"的人（如鲁迅），别人又怎么会接受。但鲁迅值得基督徒学习的，却不是他对社会的洞察和对人性的批判，因为在鲁迅那个时代，根本没有一个人或一个思想体系对社会和人性本质的洞察和揭露在深度和广度上可以与基督教思想体系相提并论！

鲁迅之所以值得（基督徒）钦敬，是因为他始终充满凛然的正义感，对社会的黑暗与丑恶毫不妥协，对民众乃至民族的苦难寄予深切的同情。这与《圣经》的教导在一定程度上是相合的。《圣经·旧约》中的《弥迦书》上说："世人哪，耶和华已指示你何为善。他向你索要的是什么呢？只要你行公义，好怜悯，存谦卑的心，与你的神同行。"基督徒在归信耶稣之后，仍然会有许多挣扎，许多"内心的战斗"，这是事实。但这种挣扎与未信之前及不信者的挣扎相比却有本质不同。未信和不信时的挣扎是看不到"彼岸"，找不到路径的挣扎，是迷惘、无助以至绝望的。信后的"挣扎"却是已经看到了"彼岸"而在通往彼岸的路径上遇到的试探和试炼，虽仍觉痛苦，却是充满平安和希望的，因为知道也相信神的应许。

《圣经·新约》中的《罗马书》中保罗说"我真是苦啊"，首先，这话是就未信之前说的，因为这里保罗一直在谈论的主题是（守）摩西律法，而已信的人不在摩西律法约束之下，所以，保罗接下来说："感谢神，靠着我们的主耶稣基督就能脱离了。"其次，这里的"我"其实并非实指，即不是特指保罗本人，而是一个不确定的指代，好比"为什么看见你弟兄眼中有刺，却不想自己眼中有梁木呢"中的"你（的）"。一个人归信基督教信仰，并不等于就到达极乐的彼岸，而只是开始了通往彼岸的艰难的"天路历程"。

换一个角度说，一个人归信基督教，也不等于就是成熟的圣徒，而只是开始了坎坷的成长之旅。（这个过程听起来似乎与某些宗教的"修炼"类似，其实却有本质的不同。其中最大的不同是基督徒的天路历程有神亲自引导、保守。基督徒也不避世修炼）初信的基督徒往往热情而幼稚，网络上有不少这样的基督徒，有时容易造成某些负面的影响。但念及他们信仰的资历以及他们的真诚与善意，实在也无可厚非。倒是要留意某些反基督教者为败坏基督教而假冒基督徒的作为，并非凡自称"基督徒"的就是基督徒。一个没有（客观和终极性）信仰的人，虽深邃、睿智如鲁迅，也不免在深切的迷失与怅惘之中痛苦而无助地彷徨……

所以，读读何怀宏的著作，我不难得出这么一个结论，他是北大教授中最具有思想家气质的人之一。能旁听何先生的课，是我的幸运。

与某些激烈的批判型知识分子和纯粹书斋学者不同，何先生是一个思想者，而这样的人，即便在北大，也是很稀缺的。

眼下学者太多了，有开创能力的思想者很少。就鲁迅研究而言，集中了大量学者研究，也取得了一些成果。然而，鲁迅研究界鲜有学者"以鲁迅为方法"建构自己的体系，大多都是重复，更重要的是，这种对鲁迅思想偏解的重复已经出现负面影响。我喜欢何先生，是他温和的气质——这种气质在以激烈蛊惑人心为满足的知识分子那里，自然被误解成"保守"，可是何先生考虑的是另一种平衡。针对激烈、偏激的言论，他在《让温和成为中坚的力量》一文中写道，"我相信许多激烈者的态度是气质或处境使然。他们在某种意义上无法不如此，这也是使人觉得情有可原之处。他们渴望燃烧地表现自己。而在一个有些沉沉欲睡甚至死水一潭的社会，我们也希望听到一些激越的声音……但是，我们还可以考虑另一种平衡，另一种中和，即在同一个人身上、在同一个群体中所体现的中和。社会激烈的左右摇摆或互相攻击常常代价太大，甚至有时动摇'国本'。

而且，考虑到中国的特殊国情，它是从一个激烈动荡的二十世纪过来……所以，我们得考虑我们更需要借重一种中间力量、中间态度。也就是说，应当有意识地让温和成为一种中坚力量，尤其是作为主要的建设性力量。"

当下中国，尤其需要何怀宏这样温和、清醒和理性的学者矫正那些激烈、偏激的言论，让温和成为一种力量！

如今的北大，缺乏这样的知识分子：对现实的痛感体验，对中国思想界现状的清醒认识，用焦灼的灵魂去孜孜不倦地追求真理，不知疲倦，执着探索，拒绝安逸，拒绝蜕变，拒绝拷贝，永远在流浪。

这样的知识分子意味着边缘，边缘意味着独立和质疑。一个能够独立思考的知识分子拒绝附和从属，永远不让似是而非的事物或约定俗成的观念带着走。或许，何怀宏就是这样的人！

李扬：爱上《大话西游》

2008 年 4 月 9 日

晚上，李扬讲周星驰的"搞笑"哲学。他从网上下载了 2008 年周星驰专业研究生的入学试题，——向学生提问，很有意思。前些年的课堂上，李扬给北大中文系的学生讲《北方的河》时，自己十分感动，学生很难被感动。对此，他感到不解，就问学生。一名学生建议他看《大话西游》，还说："如果你能被《大话西游》感动，我也能被《北方的河》感动。"回去之后，李扬就买来《大话西游》，关上门来看，感觉太闹太吵心情煎熬，实在看不下去。第二天，李扬走进教室时，学生们都用满怀期待的眼光看着他，有名学生问："李老师，《大话西游》看了吗？"李扬答道："看不下去，都是搞笑的……"这名学生十分失望，终于他忍不住了，说了一句："老师，你不觉得你很搞笑吗？"李扬内心被震惊了，他称这真是"一语惊醒梦中人"！几年以后，当他回忆这个故事，说了一句话："搞笑是一种生存状态真实的写照，经历了内心的分裂以后，人便会发现这种状态。"他又列举了尤奈斯库、加缪、余华和卡夫卡的例子，以此来说明人与这个时代的关系，那就是人的存在充满陌生感、孤独感和灾难感，置身一个荒谬的境遇里，每个人都是脆弱的。加缪说过，在人生中间知道荒诞的人才不荒诞，不知道或不承认荒诞的人才荒诞。

《大话西游》不是简单的喜剧电影，是一种掺和了正剧因素的无厘头电影。周星驰电影里的主人翁都是一些有着缺点的小人物，而且言语粗鄙，表现手法多为时空倒错和戏仿，通过两种方式对现有规则进行消解，对世界重新诠释。《大话西游》1995 年在内地公映，票房很少，被认为是一部失败之作。1996年电影进入学院时，开始热了。真正的热是在北京大学和清华大学的 BBS 论坛上，1996 年和 1997 年该片的 VCD 热卖，当年去美国留学的学生疯狂购买，海淀区一带音像店的 VCD 被买一空。然后，学术界推波助澜，李欧梵与周星驰展开对谈，更是让该片进入学术视野。据闻，周星驰已是国内五所重点高校的客座教授。

在 S 城工作时曾看过此片，当时感觉太闹，看不下去。2005 年重看此片，特别是看到片尾孙悟空吃着半截香蕉时，内心好像被什么揪了一下，隐隐不快。今年，在北大又连续看了两遍，感觉不悲不喜，进入一种难言的孤独和隐痛之中。

影片编剧构思精巧，主要讲了两个故事，即紫霞和至尊宝的爱情故事，但是，这不是简单的爱情故事，是一个关于放弃的故事，是对人类境遇的深刻隐喻。想想看吧，片中的至尊宝、白晶晶、紫霞、牛魔王、孙悟空、唐僧都能从生活中找到原型。年轻女孩谁没有紫霞飞蛾扑火的纯真之爱？年轻男孩哪个没有至尊宝的创痛的缺憾？当至尊宝头上戴上紧箍咒时我们难道能不为命运残酷而痛苦吗？那个快乐的至尊宝渐渐远去……当我终于能看懂《大话西游》时，发觉自己衰老了许多，下一步就是怆然泪下了吧？真正看懂《大话西游》，是在李扬的课上。这部影片传达了一些人生永恒的东西，那就是时空的渺茫，个体的孤独，快乐的短暂，爱情的无奈，命运的无法抗拒，深入心灵的悲哀、寂寞和苍凉……有的时候，我真的困惑，在天意面前，人真的可以凭借自己的理性和坚韧获得属于自己的天空吗？我很怀疑。问题就在于此，至尊宝和紫霞一样，都不过是至尊手掌里的宝物而已，不管他们如何反抗，他从来不属于自己……你我又何尝不在这样的命运之狱中？小人物，到底该怎么对付命运的安排呢？那就是反抗，对现行秩序的破坏和不遵守，但是，反抗又如何？人无法反抗自己的命运，无边的网，越反抗越清楚也就被困得越紧。浮生若梦，个人、自由和尊严，在天地之间真的是这么渺小吗？皈依后的至尊宝懂得了一切之后，天意已经铸成，他永远错过了自己最真实的爱情。分辨清楚又能如何呢？能悟空又能如何？分辨清楚是痛苦的注定。鲁迅也是能悟空的人，他是用自己的方式来反抗无意义，蔑视诸神，向死而生。我不是鲁迅，我想做我自己。

　　人在天意面前，也许就是条可怜的狗，不过是轮回中的细沙一颗罢了。可我不愿意选择彻悟后的无奈，所以皈依基督，而不是佛法——因为，我不愿意太透彻。我选择面对苦难的世界，而不是黯然地背对……然而，诚如袁剑先生所说，如果可能，我愿意匍匐在主的脚下，任其主宰和驱策，成为他的一部分，并最终达到对生命和世界的全部理解。但是我知道，主的门不会向我打开。因为我们是异教徒，理性主义早已经将我们放逐到了不能返回的地方。事实上，自启蒙时代以来，我们就被所有的确定性放逐了，它任我们在无边无际的可能性中游荡、飘浮，像一群孤魂野鬼。然而我了解，这就是我们的命运。

钱理群：“冻灭”和“烧完”

2009 年 4 月 19 日

一

下午，赶到国家图书馆学津堂，聆听钱理群讲《对鲁迅的再认识及其在当代的意义》。很多人挨着墙根坐下来，准备好的笔记本放在膝盖上。放眼望去，果见老钱鹤发童颜、精神矍铄、声如洪钟、激情依旧。

在“冻灭”和“烧完”之间，钱理群选择了烧完。冻灭，一辈子什么事儿不干，生命在任何时候都没有光影，这是一个生命的空壳。烧完，结果一样，但他燃烧的那个瞬间是发出灿烂光辉的。这实际上是钱理群的生命哲学，他认为生命的价值不在于结果，而在于过程。当年王瑶先生也曾说，与其坐以待毙，不如垂死挣扎，因为垂死挣扎有一种挣扎之美。

回顾他的学思历程，可以说有一种精神的挣扎。于是，我们在阅读钱理群的文集时，就不能不在为他的精到的学术见解所折服的同时，更关注于他的著作所显示的生命轨迹，一位追求真理的学者在现代中国所走过的坎坷之路。这是一种精神的力量。

在个性纷呈的鲁迅研究界，钱理群的文章以其独特的魅力越来越引起读者的关注。其中最根本的原因，便是注重生命体验，思想亦因体验而深刻。据听过钱先生鲁迅研究课的学生反映，听他的课是一种享受，又是一种启迪。大学的众多课程都只是为研究而开设，而不是为人生而开设，于是弄得十分枯燥，偏僻而毫无意义。钱先生课程中加入了很多丰富的生命体验，使听课者的人生观念、知识结构、审美心态、思维方法，乃至文字水平都发生良性变化，从而得到共鸣与回应。正如一位北大学生所说的，钱理群是在用全身心去感知鲁迅，融化鲁迅，在相互的阐释中，发现或重新发现自我。他在对鲁迅的把握中倾注了如此多的激情，从而他的情感力量和充分的自信产生毋庸置疑的征服力。

有论者用"心灵的碰撞与对话"，来概括钱理群的鲁迅研究特色，这是很有见地的。我则用"心""把自己烧在里面"来概括。从《心灵的探寻》《与鲁迅相遇》《走近当代的鲁迅》《拒绝遗忘》《生命的沉湖》《我的精神自传》等著作中，可以获得这么一个判断。钱理群在阐释鲁迅的时候，不由得进入刻骨铭心的生命体验和绝望。他说："一生目睹与经历了太多的苦难……对中国的国情、民性、人心，有着较为深切的观察，积累了丰富的人生经验，也有着同样丰富的民生体验。正是这些'丰富的痛苦'帮助我逐渐接近与认识了以鲁迅为代表的五四新文化，并且化作了自己的血肉。"他倡导"回到鲁迅那里去"，用自己的灵魂来感受鲁迅，体验鲁迅的心灵世界，感悟鲁迅的人格力量、精神魅力及思想的生命力。靠近鲁迅成为他摆脱心灵的奴化与盲从，重新返回独立的自我，重建自我反省的独立人格的精神途径。这种意义特别值得强调。但是，鲁迅是异常复杂的存在，钱理群注定伴随着思想者的痛苦。他曾说，鲁迅在粉碎"普遍、永久、完全"的乌托邦时，也粉碎了关于"自我"的"完美""不朽"的一切神话。但是，鲁迅对于宗教、民间信仰并不否认。再说，他有着深厚的国学根基，而这正是钱理群的短板所在。

钱理群把文学的研究规定为"毫无伪饰地揭示人的生存困境与分裂"，把自己的文学史研究和写作作为"自我解脱，自我拯救，生命力的自我证实"的一种方式时，他的学术写作就与生命有了一种本质上的相通。

钱理群的这些话语也许并无新鲜之处，但却给文学界以震撼，给评论界以震撼。因为，他在关心文学研究文学的时候，首先关心的是人，研究的是人。这和那些不知思想和体验为何物，操持着一种学术话语，言说着不痛不痒的文字的学院学者来比，相差何其悬殊！正如郭春梅所说："读他的著作，我们分明能够触摸到他内心深处的苍凉与苦痛、柔情与悲悯。那是一种不相信彼岸世界却又真诚地追寻彼岸世界的鲁迅式的'绝望的反抗'，是一种用博大的历史热情烛照现实存在的责任感和使命意识。而这，正是钱理群的魅力所在。"

二

2007年以前我在S城生活时，由于环境的逼仄，受钱先生影响很深，某种程度上已经成了一种"心结"，到了不摆脱钱先生就不能独立思考的地步，这个时候我不得不反观了。2007年以后，我离开S城来到北京大学听课，对于钱先生有了深入反思。

钱先生的绝大多数著作，有十多部，我都购买阅读了。一直以来，在我内心纠结一种矛盾：一方面，我觉得这个社会需要有人做些启蒙的工作，另一方面，我又质疑钱理群式的启蒙。这是因为，钱先生的话语方式给了人以激情与力量，对于困境里的人是一种鼓舞，但是这很有可能让那些并没有多少学问思想与涉世不深的青年学生和青年人受到蛊惑与误导。我本人，以及曾经认识的几个朋友，或许有更多，都是受了钱先生的"鼓舞"以后，思想出现认知的偏差。鲁迅曾在自我解剖时说，自己是制作醉虾的帮凶。醉虾是什么呢？就是遭到迫害的觉醒的青年。由于先生让青年觉醒了，反而使折磨他们的人获得更大的快感。因此，先生"终于觉得无话可说"。但是，钱先生对此却很乐观。他说，路是自己走出来的。言外之意就是，唤醒了青年以后，就不是他的事了。一般人能够唤醒青年已经沾沾自喜，俨然青年朋友的"导师"，而能看到醉虾之灾并感到无比沉痛的则只有先生一人。鲁迅看这个世界实在太清楚了，于是在一些问题上屡屡落得"无话可说"。

钱理群先生不仅缺乏鲁迅庞大深邃的精神结构，也缺乏鲁迅的沉痛、清醒与悲观。乐观的钱理群，永远被笼罩在鲁迅的身影里。

对于鲁迅的思想，最好别渲染过度，以鲁迅的是非为是非。防止绝对化以免造成遮蔽。对于一个不到三十岁的青年人，一上来就鼓励他"自由思想""独立批判"，捍卫"人"的尊严，他能有什么能力"自由"与"思想"啊？！我注意到，钱先生退休后，又陆续出版了一些书。其中，绝大多数是在启蒙意义上的普及鲁迅思想的著作。看了以后，我倒吸了一口凉气，心中不禁生出一种疑问：置身当下这样一个多元的消费主义的时代，钱先生还在一天到晚重复着鲁迅，重复着那些说来说去雷同的"思想"，钱先生对于自己的"启蒙"真的就那么乐观吗？几年以前，就有人曾经提醒说不要把鲁迅讲得过多，如今，我觉得应该重视这种意见了。读钱先生的书，就可以知道他永远都在谈鲁迅，尽管他也说鲁迅不是导师，可是实际上钱先生一直在把鲁迅当导师，而这其实正是鲁迅极力要破除的"我执"。鲁迅当时所做的不过是"破执"与清理，而钱先生却执于鲁迅，岂不荒谬？是我太悲观，深味人情凉薄世事艰难，还是钱先生太简单乐观？谁能告诉我？

经过几年以来的思考，我觉得对鲁迅不要讲得太过分。对于社会总是持批判态度，反而失却了一种冷静的思考。对于青年学生来说，首先要先进入社会，认识社会，生存下来，而不是置身社会以外进行批判。根据实际经验，遇到困境，倘若没有可靠的人加以指点，也不要错误相信钱先生一类的"导师"，哪怕是看些励志成功学一类的书，也总比看一些"精神界战士"的书要强。青年人在遭遇困境的过程中，难免会遇到杂七杂八的烦心事儿，令你非常郁闷。在这个时候，千万要记住稳住阵脚，并在同时苦练内功，静待时机。在大多数情况下，过一段时间就会峰回路转，这时我们再奋勇前进。一个人的格局和务实程度，最终决定着他在事业上的发展高度，如果处于困境，因为读了鲁迅的或是钱理群的书因而整日"恨恨不平"的话，几乎没用，只会更加消极，待到几年以后，即使再想踏踏实实去做事情，也已经没有机会了，最后只能向专业的"愤青"方向发展。

任晓红：禅与园林艺术

2013 年 3 月 23 日

任晓红老师的"禅与园林艺术"，是北大外语学院开设的通选课，旁听后才知，该课对禅宗的梳理要比哲学系的老师还要细致。更重要的是，任老师是文学博士，带着文学和审美的眼光带领学生进入禅意的世界，一股艺术的灵气扑面而来。

禅塑造了中国文化的许多方面。

园林作为极为生动的文化信息载体，可行、可望、可游、可居的游憩物化着园林的观念与情趣。不同环境的建筑意境，融入了禅的精神和美学追求，人与自然多变多样的空间组合，将禅与建筑的某些特性契合无间地汇聚在了一处。

禅的关键点"悟"，从禅的文化心态到东西方寺庙，再到园林的意境，最终深入到文人园林，分析禅与园林意趣的关系，探讨园林审美的内在意蕴、意境和禅味。

任老师对西方宗教研究积累深厚，能够在对宗教性建筑对比到文化含义对比的大背景下，从中国的寺庙园林分析到文人园林，还时不时跨越到西方园林对比一番，从中阐述禅趣与园林审美和文化理想，揭示了园林艺术与禅的关系，显得结论很有高度。《禅宗公案妙语录》最大的特点是从禅宗修证的角度而不是从语义学的角度收集的禅宗公案，在每段公案的后面加上作者自己的解悟，使读者对公案的理解具有一定的帮助作用。

任老师的课具有鲜明的问题意识，那就是：舶自西方的"新文化"，在为现代世界带来愈益舒适的生活方式（汽车、洋房、电讯等）外，在解决人生问题上，有没有根本缺陷？

承继了基督教文化绝对一元传统的现代西方文化，正以其模式向世界各种文化展开所谓"全球一体化"的强大同化攻势。西方社会在政治、经济、军事诸方面的竞争优势，确实又使许多非西方国家（包括中国），将实现以西方价值尺度为标准的"全球一体化"进程，视为为国家和公众带来最大效益的理性目标。而正是这种越来越普遍的对于西方资本主义社会物质利益增长的崇拜，越来越严重地危及不符合西方价值尺度的世界多元文化（包括中国传统文化）形态的现实存在。

就中国的现状而言，不论是我们所要介绍的"禅"抑或是古典"园林"，如果按五四以来的文化标准划分，都属于"旧文化"。而"旧文化"在我们这个追求日新月异的西方文化心态占主导地位的现代社会里，几乎都不可避免地处于社会文化的边缘境地。既然如此，它还有存在的必要性吗？答案当然是有。

传统中国文化缺乏把自然当成对手或者臣仆的概念，缺乏征服自然的欲望。人和自然被理解为处于"天人合一"的交流感应之中的一种辅车相连、唇齿相依的亲密关系。反观西方文化呢，恰恰相反，人与自然是相互对立的两个范畴：文艺复兴时代高举人的欲望；启蒙时代说，人是万物的尺度；在社会达尔文主义的竞争理论中弱肉强食的嗜血掠夺是合理的；机械唯物论则强调人与自然的本质区别，人独立于自然，而不是自然的一部分，在商人和技术官僚手里，所有的自然创造物都被变成了资产：水里的鱼，天上的鸟，地上的产物。这些传统观念对不同社会阶段和地域曾经和还将产生很大的负面影响。在这样的观念中，在永远高等和永远正确的形象里，人俨然成了君临大地的主宰者，人可以战天斗地为所欲为，自然界就成了人类心安理得的奴役对象。这些问题恰恰是由占世界文化主导地位的西方文化造成的，也恰恰是它自身所不能解决的。在这个意义上，中国的禅文化或许可以提供一些解决的途径。

禅，若说有法与人，便落狂禅；若说无法与人，便会断佛种子。

禅，不立文字，直指人心。禅，天上地下，唯我独尊。不失本性，当下即佛。

禅，自修自得，如人饮水，冷暖自知。

禅，以无门为法门。山河大地，尽皆佛门。

禅，平常心是道。

临济义玄：道流！佛法无用功处，只是平常无心。屙屎送尿，着衣吃饭，困来即卧。愚人笑我，智乃知焉。古人云："向外作功夫，总是痴顽汉。"

禅者说："……心量广大，犹如虚空，……虚空能含日月星辰、大地山河，一切草木、恶人善人、恶法善法、天堂地狱，尽在空中；世人性空，亦复如是。"禅宗在即心即佛的本体观中强调了心性的作用，把清净本心放到了生命本原的位置上，而一切物象人事都不过是如日月星辰呈现于太空中一样，是心性所能涵纳的有限幻象——心想则有，心不想则无。

万象浑化的生命境界在禅宗这里完全变成了心灵的作用，是心境所在。心冥空无，"无相""无念""无住"，——即于相不着相，念念相续而不着一念，无所执着；这种空灵的心境中不再有物我、善恶等一切区别、对立。以这种浑然自在、澄明空寂的心境接人待物，就能够无往不适，随时随处拥有安宁、淡远的情怀，达到永恒的和谐。

禅的核心精神就是不要人受具体事相的束缚，不要人向"外"寻觅，而要向"内"体悟自己的生命本性；只要心中无执，在内心超越一切分别、取舍，达到一如之境，则行住坐卧的平常生活无不中道。禅学，属于士大夫雅文化的范围，与士大夫的生活关系密切，深刻地影响了他们的人生哲学、生活情趣乃至审美趣味，也表现在文人园林的美感特征上面。庄玄开启了中国文化中崇尚自然的精神，与庄玄有着血肉联系的禅学，则更进一步深化了这一精神。禅学中同样包含着崇尚自然的精神，不过，这一精神在禅宗那里有它自己的独特内涵，比之庄玄，也可以说是有发展的。

禅理的核心在于"明心见性"。所谓明心见性，实质上就是破除种种尘俗欲念、计较和规范的束缚，回归生命的本然天性（本性清净）。这在六祖《坛经》中表达得很清楚。只要人能够"于一切法不取不舍，即见性成佛道"，达到"内外不住，来去自由，能除执心，通达无碍"的境界。在这种境界中，人的精神状态是不执迷于任何事物、思想，自然清静，自在泰然的。禅宗在历史上素有"无心合道"之说。"无心"才能"明心见性"。这是很微妙很深刻的。禅理的核心在于"明心见性"。所谓明心见性，实质上就是破除种种尘俗欲念、计较和规范的束缚，回归生命的本然天性（本性清净）。

"公案"本是指官方衙门的文牍。禅家古德们为了破学人之执，启人明悟心性而说的一些话，采取的一些行动，有不少精彩的、有警策意义的流传了下来，被后人当作典范，这些古德的言行就被称作"公案"。"公案"的独特神韵大体在以下几个方面：一是它的暗示性；二是它的奇特性或反常性；三是它的相外之义。

禅宗所传之"心"是难以形迹求之的，要靠学人自己去悟。可毕竟是在"传"，有师徒间的授受，这便存在着矛盾。"公案"

中的言行，因而也就具有了很独特的表达方式。

对禅家来说，心灵的清净一如的状态，亦即无分别、取舍，不执着于概念思索的自然状态，就是"无心"，也就是"明心见性"。马祖道一曾说过自心是佛，标榜不假修持之理；天皇道悟也说："直下便是，拟思即差"，"任性逍遥，随缘放旷。但尽凡心，别无圣解"；德山宣鉴云："汝但无事于心，无心于事，则虚而灵，空而妙。圣名凡号，尽是虚声"。"无心合道""不修之修"，成了禅家的至理。禅理中的"自然"，是立足于心性之中的自然，所谓"心外无法"，"不假外求"。以自在清净的"自然无事"之心对待人生和审美，则一切处无不是道场，一切人皆可宁静自得。关键在于心性是否自然，是否无执无缚。黄檗希运禅师曾说："山河大地，日月星辰，总不出汝心；三千世界，都是汝自己。心外无法，满目青山，虚空世界，皎皎地，无丝发许与汝作见解。"

山河大地，日月星辰，自然万象并无丝毫造作；有造作、见解的是人的心。心若虚空宁静，更有何物何事可束缚人？所以以"自然"之心才能获"自然"之境。

邵燕君："大地上的苦难"

2008 年 4 月 28 日

回到北京时，已是 27 日的早上六点。微凉的风，吹着我疲惫的身子。坐公交车回城的时候，透过车窗望着西客站前面人来人去匆忙的行人，忽然之间不再感伤。《新京报》上刊登着顾长卫导演的电影《立春》公映的消息，心里隐约有一种期待。之前，看过他导演的电影《孔雀》，觉得这是一部为小人物拍摄的电影，影片似乎在启示人们，成功并不是最重要的，奋斗的人生同样精彩。有时候觉得，书本上的许多东西实在并无益处，特别是那些教人厌世和出世的书，除了带给人麻木和颓唐以外，还能告诉人们什么呢？倒是路遥的小说《平凡的世界》给了我温暖和有力的抚慰，它让我坚信，困境并不可怕，可怕的是缺乏一颗坚韧健康的灵魂。

第一次听邵燕君女士讲路遥，十分感动。很多学院所谓"批评家"，动辄站在"思想"的角度俯视作家（尤其是那些底层背景的朴实作家）的创作，而无法感知其中浸透着的鲜活的来自生命的体验。由此可见，学院学者与底层多么隔膜。许多人都认为，虽然《平凡的世界》是一部规模宏大的巨著，但当代文学早已前进了十万八千里，一部传统现实主义风格的长篇小说已经不值得进入研究视野。果真如此吗？

自从路遥病逝以后，当代作家中有哪位创造出了类似高加林、孙少平、孙少安、田晓霞这样的经典人物呢？贾平凹《浮躁》中的金狗，《废都》中的庄之蝶，张炜《古船》中的隋抱朴，冯骥才《啊！》中的吴仲义，余华《活着》中的福贵，《许三观卖血记》中的许三观，阎真《沧浪之水》中的池大为等，这些小说中的人物形象，要么苍白，缺乏深入探讨人物的精神机制，要么就是显得脸谱化和简单化，无法给人以更为突出、强烈的印象，不具备深厚无穷的哲学意蕴与普泛无际的典型意义。相比这些作家，路遥笔下的孙少平光辉多了，他无愧于那个时代。路遥之后，缺乏属于这个时代的经典人物形象。我们不仅愧对鲁迅，也愧对路遥。我们的当代作家，都活得太轻飘了。

邵燕君女士说，从读者调查的情况来看，《平凡的世界》在读者中深受欢迎，最主要的原因是这部作品对农村生活的真实描写和主人公如孙少安、孙少平艰难奋进的个人经历在读者中引起极大的情感共鸣，那些如梦魇般的生活经历通过一个个精雕细镂的细节描写如"吃饭"的细节、"揽工"的细节、种种"活人"的细节等勾起有相似经历者刻骨铭心的记忆。尤为可贵的是，路遥在创作中始终要求自己"不失普通劳动者的感觉"，他不是像"民粹派""启蒙者"那样"到民众中去"，而是"从民众中来"；他不是为民众"代言"，而是为他们"立言"，他自身的形象经常是与笔下的典型人物形象——浑身沾满黄土，但志向高远的"能人""精人"合二为一。以"血统农民"的身份塑造出从中国农村底层走出来的个人奋斗的"当代英雄"，这是路遥对当代文学的独特贡献。邵燕君女士说，在那个文坛"一窝蜂"地乘坐"火箭"飞离公众的时代，他甘遭"遗弃"，忠心耿耿地为"读者上帝"写作，他以青春和生命写下的作品曾激励了那么多的处于逆境中的读者，而且还必将在很长一段时间内继续温暖人心。

正如邵燕君女士的分析一样，由于精英文化标准的影响，《平凡的世界》被"学院派"忽视的状况就表现得更为彻底。路遥为什么遭到精英群体的遗弃？路遥不仅仅是唯一个案，此中原因值得探究。在2006年春天的一次文学研讨会上，与会学者对当代中国文学提出了严肃的批评。丁东认为："中国主流文学界对当下公共领域的事务缺少关怀，很少有作家能够直面中国社会的突出矛盾。最可怕的还不只是文学缺乏思想，而是文学缺乏良知。"傅国涌说："我对当代文学整体评价很低，基本上持否定态度。"崔卫平说道："包括思想界和文学界在内的各个人文学科携手并进，是中国先进文化的一个传统，而这种局面已经不复存在。关心新的思想、关心社会进步、具有一种铁肩担道义的情怀，可以说是近百年中国知识分子包括中国作家的一个传统，这个传统一直到 20 世纪 80 年代仍然保持着比较强有力的势头，有着鲜明的整体形象，在这个整体内部各个领域之间、各个行当之间也保持了比较多的交流，有一些共同的话题，有一些共同关心的事情，而进入 90 年代以后，这种局面不复存在。知识分子或者作家在自己的专业领域里更加深入、更加专业，这本来是一件好事情，但是这种局面的形成主要是由不正常的原因造成的。所以在这种情况下，在专业化的同时，许多人渐渐地对我们的关心社会、关注新思想的传统变得很淡漠。"（《南方都市周刊》2006 年 5 月 15 日）由此可见，文学与文化精英真的已经分道扬镳了。所以出现了这样的情况，文学与文化精英炒作得很热闹的作品，读者并不买账；读者叫好的作品，文学与文化感觉并不觉得好。

路遥不仅书写了贫穷，更重要的是书写了贫穷中的尊严和高贵。他以"血统农民"的身份塑造出从中国农村底层走出来的个人奋斗的"当代英雄"，这是路遥对当代文学的独特贡献。路遥不是为了给底层人代言而写作，他本身就是底层人走出来的。当下的知识分子中，不缺少精英主义，也不缺少民粹主义，缺乏的是真诚。当下的许多作家，写作技巧上已超越了路遥，但是，已经很难写出打动人的作品，这是为什么？值得思考。写作《平凡的世界》时的路遥，对一种神话般的"黄金信仰"深信不疑，即聪明、勤劳、善良的人最终会丰衣足食、出人头地和光宗耀祖，更会有一种"七仙女式的爱情"。然而，以我十年的底层生命体验，不得不说，随着土地流失，大量农民外出打工，农村贫穷，以前那套美好的精神体系已经完全崩溃，个体重新面临困境。孙少平那样的人物如果生活在当下，还能保持尊严和高贵吗？恐怕不能了。而这不正是当代作家要解决的问题吗？可是，中国再无路遥这样的作家。

邵燕君女士是一位新锐批评家，我最先关注她是因为读了那篇《与大地上的苦难擦肩而过》。该文提出了一个尖锐的问题：

这些"三农小说"的作者，不是一直都不太"著名"的老作家，就是还没有"著名"起来的新作家，当今文坛上的那些当红的"著名作家"竟几乎"集体缺席"。在"三农问题"等"底层问题"已引起全社会普遍关注的背景下，人们不禁要问，这些"著名作家"哪儿去了？尤其是其中为数不少的乡土文学作家都在干些什么？

邵燕君在解剖阎连科从"现实"到"现代"的转型时，指出：

但中国社会正处于现代化的转型期，尚有大片的公共关怀的领域需要作家担当起知识分子的职责，尤其是正普遍面临严峻生存危机的广大农民，正需要从他们之中走出的"能拿笔杆"的人为他们代言。就拿河南来说，90年代中期兴起的"血浆经济"所导致的"血祸"（艾滋病感染），十年后正以触目惊心的方式大规模地爆发，这是继《受活》里所写的"铁灾""大劫年""黑灾""红难"之后，又一场空前的灾难。是什么样的理想、欲望、疯狂、蒙昧导致了这样的灾难在人类历史、中国社会，尤其在河南这片古老的中州大地上持续不断地发生？这些灾难既有各自的阶段性，又有连续的目的性，每一次灾难都以一种新的理想面目出现，它根植于什么样的人类共性、民族性和地域性？这些正是现实主义文学需要处理也有能力处理的命题。

事实上，阎连科的《日光流年》已经在相当的深度上揭示了这些命题，人们有理由期望他向"伟大的现实主义"的方向继续迈进。可惜的是，《日光流年》之后，阎连科就开始了"自觉的转向"，从《坚硬如水》的改头换面，到《受活》的脱胎换骨，阎连科将最重、最实的命题作轻化和虚化的处理，夸张、变形、戏谑、荒诞，以及黑色幽默，虽令批评家的眼睛不断闪亮，却让普通读者感到缺乏最起码的现实可信性和现实参照性。面对正遭受着人类历史上又一场空前苦难的父老乡亲，《受活》能提供什么样的抚慰和解救？那些遭受"血祸"的艾滋病患者是世界上最庞大、最可怜的残废人群，但是你到哪里去找一个世外桃源般的"受活庄"去让他们"受活"？事实上，他们只能像《日光流年》里的那些活不到四十岁的人一样，在"圆全人"的世界里"活受"。对于他们而言，那个虚构的"自然乌托邦"简直像一个残忍的玩笑。面对这群活生生的人已长达十几年的死亡挣扎，掉过头去搞形式探索就是"自己和自己玩"，那种形而上的"超越"似乎更能逼近"问题的核心"，结果却是与大地上现实的苦难擦肩而过。

邵燕君不无惋惜地说："作为血管里流着现实主义血液的优秀作家，看到现实主义传统堕落如斯，愤怒之余，最自然的选择难道不是重续真正的现实主义传统吗？为了丰富、深化现实主义，当然可以取他山之石，但何以非要改弦更张，否则自己的写作就难以继续、深入？再有，如果当前的社会现实已经复杂到'任何一种主义、一种思想都无法概括'的地步，用自己熟悉擅长的现实主义笔法无法接近'现实的核心'，用自己不擅长、不熟悉的非现实、超现实主义笔法就可以吗？"

读了这样的评论，我的心情是沉重的。许多当下的中国作家，尤其当红的作家，已经与"受苦人的绝境"隔膜了，谈何表现呢？难道仅仅是现实主义的失落这个单一问题造成的吗？与异域作家相比，除了精神深处缺乏根基缺乏信仰以外，还有一点，就是相当多的作家成名以后，逐渐远离底层甚至失去了对底层人痛苦的感受能力。正如邵燕君女士所说的，对于写苦难的作家而言，必须一直与广大"受苦人"站在一起，对于他们现实的痛苦有着感同身受的体验。这一点看似简单，但对于许多深陷于"名利场"的作家来说，却是"不现实"的要求。

一次，我和文学评论家李建军先生聊到这个问题时说，路遥去世这么多年了，假设孙少平活在当下，他就必须直面社会转型的残酷和无信仰的痛苦和焦虑，如何面对这种困境？这也是对当代作家的拷问。可惜的是，现今的作家都十分聪明，还没有哪一个作家能接过路遥，写出一部沉重厚实打动人精神世界的作品。

正是因为读了这篇《与大地上的苦难擦肩而过》，我记住了邵燕君这个名字。

邵燕君开设的"当代最新作家作品解读"，属于封闭讨论课，无法去听，也只能听她在大学语文课堂上富有洞察力的演讲了。记得，有一次我请教她一个问题："如何获得对苦难的穿越？"她说："这个得到北大哲学系听课，他们解决这个问题。"如今，我已经在哲学系和宗教系听了几年课程，对于人类苦难的认识在加深，但是，在另一方面，自己在获得了精神深度以后，是否会与大地上的苦难擦肩而过呢？这是一个沉重的拷问，我必须要面对。因为，阎连科的小说世界距离我曾经生活过的 S 城并不遥远，甚至 S 城就在我的内心，它如影随形——我一直没有放弃走出它的阴影的笼罩。

孙玉石：诗美追求

2012 年 4 月 14 日

约一朋友出来，相聚于北大校园。穿过湖边一道幽静的小路，两边古树森凉，天色暗了下来，起了凉风，洋槐花悠悠飘落，撒在草丛里，混入星星点点的野花中。没有了往昔的焦灼，内心中的空旷一下闪了出来。送走朋友，尚停留在无边的思绪中。

上午，和友人一起听孙玉石"鲁迅《野草》的生命哲学与象征艺术"。

孙玉石通读《野草》，重点解读了鲁迅作品那种隐藏的深邃的哲理性和传达的象征性，阐释了鲁迅的三种哲学：第一就是韧性战斗的哲学，第二就是反抗绝望的哲学，第三就是向麻木复仇的哲学。这些人生生命体验的哲学，构成了鲁迅在《野草》中孤军奋战的一个启蒙思想家那种丰富、深邃的精神世界。

在解读鲁迅的《过客》时，孙玉石鲜明地指出：某些学者在挖掘鲁迅《野草》的思想的时候，常常强调他哲学的一面，而且强调到超越现实、超越人生、超越鲁迅个人存在主义的哲学层面。这个哲学，那个哲学，他觉得好多东西都是在玄学的层面上运行。孙先生认为，这不是一种对鲁迅本人正确的理解。他进而指出：鲁迅的反抗绝望的韧性的哲学，它不是一种离开现实而产生的抽象的哲理思考，而是根据现实的，这就是他的现实。那个我来自的世界绝不回去，因为那里是什么，他讲了"没一处没有名目，没一处没有地主，没一处没有驱逐和牢笼，没一处没有虚伪的皮面的笑容，没有真爱的眶外的眼泪。

我憎恶他们,我绝不回去。"这就是鲁迅。所以散文诗《过客》的价值不在它的最终结果,而在它的寻求人生道路的过程;不在于它回答最后我走到哪里去,而在于这种走的本身,就是一种充满价值的选择。

孙玉石不似陈平原先生那般学术,也不似钱理群先生沉重单调,更不像张颐武、陈晓明满嘴时髦洋词汇,而是兼容历史、审美、文化三者。阅读其文字,可以感受到先生的朴素、潜心、细腻、委婉、自然、深情、恳挚。特别让我感动的是,在他的散文随笔里,我与一批注重人格操守的优秀知识分子相遇:王瑶、吴组缃、林庚、唐弢、丸山升、丸尾常喜、皮杰……可以想象得出,孙先生所执教的 80 年代的北大是何等神圣。漫步此时的北大,我常常怀念那个年代,为没有在那样的时代于北大听课而遗憾。私下想来,孙先生也一定与这些人一样,想必朴实、恳挚、耿直不阿、治学严谨。

20 世纪 80 年代是一个富于人文激情的时代,一批志于爱好文学和文学研究的学者登陆北大讲坛。这其中就有孙玉石。

孙玉石出生于 1935 年 11 月,辽宁海城人,1955 年考入北大中文系,1964 年研究生毕业,后留校任教,在北大未名湖畔,他开始了自己的文学之旅和精神之旅。1955 年,对于这年能顺利考上北大中文系的学生来说,真是幸运。这些学生当中就有孙玉石。新中国成立以后经过院系调整,中文系名师云集。那时,给他们上课的都是国内外著名的学者。这些人当中,有诗人、学者林庚,现代文学和鲁迅研究专家王瑶,作家、学者吴组缃,作家、评论家杨晦,文学史家、近代文学专家季镇淮,语言学家王力、徐通锵,古音韵学、文献专家周祖谟,古汉语研究专家林焘等,同时还有在北大任教的也是学界比较有水准的学者。置身在这样的学术和文化氛围中，自然受到浓郁的熏陶。尤其是林庚、王瑶和吴组缃三位先生，对于孙玉石治学、思想和性格方面的影响很深。

林庚身上那种诗人气质、传统士大夫与新型知识分子完美结合的风骨和魅力，深深吸引了他的学生。孙玉石说："他的学术，是他诗的情怀与眼光的理性体现，他的诗歌，是他生命人格与学术精神绝美的外化。他是真正将诗化了的人格，诗化了的学术，诗化了的人生融为一体的一个人。虽然可能不是唯一的，但也是最完美的代表之一。"王瑶外表冷峻，内心炽热，对学生要求极严，他要求学生踏实读书，了解时代风气，督促写读书笔记、读书报告，然后定期检查，提醒注重史料，科学客观，深入研究，反对轻率。吴组缃兼具作家和学者的气质，他以丰厚的生活经验和艺术素养，体味作品和人物，进行深入的历史和审美的分析，常常讲出别人不能道出的真知灼见。

林庚具有诗人气质，吴组缃具有艺术素养，王瑶是严格治史的"史家"。我觉得，孙玉石身上兼顾着林庚、吴组缃和王瑶三位先生的优点。他在研究诗歌和鲁迅时，既注重对于作品艺术的感悟和体味，然后进行历史和审美的分析，也严格以文学史家的眼光，重视对于作家、诗人创作与文学现象史料的收集和归纳，在宏观上把握文学历史发展的脉络，进行作家、诗人作品的历史把握与评述。

2007 年，笔者在北大听课时，发觉中文系已经离"文学"很远了。

印象中很深的是，某些教授开口"德里达"闭口"福科"，概念满天飞，生吞活剥西方理论，缺乏生命体验。听了这些课程，我对文学产生了疏远。他们的概念术语纯粹依赖西方的学术体系，不仅跟当下中国的日常生活经验无关，而且跟当下的文学经验完全脱节。于是，文学批评话语越来越晦涩，越来越艰深，新词迭出，令人目不暇接，几个月不读书便感觉跟不上批评的步伐。真不知道，他们写出来的批评文字是给北大的博士生读还是给普通文学爱好者读的？是文学批评家死了还是文学死了？

遥想80年代的北大中文系，严家炎讲"鲁迅的复调小说"，吴福辉讲"海派作家"，钱理群讲"周氏兄弟思想研究"，赵园讲"俄罗斯文学与中国现代文学关系"，凌宇讲"沈从文小说"，温儒敏讲"老舍与郁达夫研究"，尽管每人风格各异，但是，像某些国产博士专讲洋人理论却食洋不化的学者的，确实还不多见。一次，北大中文系教授韩毓海说，北大中文系是制定文学规范的。孔庆东也反复说，北大中文系是西方理论的实验田。两位教授说得明白，北大不培养作家。一些搞理论的，认为研究创作不够有学问。理论和文本的分离，造成中文系距离文学越来越远了。文学研究生往往先是被灌输了一脑子的这种那种理论，然后要求用这种那种理论来解释或阐释某些文学作品，经常会有一手捧作品，一手捧理论的情况。在许多人的学术文章或论文中对着文学作品生搬硬套理论解释或理论方法的比比皆是。文学研究生的培养目标是什么？

在这种训练模式下，读了四年大学中文系以后，只知道一些文学史知识，也会用一些理论套式分析文学，但就是没有文学的感受力，谈不上对于文学的爱好。已经有人尖锐地指出，有创作经验才有体会，才不会说外行话。现在，中文系之所以没落，正是研究与创作的分离造成的。现在中文系相当多的教授忙着经营理论，不屑于创作或者做批评家。鲁迅、周作人、沈从文、朱自清、冰心、闻一多、林庚、吴组缃……以前，这些人既是学者更是作家，难道不是北大中文系的教授吗？我觉得北大中文系，应该是一个开发审美心智和培植人灵性的地方，北大教授应该避免学究学问的路数，将人生经验和生命体验揉进学术活动之中，这样的学术才可能是一种自我生命的创造。比如鲁迅，他作为一个作家所特有的艺术品质，一般是不太被人关注。为什么呢？这是鲁迅研究学者在潜意识中只将鲁迅看成是一个思想家所导致的。北大中文系教授温儒敏曾撰文，专门谈到困扰现代文学研究的几个问题，包括学科的"边缘化"与"汉学心态""思想史热"现象，"泛文化"研究，以及"现代性"的过度阐释，等等。笔者也在北大哲学系、宗教学系、历史系旁听过，个人觉得，与哲学系、历史系、社会学系等系科相比，中文系出来的学生应当有文学的感悟和艺术审美能力。令人遗憾的是，现在北大中文系和清华大学中文系毕业的学生，其中70%～80%的学生都保送读研究生了，其余的学生也都自己早早就把工作找好了，谁还有心思创作呢？说白了，读中文系的学生也是为了拿学分和就业，学生越来越失去了一种从容的"文学气质"了。

我在北大校园里的椅子上坐下来，陷入久久的失落之中，看着眼前走来走去的学生，有一种失落感。那时，我很怀念80年代的北大中文系。最近购阅孙玉石先生文集，难掩自己的喜悦。

孙玉石具有诗人气质。1952年夏，他考入鞍山一中。早在读中学时，这种才能就已经展现。孙先生喜欢写诗，后来走上诗歌研究的道路，这与中学老师皮杰的影响有关。他在《一缕温馨与痛楚的回忆》一文中回忆说：

一次，课堂自我阅读，我看的是从哥哥的书里找到的一本伪满洲国作家的小诗集。皮杰先生看到了，拿起书翻了翻，又放下，他轻轻地跟我说，这种书，不要去看了，应该读一些更好的书。在他的介绍与鼓励下，我偷偷地学着写诗。我如饥似渴地读着普希金、莱蒙托夫、拜伦、雪莱、艾青、郭沫若、闻一多的作品，自己涂鸦的习作，有时也大着胆子，羞怯地拿给他看，他认真地给我提出意见，告诉我怎样努力。……

后来，他向我推荐一些外国作品，要我读果戈理的《狂人日记》《狄康卡近乡夜话》，读屠格涅夫的《木木》，读陀思妥耶夫斯基的《穷人》《罪与罚》和《地下室手记》，读契诃夫的《醋栗》和《套中人》里许多灰色的小人物，读梅里美《嘉尔曼》里那些描写吉卜赛女人的优美文笔，读《约翰·克利斯朵夫》《高老头》和《安娜·卡列妮娜》……这些阅读，使我开始懂得了什么是真正的文学，懂得了人生的价值与追求，懂得了个人奋斗的意志和艰辛；同时，也都是在告诉我，要了解文学，必须要了解人，了解不同的人的性格和他们丰富多彩的内心世界。我后来的对于外国文学的兴趣和迷恋，就是从这个时候开始的。

皮杰老师给予孙玉石的东西很多，在文学上，在精神上，但更为珍贵难得的，还是他通过自己的生命体验，通过引导学生的阅读，激起生命中的一种为实现自己梦想与目标而奋斗的激情和力量。

孙玉石以研究象征派、现代派而闻名，在他的文字里，我仿佛嗅到充溢浓郁的书香之气。十几年的研究，孙在寻觅、仰望、远眺与倾听中，获得美的沉浸与提升，对于诗歌艺术的审美本质有了进一步体味，对于新诗的文化选择意识有了深刻把握。孙先生的序言、日记，精练独特，情真意切，条分缕析，评价论述，烛幽发微，发人深思。他以诗人的眼光和情怀，笔端充溢着诗情的洒脱与隽永，于细腻审慎的思考中，呈现出灵性与智性的思考。

孙先生曾说："中国现代诗歌的研究中一个很大的弱点，是没有把它的文体特性与其他文体区别开来，用一种缺乏独特的灵气和感受的思维和文字，去隔靴搔痒地作一些常规条文式的归纳，或者寻章摘句式地把诗歌当成知识分子思想史的研究资料，加以某种扭曲的运用。诗因为研究而失去了诗的艺术本质和审美品格。小聪的这本书，却没有这个弱点。"缺乏"独特的灵气和感受"又岂止是诗歌研究？反观今天的北大中文系现当代文学研究，我看除了曹文轩、吴晓东还很重视文学性，其他不少教授都有意无意在忽略这些吧？

孙玉石的"鲁迅《野草》重释"，在关注鲁迅主体精神内在复杂和矛盾一面的同时，特别强调实证，是对于强调鲁迅研究生命感悟的一种矫正。孙先生认为，无痛苦折磨的人生经历可谈，但这不一定会成为研究者不能理解《野草》的原因。相反，过分主观的掺入，往往使得论者是借鲁迅的文本在说自己内心的话。一种先入为主的意识支配着写作的激情。一个学者的社会思考者的角色和学术研究者的角色总是那样地混淆在一起。五年后孙先生再次提及，引发更深入的思考，他认为这种说法体现了这样的研究思路：强调研究主体性的作用，把某种真理性普泛化，绝对化了，这样就很容易把本身需要证明的结果当成证明的前提了。孙先生坚持认为，坚持学术研究中的客观性和科学性品格，力避个人主观情绪对于研究对象的渗透和纠缠。

对于孙先生的鲁迅研究，我也有一点自己的思考。比如，对于鲁迅这样具有存在主义气质的思想型作家来说，完全将其置于现实的社会环境之下考察，是否准确？但是，不可否认的是，孙先生上述的提醒，倒是让我反思了某些学者的鲁迅研究。某种意义上来说，确实是"一种先入为主的意识支配着写作的激情""思考者的角色和学术研究者的角色总是那样地混淆在一起"，它给读者（包括我），带来的是精神的沉重，无意之间遮蔽了鲁迅。

王风：鲁迅与《女吊》

2008 年 4 月 21 日

印象中，王风有些名士风度。王风隐逸沉潜，腼腆沉静，文学、古琴相得益彰。

记忆最深的一次，王先生讲周作人的《赋得猫》和《苍蝇》，颇有自我陶醉的惬意。讲到动情处，学生都笑了。这样的心境也难得了。再者，印象很深的，就是讲鲁迅的散文《女吊》，从鲁迅去世前的两天缓缓讲起，讲到绍兴人的戏剧、水鬼、复仇，最后讲到女吊美学……

与一些学者不同，他讲鲁迅，是从一篇谈鬼的文章《女吊》入手的。从明末的王思任说起，谈到浙东强悍的民风和地域文化，进而说到鲁迅的"复仇美学"、周氏兄弟性格与人生态度、女性问题、中西鬼神、志怪、绍兴的"大戏"和"目连戏"等。为了阐释鲁迅强硬而阴郁的"复仇美学"，他找来周作人的一篇谈鬼的文章《水里的东西》作为对比。

这两篇文章的调子和态度有很大不同，在开头都能显现出来，这甚至是好作家下意识的流露，他在状态中。《水里的东西》，也有转折……但跟鲁迅用一种非常拗口的语言就很不一样，《女吊》开头让人喉咙发紧，《水里的东西》一开始读你的心态就会松下来——当然这并没有好坏之别，只是两篇文章要表达的意思很不相同。

从谈鬼切入，王风剖析了鲁迅与周作人的不同：

鲁迅和周作人谈鬼的时候，他们所看到的也就是鬼背后的人，理背后的情，所谓人情的东西，他们对鬼感兴趣，实际上是对鬼背后体现的人情感兴趣，因为所有鬼这样的东西，都是人的创造。也就是说中国民间的人情可以通过鬼，对鬼的态度，对鬼的信仰的方式表现出来，反映出来。他关心的实际上是这个，鬼只是一个表面的东西。

在非常荒唐的人鬼对话里，周作人看到了人性中非常普遍的一面，亲情、人情、父爱，等等。……周氏兄弟性格不太一样，鲁迅就不会说得这么平和，他通常是要借所写的对象，所谓借别人的酒杯浇自己的块垒，借题发挥，在《无常》里就表达了这样一种意思，他说公正的裁判是在阴间，实际上指向人间的黑暗，这是愉快谈论无常时的借题，也显现出鲁迅人生所特有的对抗姿态。

最后，王风来了一个总结：

无常跟女吊是鲁迅最喜欢的两个鬼，鲁迅写他们前后相隔了十年，写无常时他心情应该是愉快的，到女吊就完全不一样了。《无常》中鲁迅关心的问题同周作人关心的一样，是人情的问题，即鬼背后的人，所以他强调众神鬼之中，只有无常还有点人情。女吊身上，鲁迅寄托的是复仇的关怀，写作时，死的问题对鲁迅来说真成问题了，他的身体状况已经非常糟糕，因此这篇文章读来有死神唇吻的气息，像是他将所有剩余的生命力在这篇文章里燃烧净尽。在这死亡的边缘，鲁迅借女吊来抒情，来为他的人生作一定格，对于世间，这既是道别，更是永存，因为，他终于化身女吊，问候每一个人，不管你愿意不愿意。

王风的沉静、从容、淡定、优游、舒缓、学养、性情——如河水般缓缓流出。王风讲课，缓缓地谈来，切口很小，开掘很深，知识驳杂，情趣盎然，思想幽深。很多人讲鲁迅讲得过于"愤激"，对于鲁迅女性柔婉一面的体贴，缺少洞察，王风慧心感受直入细节，很是难得。

他悠然于世俗标准之外，做自己喜欢做的学问，做得很慢，很艰苦，但是，也很自足和快乐。

相比他给研究生开设的课程，我一直有一个愿望，那就是认真聆听他讲现当代文学史，自己不思考，完全随着他娓娓道来的讲述做文学的旅行，可惜没有碰到过这样的机会，从而留下了遗憾。

王风开设的"周氏兄弟研究"，主要是讨论课。我冲着周氏兄弟的大名兴致盎然地去听，但是收获不大。王先生先讲《周氏兄弟早期著译与汉语现代书写语言》，然后零碎地点评学生的论文。由于对此缺乏兴趣，听几次以后我也就少去了。

但是，我知道在北大中文系现代文学教研室中，王风是一个很有水平的学者。你看，王先生整理了《废名集》，反反复复搞了十几年，版本的流变和重新校勘，他都一点点来做，来考订，而这些工作也未必作为学术成果。暗地想想，他这样的性情的确适合做这样的事情。若是换作那些无法耐得寂寞的人，怕是不会坐此冷板凳的。

北大中文系本科生的鲁迅研究一课共有三个学者来上：高远东主要讲"五四"以前鲁迅的思想，对竹内好颇有研究；王风主讲鲁迅的散文；孔庆东讲鲁迅的小说。那次，我听王风讲鲁迅散文，但见他中等身材，平头，语速比较快，不爱板书。刚从日本执教回国，在那里教了两年课。

　　王风在开场白里主要梳理了鲁迅研究的历史，用"文学革命的鲁迅"和"革命文学的鲁迅"来划分鲁迅研究。由于学者诠释立场不同，基于对现实不同的思考，各人看问题的角度不同，对鲁迅的解读也不相同，鲁迅作为经典作家具有多义性，已经成为各方抢夺的对象。实际上鲁迅的解读史，已经成为了一种精神资源。

　　王风认为，竹内好的鲁迅研究为什么在日本取得共鸣，原因有两个：一是个人气质；二是竹内好对日本问题的思考。竹内好主要研究文学革命以前的鲁迅，提出"回心"说，以此来反抗日本主流的学术界。竹内好提出两种现代性，一种是中国式的"回心型"现代性，二是日本式的"转向型"现代性。前者回归自我，寻找自我基点，进行"反抗"；后者是顺从型的，没有经过"反抗"，是一种屈辱的现代性。竹内好的鲁迅研究是一种非常现代的学术形式，它将鲁迅作为一种精神资源为我所用，本身是对日本现实问题的思考。战后的日本学者丸山升和伊藤虎丸等大派十分活跃，他们对中国作出一种乌托邦式的想象，以社会主义来批判和反思。但是，随着中国国内政治运动的加剧，等真相暴露出来以后，丸山升等人产生了疑虑甚至崩溃的念头。不过在他看来，丸山升的实证主义更具思想背景。王风认为，鲁迅将成为未来东北亚思想交流的符号平台。不同的国家，基于自身看问题的角度不同，将会在互相交流和碰撞中擦出火花，这种吸收精神资源的自觉，对学术构成具有积极意义。不同国家虽然看待问题不同，但"反抗性"是共同的。真正的深度不是对他者的批判，而是针对自身的批判。

吴晓东：《桥》与"心像"

2009 年 10 月 15 日

今年秋季，吴晓东先生开设"中国现代小说选讲"。

吴晓东，1965 年生于黑龙江勃利，1984 年至 1994 年在北大中文系读书，获博士学位，现留校任教，著有《象征主义与中国现代文学》《阳光与苦难》《中国现代文学史》（合著）等。

吴晓东温文儒雅，是孙玉石先生的高徒，承传着业师潜心细腻的治学风格，无论是治中国文学还是西方文学都颇具功力。听吴先生讲沈从文，是在北大理教一间教室。

吴先生说，沈从文的笔下是忧郁的。沈从文说，"一切充满了善，然而到处是不凑巧。既然是不凑巧，因之素朴的善终难免产生悲剧。"吴先生举了很多例子，如数家珍一般地讲多位文学大家关于美的忧愁和伤感的描述。

阅读吴晓东对鲁迅、废名、张爱玲、普鲁斯特、昆德拉、博尔赫斯等大师的品读文字，你会发现在他文笔优美，而且一种诗意的叙述里，文学评论原来也可以这样精彩。吴先生不以思想深刻与文笔犀利闻世，而以细腻沉潜见长。在《漫读经典》《从卡夫卡到昆德拉》和《阳光与苦难》等书里，也在他的课堂上，他缓缓地为你打开文本，于是你可以看到：古槐树下潜心思索的鲁迅，如何返回内心深处苦苦挣扎；在废名的乡土记忆里，他嗅到一丝淡淡的忧郁与悲哀；在何其芳的《画梦录》里，他触摸到了内心的柔软；透过张爱玲的私语，他体验到了一个孤独女子的感性世界……吴先生解读卡夫卡的寓言、福克纳的时间哲学、加缪的反抗哲学、昆德拉的存在之思，尤其是对于废名《桥》的诗学解读，你都可以觉察他的艺术感受、敏感与直觉力，领略文学作品的精微与美妙。这是回归文学本性的研究，自然与那些摆弄理论与概念的学术智力游戏完全不同。

　　吴晓东简要勾勒了 90 年代以来小说的研究视野，介绍了小说理论的人性脉络。他引用温儒敏先生的观点，道出困扰现代文学研究的几个问题，即"边缘化"、"汉学心态"、"思想史热"现象、"泛文化"研究，以及"现代性"的过度阐释，等等。后来，我特地查阅了温先生的文章。温先生谈及文学研究中的"思想史热"时说，其实他对所谓"纯文学"并不欣赏，特别是当今文坛在市场化推进下日益陷于媚俗、玩世、虚无的泥潭，所谓"纯文学"的呼唤容易给人以小市民犬儒主义的错觉。我也并非主张现代文学研究可以脱离思想、政治、文化等"非文学因素"的考察，更无意非此即彼，把文学史与思想史对立起来。我只是提醒认真反思当今文学研究中的偏执现象。这种偏执在改变着现当代文学的学科格局，带来某些负面的东西。现代文学研究领域的确出现了某些不太正常的情况。许多文学研究的文章其实"文学味"很少，满眼都是思想史与文化研究的概念，而到一些大学的中文系，感觉就如同是在哲学系、历史系或者社会学系，学生最热情谈论的不再是文学，而是政治、哲学、文化，甚至经济学。每年的文学博士硕士论文，也大都往思想史靠拢，即使有一点文学，也成了填充思想史的材料。现当代文学学科正在受到"思想史热"潮流的冲击，逐渐失去它立足的根基。

温儒敏的上述看法，我深有同感。就在北大中文系，只要稍微听听韩毓海、戴锦华、张颐武、陈晓明的课程，就会感觉像是走错了课堂，仿佛进入了北大哲学系一样。即便像孔庆东这样热衷研究文学性的，也时不时传出"不懂政治的文学是有害的"的观点，他高兴起来就大谈毛泽东、"文革"，弄得课堂充满政治的怪味。我这里绝对没有否定"非文学因素"的意思，相反我也不认同曹文轩把文学过分拘泥于"审美"的做法。那些开口"现代性"闭嘴"后现代"的文学研究者，倒不如北大哲学系何怀宏，他开设的"文学与伦理"，奇妙地将文学、伦理和信仰联系在了一起。鉴于中文系现当代文学研究中的"空洞化"的问题，我觉得也只能靠学生自己的努力，在文、史、哲三大学科自主听课补充。

最早认识吴晓东是在他为中文系学生开设的中国现代文学史的课上，我听了几节课之后，觉得可以，就经常去听中文系的本科基础课。吴先生戴着眼镜，文雅沉稳，对待学生十分亲切，是个真性情、耐得寂寞做学问的人。吴先生的研究贯穿着对"文学性"的守护，比如他本周讲的《意念与心像——废名小说〈桥〉的诗学研读》，就是这样。吴先生认为，在废名这里，怎样传达世界确乎远比世界是怎样的更有意味，"渲染这故事的手法"是他的核心性的问题。从语言和手法的角度切入《桥》的世界，可能会渐渐展示出一个现代文学中尚未充分触及的视野。吴先生用"心像小说"来概括《桥》，并从"意念化""虚像与虚境"的诗学角度解读作品。这不同于从诗化和散文化小说的层面来界定《桥》。吴先生说，废名的《桥》在文本形式和结构层面形成了两个世界，一是物象世界，一是观念世界。这两个世界均有诗学意义上的审美自足性，彼此之间又存在着一种张力，这不是情节故事带来的紧张，而是一种语言自身的紧张，是能指和所指的紧张关系。《桥》的魅力可能正生成于这能指和所指以及具象和观念两个世界之间的内在张力本身。然而，吴先生也说，"心像"（"心""像"，都是古典文论中的重要概念）的范畴是否有效，还需要进一步的论证。它毕竟是一个尚未经典化的概念，甚至在古典文论体系中也很难找到它的位置。

听完吴先生的讲解，我想，从"文学性"的角度解读废名是否会有所局限呢？众所周知，废名小说透露出来的禅道"悟性思维投影"十分浓重。废名性情温穆，不喜交往，滞溺禅道，对于佛教唯识学很有研究，尤喜打坐，入定体验。据学者凌宇说，他还教过沈从文打坐。他在小说创作中则以直观了悟、清净无为的方式去观照、把握世界与人生，在他静化了的"乡土"世界里，代之以由灵性化的自然、自然化的人生交织出来的"一切农村寂静的美"与"平凡的人性美"。他小说的意境静谧、淡雅而饶有情致，呈现了一个怡情养性、澄心净虑的所在。所以，将《桥》置于禅宗的背景下分析，比较切题。禅宗认为，一切事物都是"真如"的显现，但却不能用理性思维、逻辑思维来表达，语言和概念是无能为力的，保有神秘的直觉——顿悟才能把握到它的存在。

最早听吴先生讲周作人，让我对"闲适"有了新的体悟。以前，只是觉得周作人造作和脱离实际，甚至排斥他的文字。经过世事的历练，特别是人过三十以后，觉得性格过于峻切并不是一件好事，才慢慢有了一点忙里偷闲的想法。

周作人是一个典型的东方智者，追求中庸和平和的处世之道，有时显得太聪明，讲究生活的艺术化和精细化，有一种中国古代士大夫知识分子的情趣，这点与乃兄鲁迅斩钉截铁的话语方式不同。鲁迅更多关注的是社会、人生、国家、政治和存在，周作人就不同了，他赏夕阳、观秋河、听雨、闻香，沐一身苦雨。时下的中国人的生活越来越粗鄙庸俗，有谁还会侧卧在乌篷船里听打篷的雨声？没有了人生的乐趣，却偏偏苦苦地要活着。周作人哀叹道："可怜现在的中国生活，却是极端地干燥粗鄙，别的不说，我在北京彷徨十年，终未曾吃到好点心。"没有向上的妄心，消除了贪婪，一切就淡泊了。

置身于充满痛苦、狭窄、窒息而又像牢笼一般的世俗功利社会，往往觉得生活的无奈，纯真的心常常被扭曲，可是换一种视角看世界，情况往往不同。同样是看水里的游鱼，一个觉悟的人对水里的生活采取截然不同的态度。

往往是，人的年龄大了，渐渐地麻木了，沦为物质性的存在，越来越粗鄙，趋于理性化，凡事都要算计了，什么羞恶之心、辞让之心、是非之心、恻隐之心都没有了，人性恶得一塌糊涂，动物性十足，唯独丧失了人之所以为人的人性。

廖可斌：理解传统

2011 年 4 月 3 日

稳重质朴，高高的个子，衣服整洁，这是廖可斌给我的第一印象。

廖可斌开设的"中国古代文化"，注重介绍中国古代文化相关知识的同时，强调问题意识、比较视野、当代视角，注重中外文化特别是中欧文化的比较，审视中国古代文化的基本特征及其对中国历史发展的影响，探讨中国古代文化的当代价值。

现在不少教材四平八稳，但缺乏思想性，缺乏个性特点。廖先生虽然不能说每个学科都那么精通，在知识的丰富准确上或有许多不足，但是他有自己的个性特点——追求知识性与思想性的统一，注意观察和思考中国文化有关问题的方法。

如何理解传统？这是个大问题。近代以来，中国人对中国传统文化的误解太深。在国外，很难想象有人要打倒柏拉图、亚里士多德，打倒莎士比亚。廖先生说，近代以来国人对中国传统文化的误解，大概有三次高潮。

第一次是"五四"新文化运动前后，当时提出"打倒孔家店"，主要集中在思想文化方面。

第二次是中国革命胜利前后，把中国传统文化与封建主义挂上钩，但"反封建"重点还在政治、经济领域，对中国传统文化的态度还比较温和。在解放后，在思想文化领域开始出现偏差了。对电影《武训传》的讨论开启了对中国传统文化的批判。"文化大革命"爆发后，对中国传统文化的批判愈演愈烈。

第三次是20世纪80年代以后，对中国传统文化的反思批判，最突出的现象是1988年出现的《河殇》，它彻底否定中国传统文化，认为很多中国传统文化的标志，像长城等，是落后、保守、封闭的象征。

由于不重视，所以不了解；由于不了解，所以更不重视，形成恶性循环。现在人们对中国传统文化误解越来越深。

与西方文化史相比，中国传统文化的基石是如下四个方面，可称中国古代文化之"四维"：农耕文明、集权专制、士大夫阶层、世俗社会，它们构成一个严密的闭环。廖先生以这些方面作为讨论的重点。

研究中国古代文化的态度大约有三种：1. 文化激进主义。文化革命，砸烂传统；全盘西化，或片面强调创新；2. 文化保守主义。唯中是好，唯古是好，凡古皆好；"三十年河东，三十年河西"，"21世纪"是"亚洲世纪""中国世纪"；3. 对历史抱同情之理解，对外来文化抱开阔之胸襟。廖先生认为，在特定条件下，可以偏重某一方面，但根本上必须保持理性冷静之态度。文化激进主义和文化保守主义两种偏激态度不能成为基本文化立场和策略。

比如农耕文明。中国古代哲学有一个重要的理论观点"天人合一"，肯定人与自然的统一关系，事实上这是农业生活的反映。古代哲人宣扬"参天地之化育"，"先天而天弗违，后天而奉天时"，可以说是一种崇高的理想原则，事实上都根源于农业生产的实践，也是在农业生产活动中的表现。以往中国人民的许多习性，如安土重迁、因循守旧，也都是农业生活的反映。小农经济生产生活方式对中国古代文化产生了重要影响：

1. 思维方式

整体思维。宇宙观，天人合一、天人感应。注意与自然环境的和谐，但保持神秘主义色彩，始终做不到天人相分，深入认识自然，理性对待。

辩证思维。阴阳五行，相克相生；物极必反，否极泰来，互相转化，发展变化，平衡和谐。但缺乏形式逻辑，缺乏精确性、实证性。

经验思维。知性的思维方式，含蓄模糊。看似理性，实为知性，而被误认为是理性。

王元化对中国传统知性思维方式的研究的重大意义：从思

维方式层面探讨中国人的思想观念和行为方式的特点，以及由此造成的一系列历史现象和问题的内在深刻原因。

缺乏创新意识。农业生产主要靠春种秋收，精耕细作，很少有什么创新，也不可能有什么意外的收获。因此小农脚踏实地，勤劳节俭，注重经验，非常务实，排除不切实际的幻想，只渴望稳定太平，不关心新鲜事物，不注意追求新知，缺乏创新和发展意识。

商人则对新事物充满好奇，不断捕捉追逐商机，富于创新意识。

2. 社会制度

自给自足的小农经济往往导致专制政治。民众因此崇拜权威，缺乏民主观念。只有老百姓意识，没有公民意识。

马克思曾经说过，农民尽管人数众多，但像麻布袋中的土豆，彼此没有联系，没有团体，没有代表，没有力量。不敢追求自己的权益，寄希望于专制统治者，寄希望于救世主。

商人则掌握经济力量，有纳税人观念，共同结盟，形成利益集团，通过参与政治活动谋求经济利益。

中国人总体上还没有实现主体理性精神的独立自觉。中国人不是不重自我，或者说是太重自我，但这种"自我"基本上还停留在本能、自然的自我水平上，还不是独立自觉的自我，介乎于动物与真正的人之间。

中国曾经的政治中心故宫以君王为核心，布鲁塞尔的中心广场由商会组成。

3. 伦理观念

表现在重义轻利、重私轻公、重男轻女、缺乏交换理性和交际理性、缺乏协商合作意识、缺乏共存共处、互利共赢意识，往往有弱者意识、自卑心态，很容易自尊心膨胀，产生狂妄自大心态，缺乏契约意识、规则意识、制度意识、法律意识……

比如在论述"缺乏交换理性和交际理性"时，廖先生指出，"自给自足的小农经济可以说是一种有限交际文化。农民很少与人打交道，对人性缺乏深入观察体认，相信'人性善'。对人性抱过高的期望甚至不切实际的幻想，对人过于热情、忠心，然后又容易失望，恨人入骨，把人妖魔化。小到朋友相处，大到国家外交。西方工商业文化中，人际交往比较频繁，因此人们对人的自私本能有比较深刻的洞察。西方人信奉基督教，相信人性恶，因此对人性之恶有清醒认识。西方世界普遍信奉基督教，认为人生而有罪。他们不像我们中华民族相信人性善，而是相信人性恶，对一切都抱怀疑态度，对所有人都保持一种根深蒂固的警惕、戒备甚至敌视心理。如果突然发现不存在敌人了，他们会感觉到不正常，很奇怪。因此没有敌人他们也要寻找或制造一个敌人或'邪恶轴心'。"这种论断一针见血。

廖先生指出，不同的民族，就会映现不同的文化性格和形象。英国人的深沉、优雅和阴险狡诈；法国人的浪漫、敏感和狂热；德国人的认真、严谨和强悍；俄罗斯人的忧郁、深邃和霸道；日本人的精致、拘谨和野蛮；美国人的坦率、开放和傲慢；以至比利时人的死板、巴西人的狂放，等等。

世界上的源头文化大致分三种类型：游牧文化、农耕文化、商业文化。不妨分别以中西亚文化、中国文化、欧美文化为代表。当然，任何一种文化的构成因素都不可能是单一的，往往是一个复合体，如中国文化以农耕文化为主体，但也包含了游牧文化和商业文化的因素，这里只是就其基本特征而言。

游牧文化的特点是重血性，其弊端是有可能趋于野性；农耕文化的特点是重德性，其弊端是有可能趋于奴性；商业文化的特点是重理性，其弊端是有可能趋于物性。

当下世界正发生前所未有的深刻的社会变革和文化变革。从每个国民到整个民族和国家，从外在面貌到文化基因，从思想观念、思维方式到行为习惯，都必须发生重大变革，实现脱胎换骨的根本转变。

如何构建积极健康的民族文化性格？廖先生认为，努力保持重德性传统，高度注意去掉奴性；大力加强理性，而尽可能避免物性；有意识地保留血性，而对野性保持警觉；改变小农意识，增强公民意识（民主意识、法规意识、公德意识等）。

西方商业文化也不是什么都好，也有很多弊端。中国古代农耕文化与那个时代是相适应的，因此是必然的、合理的。我们现在要建设新时代的中华文化，仍然离不开中国古代以农耕文化为主体的传统文化这个根基。中国古代农耕文化现在则变得不适应新的时代。在工商业时代，好像农耕文化的优点逐步消失，而弊端倒充分暴露出来，并恶性滋长。有些农民还生活在与过去差别不大的环境中，还能保持农耕文化的一些优点，生活还比较和谐，但这种传统经不住工商业文化的冲击。只因为中国古代农耕文化缺乏商业文化的理性精神、契约精神、互利共赢意识等，我们现在特别强调这些方面。这是对症下药，缺什么补什么，目的在于实现自我更新，创造新的文化，绝不意味着全盘接受西方商业文化，简单地以西方商业文化取代中国农耕文化。

针对各种"国学热"，廖先生说，出现这种情况，有其必然性、合理性。过去对中国传统文化贬抑太过，把中国落后的责任推到传统文化之上，对中国传统文化失去信心。现在中国有一定的发展，民族自信心、包括民族文化自信有所增强，因此倡导中国传统文化。过去迷信西方的外来学说，包括各种理论，现在看来也不一定能解决中国的问题，因此还要回过头来重新认识中国传统文化的价值。全球化时代，增强民族自我认同非常迫切。民族自我认同主要是民族文化认同。在现代化的弊端充分暴露、世界冲突日益复杂的情况下，要向中国传统文化寻求智慧，希望中国传统文化能为解决当代世界的问题提供启发。针对个人修养身心的需要，中国传统文化在这方面有独到建树。

论及传统文化，廖先生说：法家重利害得失，依法治国，维护社会秩序，富国强兵；儒家辨是非善恶，要求合于仁义，知其不可为而为之，树立理想主义价值观；道家重自在自由，顺其自然，无可无不可，"相濡以沫，未若相忘于江湖"；佛家辨有无生死，追求彻底解脱，诸法唯心，万缘唯识，四大皆空，"人间多少不平事，不向空门何处消"。

从社会的角度看，儒家有强烈的理想主义情怀，法家则务实理性，冷静以至于冷酷。只有儒家的理想主义而没有法家的理性主义不行，管不住人，治不好国，办不成事；只有法家的理性主义而没有儒家的理想主义也不行。儒家思想似乎虚而不实，实际上它确立了理想目标和价值规范，无形中对整个社会的存在和发展起着巨大作用。如果只有法家思想而没有儒家思想，人们将会失去正常的情感和道德，社会发展将会失去方向，政治将会失去制约而走向残暴不仁，引起紧张、混乱，最后甚至走向毁灭。因此儒、法一实一虚，一表一里，必须交互为用。中国古代政治的内在奥秘和成功经验就是"外儒内法"，"杂霸王道而用之"。

从社会的角度来看，似乎有了儒、法两家交互为用，什么问题都解决了。但人类一切思想最终都是为人和人的生活服务的，人的原则是更根本的原则，是高于社会原则的原则。从人的角度看，儒、法两家并不能完全解决人的问题。人除了追求高尚、有秩序、安全、富裕、强大等以外，还有一个很重要的需要，那就是自由。儒、法两家都积极入世，这很有必要，但一味入世，未免太苦，太累，太紧张，压力太大，所以需要道家。道家认为对现实不必那么认真，不妨顺其自然，无可无不可，得亦不足喜，失亦不足忧，这样就可以获得相对自由。相对于儒、法两家的"入世、救世"态度，道家是一种"玩世、游世"的态度。

　　因此，以儒、法两家为一方，道家为一方，又形成一种进与退的互补。

　　但道家仍在尘世之内，还解决不了人生的全部问题，特别是如何面对死亡的问题，于是有佛家。佛家认为四大皆空，整个现实世界和现实人生都是虚幻的，它让人彻底摆脱人生的烦恼。如果说道家是超脱于现实之上，那么佛家则是彻底解脱于尘世之外。道家是游世、玩世，佛家是出世。因此可以说，以佛家为一方，以儒、法、道为一方，又形成了一种入与出的互补。

　　古人有云：以儒治世，以道治身，以佛治心。实际上是以法治国，以道治身，以佛治心，而儒学一以贯之，既治世，又治身，也治心，但法、道、佛各有极致，均有可取之处。

　　所以，儒家思想与佛、道、法思想必须互补。儒、佛、道、法是一种相当完美的组合，可称为"金牌组合"。每个人必须尽可能吸收多种思想资源，使自己形成一个完善的、富于活力与弹性的思想体系。对于不同的人，每个人的不同的人生状态、人生阶段来说，又可以有所侧重。比如，就人的一生的不同阶段来说，就不妨：

青年时学儒家：理想主义、人道主义

中年时学法家：理性主义、现实主义

老年时学道家：自然主义

暮年时学佛家：虚无主义

中西思想文化之异同在哪儿？

西方文明：两希文明（希腊文明、希伯来文明）相结合，理性主义加理想主义，但以理性主义为主导。

中华文明：儒、释、道、法互用，理想主义加理性主义，以理想主义为主导。

不同的文化，就像酒，元素、酒精度都差不多，但就有那么一点微量元素的不同，风味就迥然不同。

中国文化特别儒家文化讲人性善，"人之初，性本善"；佛教"一阐提人皆能成佛"，"狗子皆有佛性"。

西方文化对人性恶有清醒认识，《圣经》讲人生而有罪，谁都不可信。

中国文化讲"民吾同胞，物吾与也"（张载）。

西方文化讲"他人即地狱"（萨特）。

中国文化特别是儒家文化讲和谐，和而不同。

西方文化讲矛盾冲突（心灵的冲突、社会利益冲突、文明的冲突）。

基于这一基本观点，中西文化做出了两种设计：道德设计和政治制度设计。

以儒家文化为主导的中国文化认为人性本来是善的，不善是不应该的，因此确立崇高的道德理想，希望人们、至少是君子自觉向善努力，带动所有人向善，以建设美好社会。

以基督教为主导的西方文化则认为人性本身是恶的，因此强调制度防范和约束，以消除矛盾，然后加绝对信仰。

中国文化特别是儒家文化强调和谐从人自身开始，特别是从心灵自我完善开始，相信人的理性的力量，以人为本，以心为本。"为仁由己，而由人乎"，这是一种更高的要求。这是儒家思想的根本特点，是儒家思想的精髓，是儒家思想不同于西方思想的主要特征。

本来中西两种理论、思路和设计都有效。但在现代物质财富大大增加、感官享受的诱惑非常多的情况下，就不易做到了，因此在现代的有效性似乎减弱。

知识与价值，理性与理想，利益与信仰缺一不可。

中西文化各有所长，各有所偏。

中国文化包括儒家文化产生于特定的土壤，有其特点，也有其局限性，回避人性弱点，疏于制度设计。

西方文化对人性有深刻认识，通过宗教解决信仰问题。宗教中也强调对立、异教徒，排他性。

近代以来西方文化强势，偏于一端，中国文化、印度文化受到忽视。理性、知识、利益很重要，但不能解决所有问题，还必须有理想、价值观、信仰。

虽然"尧舜之道未尝一日行于天下"（朱熹），但儒家文化对中国文化和中华民族的精神品格、历史发展进程影响深远。中国现在是理性主义仍然非常不够，理想主义的传统又丢掉了，知性的思维方式、实用主义盛行，不能自拔。

廖先生对比中西文化以后提出，现在应该中西互补，互相借鉴。

儒家思想本质上是一种早期的人文主义理想，既要肯定它的人文主义本质，又要看到它的早期性和局限性。儒家历来就对专制集权进行批判，儒家的人文主义传统形成"道统"，对君权专制起到了重要的制约作用。

徐复观在《儒家对中国历史命运挣扎之一例》中说："中国的政治思想，除了法家，大多数都可以说是民本主义，主张民众是主体。但为什么总是无法改变几千年的政治格局呢？首先出在儒家思想本身。儒家的民本主义虽然考虑到了君主应以人民的好恶为好恶，但儒家民本思想的主体性确立有问题。它不是以人民为主体为出发点，不曾考虑用什么方法让人民自身实现民本，体现民意，仍然以君主为主体。中国儒家对于政权的运用形式，除圣君贤相外，再也想不出其他办法。"关于这个，参考鲁迅对孔子的论述。

对于中国传统世俗生活理想和生活方式的利弊，廖先生认为，中国较早较为发达的人文主义，反而导致后来的人文主义不彻底，因为没有深切感受到这种需要。西方的神学主义，造成了极端的不人道，反而可以引发彻底的宗教改革和文艺复兴，实现真正的人文主义。优势变劣势，劣势变优势。

总之，认真听了廖可斌先生的课后，确实增强了我对传统的理解。

孔庆东：鲁迅•武侠•"孔和尚"

2014 年 9 月 17 日

听孔庆东的课，与外界对他的批评反差很大。老实说来，他整个人大大咧咧的，课讲得很有亲和力，幽默诙谐，油滑博杂，有着非凡的表达能力，不仅生动有趣且愤世嫉俗。他每次上课人多得都要挤爆，大约都是通选课的原因。据我观察，去听课的大多都是奔着"孔醉侠"的名声去的，多是爱看热闹的"看客"。有时实在没有别的值得听的课，我就抱着好奇的心理去孔先生的课堂充当"看客"。

翻阅孔庆东的书，可以感受到，他的确有才华。让我有兴趣的是，他对世象的洞悉，对人性的领悟、对人生的坦然，以及亲和世俗的人生智慧。比如《千杯不醉》《北大往事》《47 楼 207》《井底飞天》《金庸侠语》等，他以幽默调侃的语言、叛逆超俗的姿态表达着心中的孤愤和质疑，才气与傲气、理气与文气融为一体，十分迎合大众的阅读习惯，为人宣泄情绪提供便捷，因而这类书颇有读者。但是，他的社会批评也颇受非议，当然自有因果，这里就多说了。

孔庆东开设的课种类比较多，讲鲁迅，讲老舍，讲戏剧，讲通俗文学，讲基础课现代文学史。很多课他是轮着开的，所以一门课大概要过几年才轮得上再开。就专业而言，孔庆东是专治现代文学与武侠小说研究的，所以，考察他在这些方面的建树尤为重要。关于这点，我主要从鲁迅和武侠两方面来谈。

先说鲁迅。

纵观孔庆东的鲁迅研究，是从"文学性"入手来讲鲁迅的思想、艺术等，达到了文学性与艺术性的统一。早在 2008 年 5 月 13 日这次课上，孔先生就说："文学不是比思想，而是比文学的东西。现在许多文学研究者，不是在研究文学，研究的是别（思想、社会、哲学）的。鲁迅是一流的学问家和词章家，对每个汉字的把握能力很强。语文功夫就是把握字、词、章、句的功夫，功夫不好，鉴赏不了鲁迅。"应该说，孔庆东这些话是很有道理的。重视文学史的研究和重写，不重视文学，而高侃理论，或许是某些北大中文系教授的写照。

因此，孔庆东讲鲁迅不习惯于罗列章节，什么鲁迅伟大的思想，什么鲁迅伟大的艺术……他不太习惯那样讲，他是语文老师出身，最喜欢用语文课的方式来讲文学，解读鲁迅小说原文，拿一篇原文来，像上语文课那样逐段地、逐句地来讲解。这样做的结果，就是极大地贴近了鲁迅的原著。比如他对于鲁迅小说《孤独者》逐段逐句逐字的解读，从孤独切入，诸如小说当中的第一人称"我"和作者的关系，诸如 S 城，比如阴冷的色调，比如人的外形的描写，比如人，比如用词……举例说明，比如在解读魏连殳失声长嚎，像一匹受伤的狼，在深夜旷野中嗥叫时，孔庆东说："鲁迅很喜欢写这样的形象，这个人并不高大，瘦小，但却那么有质感，铁塔似的，黑的，这样一个形象。我们知道，这时候写他这个哭，是一个真性情的哭，是真的哭，不是按什么规定。不管为什么哭，他是发自内心的哭，真的是悲从中来，直欲一哭。像金庸《书剑恩仇录》最后写陈家洛，有一种直欲放声一哭的感觉。这是鲁迅所赞赏的'魏晋风度'，也就是真性情。"就这样，一点一点剖析魏连殳，他在现实中是个矛盾的人、古怪的人，给人一种很异类的感觉，虽是先觉者，却被认为是有病，是疯子。这些分析可谓是道出了鲁迅小说的微妙之处。孔庆东结合当今的实际，紧扣小说，有限度地借题发挥，引导学生思考比较深入的人生问题和社会问题，在解读经典的过程中，个人的学识、立场、价值判断等，都充分展现出来。这种讲法为北大学生所喜欢。

孔庆东曾说："要了解中国这一百多年的历史，不把鲁迅和毛泽东的书读他几遍，不要想随便发言。"然而读了他的《正说鲁迅》以后，感觉他对于鲁迅还是有隔阂的。为什么呢？鲁迅不仅是一个有政治倾向的知识分子，而且是一个具有深刻内省气质的人。鲁迅阅读大量的佛书和佛经，认真钻研过佛经，从尼采到安特也夫的现代西方文艺中感受到现代意识，可能还包括日本文学所表达的人生悲哀无托的影响，都使鲁迅的孤独与悲凉具有某种超越的哲理风味。

孔先生说，学术要有鲜明的倾向性，学术也好，文学也好，文化也好，都不过是政治的某种表现，都是政治。你说这里没有政治，不是你无知就是你装，二者只能选一。确实，人无法排除其政治倾向，无视这个，无异于拔着自己的头发脱离地球。人具有群体的社会性，同样也应该保留有个体性。仅仅有社会性，不过是披着人皮的动物，也就是说，人可以超越。读了《正说鲁迅》，感觉写得确实通俗好读。但是，孔先生很有可能与鲁迅"承担痛苦与反抗虚无"的精神世界是隔膜的。鲁迅式追问的惨烈、艰辛、沉重和创痛，以及对自我生命的承担，孔先生的文字里鲜有。鲁迅一直强调独立个体，这样的个体需要强韧的灵魂，在 1949 年以后，还进行这种向内深度凝视的知识分子和作家确实找不到了，这就是中国缺乏大学者大作家的直接原因。孔先生善于在《鲁迅全集》里寻章摘句，却从没有真正把鲁迅当作鞭子来抽打自己身上的奴性，连鲁迅当年窃火煮肉和抉心自食的自我拷问的丝毫勇气都没有了，鲁迅不过是他攀登的梯子和工具符号而已，在他论述鲁迅的文字下面躺着一个幽默精明的自我。总体说来，钱理群有"圣化"鲁迅的倾向，孔庆东有"俗化"鲁迅的倾向。

再说武侠小说。

孔庆东对江湖人物的评点很是精彩。比如《江湖的人性源泉》一文，孔庆东抛出一个问题：韦小宝是一个颇受争议的文学形象，他人小鬼大，机变狡猾，为达目的有时不择手段，却能逢凶化吉，屡创佳绩，尽天时、地利、人和之妙用。如何看待韦小宝及书中三教九流的不同命运？如果说《鹿鼎记》代表着武侠小说抵达了更进一层的艺术境界，它究竟高超在何处？

孔庆东通过对比洪安通、陈近南和韦小宝道出了一个看似普通却又发人深省的结论，纯粹地当坏人肯定没有好下场，那么纯粹地当好人行吗？洪安通这个人，武功、智慧、领导能力兼备，可惜他走的不是正路，所以，他没有好下场。陈近南走的是正路，天下英雄所应该走的正路。他为了救民于水火，为了反清复明，当了天地会的首领。可是他这个大英雄，却活得那般窝囊。他在台湾内部被奸党所排挤，在江湖上施展不开手脚，可谓左右不得力，上下无空间，简直是活在夹缝之中。正如孔庆东所说："在这个充满了阴谋、排挤、陷阱的世界上，光做一个好人可能不仅把自己害了，可能把许许多多跟自己有关系的好人都给害了，陈近南自己不就是一个事例吗？所以正是在洪安通和陈近南，这一正一反两大英雄的衬托下，我们才觉得韦小宝的生活方式可能自有他的一番价值。"

那么，韦小宝是什么样的人？既不是传统意义上的"好人"，也不是传统意义上的"坏人"。韦小宝身上没有传统读书人身上的教条、迂腐和愚忠，他具有民间社会人物那种重视义气的好品德。正如孔庆东所说："我们看韦小宝救助沐王府的人，救助天地会的人，他讲义气。但是他这个义气跟一般人讲的不一样，不是义薄云天的那个义气，他的讲义气里包括着为一般人所不齿的手段。他为救方怡、为救沐剑屏，表现得很讲义气；但看他是怎么对待那个刘一舟的，就因为他吃刘一舟的醋，人家是方怡的男朋友，所以他就反复地让人家吃苦头。而且，随着情节层层推进，结果发现很多所谓的英雄好汉，都做不到真正的讲义气，反而是韦小宝能在关键时刻挺身而出。正是透过小说的艺术视角，我们才发现了所谓英雄好汉身上的问题。"假若韦小宝身上全都是不学无术、油滑、贪生怕死等特点，那么他就无法在江湖立足。

再比如，孔庆东指出，韦小宝有佛缘情缘，韦小宝不只自己去了五台山、少林寺同和尚混在一起，他还带着女保镖双儿，如果实在混不进去了就把她藏在山下。这是一个很有意味的发现。这样的推论似乎有些好笑，但孔庆东的分析有意思，"我们可以深刻地想一想，和尚应该是什么样的人？为什么我们的第一感觉是韦小宝不能当和尚？说韦小宝这个家伙贪财好色，但贪财好色就不能当和尚吗？就算韦小宝有一千个、一万个缺点，可他有一个好处——他比较真诚，特别是他有一颗平常心。中国式佛教讲的不就是平常心吗？禅宗里有这样的公案：有人问，如何是佛？禅师答，吃饭睡觉便是佛……"他从韦小宝身上获得一些人生的启迪——那就是人活着要有一些担待，有一份沉重，在追求理想的过程中要有一种锲而不舍的精神。韦小宝的穷追猛打里恰好有那样一种歪打正着的佛教精神。金庸是钻研佛经的，他的小说中弥漫着很多佛教的思想，《鹿鼎记》就是一本很好的佛教入门书。

说到这里，我要借题发挥一下。社会对于孔庆东的恶评似乎不断，抛开他的言论观点不说，他始终关注社会，针砭时弊，为民请命，尽管为人所诟病，仍然"不识时务"地奔忙，不做遁世的闲适文人，不倦地思考，勤奋地耕耘，执着地追求，这份精神也是有些可贵的。对于孔庆东，真的不好用简单的二元对立思维来观察结论。有些时候，我感觉他就像现实版本的韦小宝一样，有私欲，有人性的弱点，但他羞于遮掩自己，把自己装扮成"君子"，相比某些伪君子，确实强多了。

最后说说"孔和尚"。

孔庆东爱以"孔和尚"自称，爱谈佛参禅。比如，他在9月17日这次鲁迅小说研究课开场白上就说："信佛教的人，信净土宗的人，法师会告诉他：我们人都是愚昧的，靠自己不如靠佛，因为佛特别伟大。这是一种教派，他的一种主张，我们用这个逻辑来看，他实际是说人要外假于物，荀子说的'性非异也，善假于物也'，借助前人，借助伟人。"这段话是对于佛教理解有误的。

对于佛教的认识，按慧能大师的说法，孔庆东只能算是"知解宗徒"。"知解宗徒"在大学，或者说"学"也许在大学，"道"肯定不在大学。稍微了解佛教的人就知道，佛教特别是禅宗并不排斥靠自己解脱。从佛教的产生看，自释迦牟尼创教之时起，即充分重视人类依靠自身的智慧和毅力来自我解脱。它是在批判当时印度宗教界、理论界各种无因论、邪因论（包括各种形式的有神论）的基础上建立起来的。禅宗高扬"自性自度"，"见性成佛"，甚至喊出了"当知众生自度，佛不能度。努力自修，莫倚他佛力。"把人的主体性、主动性、能动性提到了最根本的位置，凸显了佛教的人文精神。在禅宗那里，佛、菩萨的神圣性和绝对权威降低了。有些禅师呵佛骂祖，不把佛祖看成绝对的神圣。与此相联系，表明禅宗解脱目标有变化，不是到彼岸求解脱，而在此岸得解脱。净土宗信仰侧重于"他力拯救"，禅宗侧重"自力拯救"，可以互相参照。没有"自力拯救"，"他力拯救"也枉然。

孔庆东曾说："人不要追求'做'圣贤。圣贤都不是自己要做的，都是'迫不得已'才做的。武松绝对不想去打虎，形势所迫，不打就得死，所以说时势造英雄。那些英雄本来是过得挺舒服的凡人。"

鲁迅也好，佛陀也好，耶稣也好，孔子也好，慧能也好，哪一个不是首先是心里充满悲悯的人，充满大爱的人？哪一个不是扎根苦难的大地为人类共同命运操心奔波的人？反观孔庆东，发言作文，不加节制，动不动下笔千言，口无遮拦，自以为是学习鲁迅，自以为是"孔和尚"，其实大错特错，这按佛教的说法就是"我执"；再者，孔先生追求"学术通俗化"，取得了效果，他能够把学到的和悟到的深刻的东西，用最精彩最感人的故事展现出来，并影响了数量很多的学生。这个本事，是一些北大教授也没有的。但是也应该看到，一味"通俗"，掌握不好限度，就会滑入"庸俗"甚至"低俗"，弄得课堂像个菜市场，反而失去了冷静的思考。

温儒敏：养文气与"接地气"

2008 年 9 月 12 日

温儒敏在北大已经退休了，之后被山东大学中文系特聘为文科一级教授。

2008 年的秋季，我正在北大旁听。那时，温先生还在北大，印象中，不是那种引经据典天马行空的人，严谨平和，讲到会意处，就会笑一下。他讲授的是北大中文系的基础课"中国现代文学史"，大约几百人挤在理科教学楼大教室上课，座位十分紧张，有时站着听课，尽管如此，还是有收获的。据说，他在山东大学开设的"现代作家作品专题研究"是中文系最受欢迎的课程之一。

读了温先生一些文章，隔着久远的时光，我分享着中文系老教授王瑶、林庚、吴组缃、吴小如、严家炎的治学故事和做人，许多流传久远的"传统"和"精神"的奇闻异事，仿佛一下子就在纸上复活了一般。

作为北大教授，温先生一贯坚持，中文系贵在培养审美感觉，培养"文气"。他说，与哲学系、历史系、社会学系等系科相比，中文系出来的学生应当具有艺术审美能力，对语言文学的感悟力和表达能力。的确，现在的大学中文系文学教育中存在的问题恰好就是缺少"文气"，可能与教学过于重视甚至拘泥于理论框架，过于"科学化"是有关系的。而因为太过重视文学史与文学理论操作，对作品的审美分析较少，加上现在学生普遍不重视阅读作品，文学的审美感觉就难于培养起来。这种状况需要反思。

当下的大学中文系，本来就逐步在"走出文学"，而文化研究的引导又使大家更多关注日常，关注大众文化之类"大文本"，甚至还要避开经典作品，那不读作品的风气就更是火上添油。文学史研究很有必要，文化研究也有必要，文学理论训练也有价值，但文学能力、爱好的培育更重要，也更基础。温先生不无遗憾地说道，"这道理可能都知道，但没人认真去做，都去做热门的，有利可图的。要生存啊，人都像蚂蚁一样实在。蚂蚁是不会看天空的白云的，它只注意地上的饼干屑。"

是的，温先生提出的问题值得我们深思：文学研究越来越细化、科学化，是否意识到这本身是由教学需求的文学史生产所支配？可能会丧失什么？知识多了，系统性突出了，操作性强了，文学的感悟、审美的感觉、那种个性化的真正文学性的东西是否少了？现今我们许多文学史都写得非常严密、清晰、系统，可以自圆其说，而且不断在这种方位发展下去，但是否与文学越来越远？中文系的文学教育是在加强还是削弱？文学史现在的讲法对于学生审美能力的提高到底有多少好处？

温先生的讲课，除了基本的"文学史"线索的交代以外，就是把主要精力用于引导学生阅读作品，感悟作品，也就是加强文学阅读能力的培养，始终把审美放在重要位置，把对中国文化、文学的感悟放到重要位置。这些都让我受益匪浅。

温儒敏的研究，注重第一手材料，注重文学史现象，也不排斥文学的感悟、审美的感觉，并能以点带面的治学方式展开，比较整严。温儒敏认为，材料的掌握和历史感的获得，是至关重要的。感悟力强的人，要训练思维与文章的组织。只要读读他主编的著作《中国现代文学作品精选》（第三版）、《中国现当代文学专题研究》（第二版），就不难得出结论。

此外，温儒敏所写的散文、随感录、序跋等，短小简洁，而一些评论文字如《莫言历史叙事的"野史化"与"重口味"》《莫言〈蛙〉的超越与缺失》《文学研究也要接"地气"》《文学研究的价值危机与当代责任》等，都表明他是一个具有现实关怀的学者。针对价值危机、信仰危机对学界的严重冲击，价值评判标准被颠覆，虚无主义和相对主义肆行，温儒敏提出，在当今浮泛的风气之下，重新强调文学研究的"当代责任"，思考如何通过历史研究参与价值重建，是必要而紧迫的。也就是说，文学研究应适当"接地气"。因此，走出"象牙塔"，走进生活的广阔天地，走进社会大众，是文学研究的当务之急。这个学科的基因之一就是"现实"，它的学术生命就在于不断回应或参与现实生活。的确，在当代中国面临价值、文化转型的大背景下，重建梳理、反思、选择、整合各种不同的传统资源，以构造一个面向未来的新传统，必将成为这一转折期最迫切的文化问题。为此可以说，现代文学学科自身发展离不开对当下的"发言"，也离不开对传统资源的发掘、认识与阐释。要找回现代文学研究的"魂"，就要和现实对话，参与当代价值重建。

温儒敏说，大学阶段，学生应该读一些中外的经典作品。他还在自己的博客上为大学生开了一个通识教育基本书目，一共二十本。他认为，大学期间除了接触专业，还要多读书、读好书、好读书，读整本的书，养成读书习惯，让读书成为一种终生的习惯与生活方式，这是为学生的人生打底子的事情。

中文系距离文学有多远

2012 年 4 月 25 日

一

最近，我认真读了温儒敏编选的《北大文学讲堂》。

这本书集中体现了北大教授的水平，严家炎是从审美角度谈鲁迅的，钱理群是用生命体验来谈鲁迅的，王风是透过文本细读来谈鲁迅的，乐黛云是从中西文化比较的背景上切入的，孙玉石是从艺术审美上切入的，陈平原从周作人、郁达夫、张恨水的文章入手，透出浓厚的杂学风味和闲谈特征，曹文轩以一个作家特有的艺术敏锐来谈汪曾祺……这是北大课堂的实录，一册在手，即便不去听课，也多少减少了一点遗憾。另外，钱理群等人编选的《中国现代文学名著导读》和《寻找北大：温习一些故事和一种精神》也不错，可以参阅。

北大中文系有一门基础课面向整个北大学生，目的就是培养学生对文学的兴趣，提高学生的文学感悟能力和审美文化素质。这就是"中国现代文学名著鉴赏"课。我对这样的课十分看重。在我看来，在大学中文系的文学研究中，作家和作品论是基础，最容易看出一个学者的功力。如果文学鉴赏这一关都通不过，其他的所谓文学外部的研究都是海市蜃楼没有根基的。要谈一个作家的思想，必须立足于文学性来谈，不能绕得太远。

可惜类似"中国现代文学名著鉴赏"这样的课，没有固定下来成为北大中文系必修科目。从 2007 年到今，我在北大一直寻找这门课，直到 2012 年春季终于等来了这门课，可是因为俗事缠身，只在课程快结束时才听了两讲，真是造化弄人。

文学衰，学术兴，这是 20 世纪 90 年代以来中国文化的一个最显眼的现象。这在北大中文系十分明显。只要你有耐心，认真听听张颐武、陈晓明、韩毓海、戴锦华等人的课，不难得出这样的结论：某些教授大谈德里达、利奥塔、福柯、杰姆逊、哈贝马斯，大量西方术语大量充斥在文章和口中，翻来覆去、生搬硬套地使用。文学批评融铸着主体的人格、气魄和性情、精神、信仰和胸襟。批评文字应该是自由自在的，特立独行的。这样的人如何搞批评？这是一个值得认真探讨的问题。

年轻的文学研究者，忙着按"学者"的模子铸造自己，操练着各自的"学术话语"，煞有介事的推演，学术的对话，材料的搜集和整理，文章越写越整齐，越写越像学者，缺乏"强烈的独创的创作"。这种知识是通过学院长期封闭训练而得来的，他们的知识分别打上张三教授或者李四教授的明显印记，他的知识是教授和图书馆给的，与他自己的生命无关，遇到问题，首先是想到德里达怎么说，哈贝马斯怎样，福柯是这样分析的，某某怎么说。他们自己想说的完全淹没在大师的唾液下面，这样的发言是"言之无物"的空对空的学术游戏，与真实人生无关，与当下生存无关。鲁迅称这种人为"诠才小慧之徒"，用各种洋人的"学说"把自己的脸全部罩起来，深掩脸面，害怕自己没有学问，干脆在人们面前把自己的真实想法遮盖起来，贩卖各种学术加重自己的价格，抢占话语位置，便于控制舆论。

90 年代以后北大乃至当代人文知识分子出现了浓厚的焦虑、困惑、麻木、逃避、怯于担当等问题，缺乏信仰的人文知识分子如何继续启蒙，成了一种困境。随着北大老教授钱理群、严家炎、洪子成、孙玉石、谢冕、张钟、李思孝等人的退休，中文系的一些年轻老师，过于疏空浮躁，缺乏艺术气质，又无真诚的人格，而有些人，实在不成气候，这样下去，如何得了？

研究学问，本是学者的岗位要求，但也应该看到，以"纯学术"来掩饰自己的贫乏和信仰的丧失，满足于一种阿Q式的精神胜利，到陈寅恪、吴宓、钱锺书等人的书斋生活中去寻求"学术独立"和"人格自由"的楷模，从钱锺书、周作人、张爱玲、王小波走红的背后，从"国学热""后学热""东方学热"的背后，思想和学术都呈现出一种向内龟缩的趋势，思想和学术（学问）越来越呈现出分裂的状态。

邓晓芒分析这种分裂的原因时，认为除了外部环境的原因，还在于中国学人的思想本身过分狭窄，就是说，这种思想本质上还不是一种"学术思想"，而是传统型的道德思想或政治思想。这样的学术只有依附没有独立，不可能有自己真正的安身立命的根基。邓晓芒尖锐地指出，那种天马行空、师心任性、玄妙高蹈而不留痕迹的"原创性"思想，并不像是有学术价值的思想。真正站得住的思想总是在与前人和同时代人的艰苦辩难和反复对话中建立起来的，不是随便拉某位西方大师就行。90年代初，暗合市场经济大潮及新型意识形态的需要，"后现代性"的论调尘嚣一时，但是时过境迁，"后现代性"之倡扬毕竟无法抹去中国仍是发展中国家这一基本事实，现代性始终是中国社会和知识界悬而未决的问题。王元化先生是一个严肃的学者，曾提出过"有思想的学术，有学术的思想"。这种要求目前看来还是太高了。

读读美国的夏志清教授和王德威教授的文学批评文字，

再在北大课堂听某些学者讲文学理论，真觉得是误导。夏志清的《中国现代小说史》、杨义的《中国现代小说史》、司马长风的《中国现代文学史》和钱理群、黄子平、吴福辉、温儒敏主编的《中国现代文学三十年》，算是不错的文学史著作。我在网络上看到陈晓明为中文系研究生开的书目单，可以看出他关注的问题在哪儿。一句话，大多数是社会学和哲学的著作，关于文学本体方面的很少。这究竟是在培养文学研究人才呢，还是在培养哲学研究人才呢？

再比如讲授诗歌的某个北大老师，是个地道的"北大诗人"，他的诗句"学生腔"很浓厚，模仿性的语言十分生硬，远的不要说和西南联大诗人相比，即便和同是北大毕业的诗人海子、戈麦、西川、骆一禾相比，也差得太远。我赞同一个批评家的话，在今天，坚持诗的精神高度和语言潜力发掘的写作者，仅靠一点才气，一点小聪明，一点青年人的热情和敏锐感觉，是远远不够的。一个诗人，一个作家，甚至一个批评家，应该具备与其雄心或欲望或使命感相对称的文化背景和精神深度，他应该对世界文化的脉络有一个基本了解，对自身的文化处境有一个基本判断。在今日，有的诗人创作的狭隘和停滞不前，恰恰是发生在文化背景和精神深度的欠缺上。

先读作品，广泛涉猎作品后，再来形成自己的观点，然后再来读相关的理论书籍，否则，就变成伪学术了。能否丢开枷锁一般的理论，多散步沉思，写出点真正有问题意识有情怀和性灵的文字？在学院化、体制化的今天，那种具有敏锐的艺术感悟力，深刻的思想观察力以及犀利尖锐的文风越来越少了，冬烘先生各自经营自己的所谓理论，在麻醉之中逍遥，回避社会转型中的污秽和鲜血，凭空从事空洞的学术建构，思想的锋芒和艺术的敏感日渐滑落，"文学性"的东西越来越少。

这一弊端已为学界所深刻认识。怎样看待"学术规范"与"思想锋芒""艺术敏感"的关系？学者复中义强调建立学术规范是为了精神和思想价值的强化，而陈思和则呼吁在强调"岗位意识"的同时，要在具体研究中带入对问题的关注和思考。钱理群指出，学院研究容易成为学术智力游戏，一贯地将材料作技术性操作而代替表现学术生命力，或是形式限制和压抑生机而导致学术霸权的出现……那些专事知识积累、靠学问吃饭的人，应该对此警醒。

对待西方的文论话语资源不是平静地引进和借鉴，而是争先恐后地"抢购"，在消解了主流意识形态之后，形式主义、结构主义、新批评、接受关系、解构主义、后现代、后殖民、东方学……仿佛谁占领了一个阵地谁就有了话语权了，文学批评患上了严重的"失语症"，文学批评的独立权到哪儿去了？！

从"五四"开始，我们一直在学习人家西方的东西，一直把自己当作学生，从不敢质疑这位老师，学着洋人的口径说话，却像鹦鹉一样发不出自己的声音。这种从洋人那里学到的一鳞半爪的理论却无法解释当代中国文化的问题，于是便"失语"了、"失败"了。

郜元宝指出，我们没有一套完整合用的学术传统来解释当下的文学和现实，我们一无所有，在精神上是乞丐，每走一步都必须以乞丐般狼吞虎咽的"学习"为前提，这就决定了在现代中国包括我们这一代在内的一大批学者，我甚至想说绝大多数学者，思想上永远不会也不可能"成熟"。我们往往从"失败"开始，通过一生的"学习"而以"失败"告终。

郜元宝指出，中国知识分子因为对自己在思想文化史上的处境和命运缺乏了解，往往盲目自信，不肯"虚心"。如何才能在学习之中不断敞开自己，跟世界对话，建立知识分子和现实的健康联系？那种刚读了洋人几本理论著作就自以为真理在握的架子，实在是虚妄的。

文学批评家钱中文说得好，对于一个作家与批评家来说，最重要的素质应是做人的真诚、血性与良心、怜悯和同情、一种人文的关怀。没有真诚，没有血性与良心、同情心与怜悯的苍白文学，哪个读者要看呢？那种胡拼乱凑自言自语式的"学术文字"，明眼人一看便知，这种缺血少氧的文字，读者当然不买账。幸好学院学者的话语权渐渐被打破，网络批评的出现和活跃，证明了开放社会的到来。

二

在北大陆续听课一段时间后，最近越来越觉得，听某些课似乎不如阅读收获多，于是静心读书。

比如王瑶先生，王先生沉稳从容，自由无羁，博闻强记，机敏过人，关怀现实，有真性情，既有魏晋文人风骨，又有"五四"时代精神，体现了传统与现代这两方面的交融。至于做学问，他深谙"无为而治"的奥妙，留给学生足够自由的空间。对此，朱德熙曾论说道："无论知人、论事、治学，多有深入独创的见解。"

我手上有两本王先生的书，一是《中古文学史论》，一是《王瑶文选》。从书中可知，王先生具有厚重的古代文化与文学素养。王瑶曾说，鲁迅对于野史、杂说、笔记小说、禁书和民间创作具有浓厚兴趣，并使他通过读这些古书增加了反封建的战斗力量。王先生还具体分析了鲁迅对于庄子、屈原、孔融、嵇康等人的爱好及其原因，提出了一些颇为精当的见解。

相比王瑶先生，作为学生的钱理群和陈平原的某些不足就明显了。钱理群有生命的冲创感，延续了"五四"时代精神，也有精神探求的野气，就是缺乏厚重的中国古代哲学与文学素养，缺乏业师身上的魏晋文人风骨，少了一些"真性情"，显得峻急。陈平原专注于学问，有书卷气，比较从容，但是缺乏生命气息，缺乏现代知识分子的气质。私下想，钱理群和陈平原能中和一下就好了。

我喜欢陈平原先生的学者散文，体现了文学、哲理、文化与宗教的兼容，而对其学术著述，没有多大专业兴趣。手上有三本陈先生的书，一是《学者的人间情怀》《当年游侠人》和《千古文人侠客梦》。陈先生的学者散文，文字很好，视野开阔兼容，放在当下，按照常理，已经很难得了，我还是觉得似乎缺少什么。学者散文兼顾文才与学养，缺乏其中一样，就不会妙趣横生。陈先生的学者散文，略少文才，对于哲学、宗教与文化似乎缺乏义理的深究。尽管这样，我还是觉得要留意陈先生的文章，这是因为，其一陈先生是中文系的"通人"，其二陈先生会做学问。随意提几篇陈先生的散文，比如《何必青灯古佛旁》《现代中国的"魏晋风度"与"六朝散文"》《古典散文的现代阐释》《晚明小品论略》等，陈先生的功力可以窥见一点。

比如严家炎。严先生的一些著作，比如《中国现代小说流派史》《论鲁迅的复调小说》《金庸小说论稿》等，我也是最近才看到的。感觉严先生治学严谨，对作家作品，特别是鲁迅这样的大作家经典作品的研究和阐释，达到了一定的高度和深度。随意提两篇论文，比如《复调小说：鲁迅的突出贡献》《鲁迅作品的经典意义》，都有深度。

比如谢冕。捧读谢先生的散文随笔文集《永远的校园》，玩味再三。本书是 1997 年出版的，让我不禁再次怀念 80 年代的那种文学氛围，那是一个真正热爱文学的时代。阅读此书，能感受到谢先生身上散发出的才情，而这种才情似乎在当今一些北大教授身上消失了。

谢先生的文字短小精悍，不卖弄时髦的概念，比如本书第三编（文学评论），是直面文学本体的评论文字，认真读来，要比那些开口"德里达"闭口"利奥塔"的批评家们在行多了。谢先生强调，文学史研究应该是"减法"的研究，应从芜杂的文学史料中取其精华弃其糟粕，做材料的主人，而非材料的奴隶。此话说得好，可是许多从事文学研究的人变成了材料的奴隶。谢先生的成就主要表现在新诗理论的建构与批评上，更为难得的是，他身上有一种知识分子的精神。

凌宇先生的《从边城走向世界》（修订本），解剖了沈从文的人生道路、人生观、艺术观以及文学世界，是研读沈从文的必读书，从中可以感受到一点 80 年代的一批文学评论家难得的品质：立足文学本体，感受细腻，视野开阔，功底扎实。

洪子诚。我读过洪先生的《中国当代文学史》《我的阅读史》和《两忆集》。洪先生治学严谨，对理论的消化能达到"了无痕迹"之境界，他于史料以外表现出来的现实关怀与学术见解，给人印象很深。他把学术性的书写得让人爱读，这样的境界也不是随意可以修炼得到的。也是在这点上，我对陈晓明、张颐武、戴锦华有些腹诽。

乐黛云。手上只有她的一本随笔，名《透过历史的烟尘》。其中有关于王瑶和季羡林的回忆，读来泣血，其中吉光片羽，耐人寻味。另一本随笔，我在图书馆翻阅过，是关于听沈从文、废名、唐兰先生等授课的回忆。谈到废名，她说，"常常兀自沉浸在自己的思绪中，时而眉飞色舞，时而义愤填膺，时而凝视窗外，时而哈哈大笑……"

这本书里，有一篇文章我印象很深，是《鲁迅研究：一种世界文化现象》，此文刊发于 1990 年第一期的《读书》杂志。文中指出的一点，十分深刻，这样的比较视野就要比刘小枫全面一些。现在把这段话摘录如下：

鲁迅虽然在黑暗的虚无感中为寻找生活的意义而进行着激烈的内心斗争，但却总是受到一种拯救国家，唤醒人民的义务的约束。尽管在《影的告别》中，鲁迅表示了对一切未来美好图景的绝望与怀疑，在《过客》中，他表示憎恶他所曾看到的，所曾经历过的一切，也明明知道前面并没有什么花和草，而只有坟墓，然而，他仍然觉得"那前面的声音叫我走"，"我息不下"。在绝望与希望的挣扎中，他始终相信"绝望之为虚妄，与希望同"。林毓生认为西方知识分子与鲁迅对待同样感到的"虚无"的态度不同，是由于两种不同的文化思维方式所决定的。西方的新教伦理认为，由于"上帝的绝对的超验性"，人是与神隔绝的，不可能成为神。在加尔文教义中，过去曾经如此富于人性的"天父"已经被一种人所不能理解的超验的存在所代替，人只能对一个自己所无法认识的疏离的世界进行着盲目而孤独的苦斗，如果他不能用禁欲式的追求和创造来充实自己，他所得到的只有虚无。中国的"天人合一"理论却认为超验的意义内在于人的生活，"尽心、知性、知天"，人的本质与"天"的本质相契合，人生来就被赋予一种内在的道德与思想能量，具有能够"知天"的判断力。因此，他探求生命意义的努力就永远不是一种疏离的外在的行为。在鲁迅的深层意识中，他总有一种信念，认为生活中总还能找到一些积极与美好的东西，这一点从未动摇过。林毓生认为，如果说西方知识分子是想创造一点什么，鲁迅则是力求发现一点什么，他们的目的同样都是为了抵御那暗夜中"虚无"的袭来，只是从不同方面接近了同一个问题。

赵园。赵先生著有《艰难的选择》《北京：城与人》《明清之际士大夫研究》《地之子》等几本书，我重点读了《论小说十家》。《论小说十家》在手，让我玩味再三。在当下这样一个盛行各种流行理论，热衷大文化批评的时代，重读赵先生的文字，对自己失望的内心多少是一种安慰。

在文学研究中，作家论是基础，最容易看出一个学者的功力。如果一个学者对某一个作家没有敏锐的感受、没有独特的诠释、没有深入作家精神生命的体会，那就很难期望，他的宏观研究不是建筑在抽象的沙滩上。读过赵先生的文字后，你便会发现她独特而又敏锐的艺术气质，她注重"直觉"与"经验"，包括审美经验与人生阅历，甚至她注重社会学与阶级分析等。这些陈旧的方法未必就失去了效力。这对于那些热衷炒作新理论的人来说，当然不合时宜，而在我内心，赵先生是少数优秀的现代文学研究者。

赵先生的文学批评是来源于生命内部经验的交融。在《艰难的选择》一书的扉页，她题下了这样的话："在我，最猛烈的渴望是认识这个世界，同时在对象世界中体验自我的生命。"在赵园看来，知识分子最可贵的恰恰就是这种自我反省的能力。在毫不留情的对知识分子灵魂深处近乎残酷的挖掘中，我体味到了赵先生的"艰难"。在《关于现代文学研究的随想》一文里，赵先生指出，学术化似乎不应成为遁词或借口，尤其不应用来掩盖思想力的贫弱，掩盖对"重大问题"的缺乏反应能力。她说，"我怕有一天，这学科会成为一个看似'自足'的学术沙龙，因自言自语而沾沾自喜，在与外界缺乏'交换'的封闭状态中自我消磨。"这确实是一个要命的问题。

钱志熙。钱先生气质清雅，书法俊秀，有晋人风骨，所著《魏晋诗歌艺术原论》和《唐前生命观和文学生命主题》为我所爱。钱先生提出，从生命的角度研究古典文学，考察文学作品里蕴涵的生命观念、生命意识、生命情绪，尤其符合我的追求。其中，钱先生撰写的论文《论中古文学生命主题的盛衰之变及其社会意识背景》和《论陶渊明的寒素性质及其在文学上的体现》等为我关注。

旷新年。仅凭一本薄薄的小书《无居笔记》，就可以感受到，旷先生是一位有才华有道义的文学批评家和学者，可是就是这样一个人，却被他的时代挤压得终于"忍无可忍"。天才总是遭遇厄运，自古皆然。

真正触动我的，还不只是这些散发才情的随笔，而是发表在网络上的《疯人三书》系列文章，那些文字扯下了高校知识人身上的画皮，逼迫着他们直面自己"原罪"的内心。旷先生用毁灭自我的方式诅咒着这个时代，摘除自己的面具以真实血肉直面人性的残忍。《疯人三书》系列文章是这个时代要面对的严酷拷问，它整整纠缠了我三年——在这些文字里，旷先生真正立了起来，而很多人继续匍匐于地面。

孟繁华《想象的盛宴》一书，让我领受到孟先生的"多面"：不仅关注学术研究，而且在文学研究、文学批评、文学活动甚至在文学作品编选和文化批评诸多领域投注热情和心力。我尤其喜欢他身上的"新理想主义"，比如80年代被谈论的最多的那些命题，诸如理想、价值、意义、正义、精神、灵魂、信仰、人道、人文、人性、人格以及知识分子性、反思、批判等。他无论是从事批评还是研究，都是以此为基点。

谈到思想，我觉得哲学系毕业出来的学生应该有思想。至于中文系，应该以审美为基础，文学是在美的层面上来讨论问题的，投入地阅读，感性地阅读，通过文本细读揭示文学性的东西，不是知识性的东西，更不是一套自以为是的理论。

可是，在北大中文系听课的日子里，却觉得中文系离文学是那么的遥远。根据我听课感受，北大中文系现当代文学方面的老师大致可分为三大类：一类是文化研究派，比如陈平原、高远东、韩毓海、贺桂梅、李扬、陈晓明、张颐武；另一类是审美派，比如曹文轩、吴晓东、温儒敏、商金林、孔庆东、姜涛、邵燕君等。第三类是兼顾思想和审美，如王风、钱理群。"文化研究派"通常宏大，更有甚者拿着西方理论胡扯；"审美派"中的学者有点太拘泥于审美，显得缺乏思想的底气，一个学者，最基本的功底不是掌握了多少学术史的知识，不是开口"张三怎么说的"，闭口"李四怎么说的"，而是你对材料基本的价值判断，是对外部世界鲜活的感受能力。可惜的是，这种感受能力在许多老师那里消失了。张口要么概念词语满天飞，要么没有观点地老是重复别人和自己，弄得自己像个鹦鹉。一个讲文学史的没有自己的"文学史观"，一个讲现当代文学的没有自己的"文学观"，一个讲鲁迅的没有自己的"鲁迅观"，这样的学者还能讲好课吗？现当代文学这一学科研究，是到了该下硬功夫突破的时候了。

2

第二章

哲学——为生命的存在提供安顿

王博：生命的安顿

2007 年 11 月 12 日

在北大听王博先生的课，等回到安徽再听录音回放时，常能笑出声音来。在笑声中，我完成了精神疗伤。王先生既嘲弄了这个庄重的世界，也嘲弄了自己，他解构了这个世界，建构了心灵。在王先生那里，庄子的哲学不再只是一种思辨与一套理论知识，而是一种屠龙术。我用庄子的屠龙术将鲁迅屠了。虽然目前我从理性上走出了鲁迅，可是在内心的情感上，鲁迅还时常冒上来。

细读王先生的《无奈与逍遥：庄子的心灵世界》《老子思想的史官特色》和《庄子哲学》，我能感受到他的天赋，那种将自我逼入虚无的天赋不是每个人都有的。因此，我时常思考一个问题：王先生的洞察力怎么炼成的？庄子和老子已经化为王先生的血肉，那么骨骼又是什么呢？我有这样一种担心：一些爱庄子的人，因为没有了骨骼，成天逍遥，自诩看透了一切，没心没肺的，到处说些劝人看开的无用好话，没有悲剧感⋯⋯

王博印象

晚上，是北大哲学系王博先生《庄子》导读的讨论课，学生们的讨论十分精彩。王先生的"庄子哲学"课堂上，旁听学生的人数远远会超过初选课的学生，教室后边、过道以至于窗外都拥满了人，很多时候，学生席地而坐⋯⋯

与某些研究西方哲学的先生不同，王先生曾经说："不能所有的学科都照搬国外的做法，特别是一些人文学科，师徒传授也是必要的。"比如在哲学圈中形成的"北大学派",就得益于北大稳定的研究者。同时,师徒研究可以形成一种更为亲密的关系,使得工作氛围更好。

在我的眼中,王先生是具有某种传统文人气质的学者,是北大最年轻的博士生导师之一,讲授风格诙谐幽默,讲课方式是感觉式的、体验式的教学,讲课过程行云流水,能让你感觉到哲学的某种意思,某种境界,让人在如沐春风中对庄子心领神会,因此,他的课上总会有那么多慕名而至者,早早在教室中占位听课。记得上先秦哲学课时,他精心编排了授课内容,在讲课的时候,巧妙地把庄子放在先秦哲学的背景下,在跟孔孟的对话中,突出庄子的思想,并连带讲出先秦哲学的总体状况和特点。这门课给我的印象很深,既了解了庄子哲学特色,又对先秦哲学有了一个大概印象,引导了自己日后自学。每次听课,由于听者众多,我只能在中间加座。

关于生活与哲学,王先生认为,生活的意义其实就在于解释和赋予,你赋予一个行为,就赋予你整个生活,哪怕给杂乱无章的生活一个意义。其实我们的哲学或者很多人追求的一个境界就是安身立命,让我的心安下来。安就是寻找一个根基,寻找这个根基去追寻生活。

生命的哲学

以《庄子》为题者不乏其书,为什么我却推王博的《庄子哲学》呢? 与以往学者的研究不同,王博并不是以概念范畴来研究庄子,而是把庄子当成一个有血有肉的生命来看待。 仅仅从学术的角度来理解中国哲学,十分枯燥乏味。王先生的课堂为学生呈现一个比较多元的,也比较开放的中国人的心灵世界。

王博强调庄子与生命的联系，他对于生命的关怀，对存在困境的深刻体验，都让我十分认同。可以这么说，生命这个词语经常出现在他的讲课与著作里。

王博先生在他的课堂和著作里，给我们构造了一个特别人间化的庄子，把庄子还原成生活在人间世的一个无奈的为了全生尽年而在"心之逍遥"和"形之委蛇"中彷徨的智者。

王博先生的学问，就是生命的学问。他的读书、教学、著书立说，也包括生活方式，都与世界、他人和自身呈现一种对话关系。王博先生在《庄子哲学》里曾说：

我一直觉得，历史上存在过的思想，特别是具有伟大影响力的思想，它们一定是根植于人的心灵，是人的心灵的多方面的展现。因此，面对着心灵的历史，面对着那些丰富多彩的主张，读者心灵的参与就是一个基本的要求和前提。只有心灵才可以和另一个心灵沟通，仅仅靠眼睛、耳朵甚至脑子，都是不够的。

在哲学家看来，生活很大程度上就是选择，心灵的选择。很多时候我们并不能简单地用是否、对错、善恶、美丑等去衡量生活，它应该是很多元的，同时也是很开放的。

在王先生看来，哲学可以称得上是一种关于心灵的学问，它是与生命息息相关的学问。以中国哲学为例，不管儒家或是道家，他们都有一种理解生命的情怀。他还在不同场合重复这样一种观点：

我希望把哲学的"哲"字改一下，把"口"变成"心"。这个字现在已经不用了，但在古代典籍里会发现这个字——上面是"折"，下面是"心"，与"哲"字相通。我希望把"哲"字改成上"折"下"心"，这样非常能反映出哲学的特点——它就是关于心灵的学问。

是的，正如王先生所说，一个专注哲学的人应"既有生命关怀，又有学理素养，并且积极参与社会实践，成为对中国社会有贡献的思想者"。为此，他提醒道，"另外，我们需要注意的是，有必要把学问与生命区分开来。学问旨在'明理'，是通过自己的思想与逻辑把一件事阐释清楚，把情怀或者主观感觉过多地投入到学术研究中，有可能使自己丧失做学问所需的平等对话的态度。"

关于老子的哲学，他说：

作为一个曾经的史官，老子对于此一时期及更早的政治文化是相当熟悉的。与同时及稍后的诸子们相比，或许由于身份而来的特殊生存经验，老子对于政治及权力的问题给予了更多更直接的关注。这就使得老子的哲学成为一种主要是关于权力的哲学，其中包括关于权力的根源、使用、节制等方面的思考。

《老子》中一系列重要的概念都可以也必须在与权力的关系中获得理解，如无为、自然、柔弱、刚强、道、德等。这样说其实正合乎汉代人以老子及道家为"君人南面之术"的概括，并能够突出老子对于政治问题的强烈关注。

关于庄子的哲学，他说：

庄子说，人的心变虚了，才能容纳整个世界，如果一个人的心是实的话，就完蛋了，他只能容纳某一些东西，而不是世界。

关于先秦哲学，他说：

春夏秋冬、儒墨道法，不同的心灵，不同的季节，其实不同的心灵并不就是他们的，其实就是我们每个人的。

儒家强调"重仁尚礼"，道家强调"道法自然"；儒家强调"有为",道家强调"无为";儒家强调"刚健中正",道家强调"阴柔脱俗"。如果说儒家思想象征着春天的激情、活力,那么道家思想则是象征着秋天的理性、成熟。

对于儒、释、道三者的关系,我想最好的比喻应当是我常说的"季节":儒家好比是春天,那是一个充满阳光的有关理想和爱的季节;道家则好比是秋天,能够让人体会到生命与世界的矛盾,那种成功与无奈同在的感觉。因此,春天的心是温暖的,而秋天的心是凉的。至于佛教,我认为它已经超越了"季节",它已经从四季中走了出来,也许每一个季节都是春天。正如无门禅师的一首诗偈所写:"春有百花秋有月,夏有凉风冬有雪。若无闲事挂心头,便是人间好时节。"

更多的时候,王博先生讲的还是庄子。与某些学者把庄子阐释得过于逍遥不一样,他指出了庄子的另一面:庄子的心情可以说是始于无奈而终于逍遥,但终于还是没有摆脱开无奈。看不到无奈是肤浅的,而看不到逍遥是庸俗的。只看到无奈是沉重的,只看到逍遥的人是没心没肺的。正是在无奈和逍遥之间,在不得已和自在之间,生活的真相才向我们呈现,庄子哲学才体现出它的厚重和深刻。

庄子是复杂的,他的心灵世界中有着无数的丘壑,父子之亲、君臣之义、功名利禄之网、是非善恶之结、世态炎凉、人情冷暖,该把它们如何地安顿或者打破呢?庄子又是简单的,所有的丘壑都被抹平,归于虚者心斋,归于无何有之乡,广漠之野。这种复杂和简单不只是庄子个人的,也是他人和世界的。唯其如此,庄子哲学才不是个人的,而是中国和世界的。

庄子认为,这个世界是不真实的,实在的世界是真实的吗?喧闹的世界是真实的吗?都是"我"所造成的。"我"不是一个东西，不是一个物理性的存在，不是一个可以测量的状态，"我"是心的一种状态，与心有关的存在，而心却被形所支配，被各种各样的要求累死了。人不能让自己活得太累，不能让自己始终生活在那种充满张力、充满承担的生活里。过度地承担实际上是对自己生命的戕害。——对于鲁迅而言，正是如此，对于大多数的"慧根小的人"，更是如此。庄子把相对推向了极致，他看透了社会，追求的是一种完全的自我心性自由。

要想走出来，就要把"我"连根拔掉。庄子的道，是为着每一颗向往自由、向往超越的心灵的。只是连根拔掉又怎么可能呢？遇到困境，无奈之际，总是求助于庄子，难免让我失望。其实，庄子与禅宗的思想只能治标，不能治本。这是因为他们都远未能从终极的高度解读人与人生，因此，他们所提供的答案在本质上就只能是一种消极的敷衍与躲避。

的确，庄子的核心主题有两个：生命的世界与人的自由。孔子与老子关注方向的不同是一种"路线斗争"，但两者都关注政治世界，这是二者的共同点，这也是春秋战国时期时代关注的重心。但是庄子不一样，庄子所关心的世界是一个生命的世界，对某些人而言，其生命世界建立在对于政治世界的排除上。庄子的世界独一无二地与现实政治保持距离，而聚焦于生存之上。这种排斥在庄子是自觉的。从另一方面来说，庄子的矛盾在于，他拼命地拒斥政治世界，恰恰吊诡地说明政治是他一生解不开的心结，政治也一直是庄子不得不面对的问题。他一直力图以轻描淡写的方式，来化解自己心中的政治心结。

庄子是一个深深受过政治伤害的人，但是他的政治经历并不丰富。这只能说明庄子是一个天才，他在心境上真正领悟了政治的残酷。从孔子、到老子到庄子发生了一次思想转换，这就是从政治到生命的转型。对庄子而言，他最关心的问题是，我们可以选择怎样的生命，是否存在一个政治空间以外的生命的拓展，这种拓展也是对于"世界"的拓展。对于哲学家来说，一般有两个世界，一个是表象世界，一个是本质世界。对于庄子来说一个是有的世界，一个是无的世界，庄子关心后者，在无的世界中安顿生命。庄子的内七篇都是从生命出发，核心就是让人在这个变换纷扰的世界中摆脱束缚，获得自由。

《逍遥游》：主题是人如何获得自由，方法就是放下一切，包括世界和自己。

《齐物论》：就是解构，就是对于这个世界的固有结构的完全打破。这个世界的任何的差别在庄子都消失了。庄子能看到世界之初，因此万物的差别都消失了，因为是非尚未产生。问题是为什么要齐物？为了获得自由。只有对于万物都不在乎，才能获得自由。解构的目的就是生命的自由。

《养生主》：养生最重要的根本是什么？最重要的本质是一种世界观，如何把自己与世界之间的关系做一个安顿。以有涯随无涯，殆矣。生命是否可以建立在知识的基础之上？庄子认为知识不过是一个陷阱，是一个迷惑人生误导人生的陷阱。

《人间世》：就是在人与世界之间，我们如何理解人与世界的关系。

《德充符》：人被德所充满的样子。庄子非常重视德，道家又被称为道德家，庄子的德指的是在这个变幻不定的世界中"不动心"，因为人即便动心了也无济于事。有德的状态就是心平如水。人的残疾不是身体层面的，而是精神上的无力。人的无力感的根本在于，生命短暂，人无力在这个世界上留下什么，人总是被迫服从于命运的安排。

《大宗师》：大宗师就是一个变化无常的世界。大宗师的目的就是破灭世人心目中的"导师"。什么样的人有资格成为世人的导师？庄子认为不存在这样的人。庄子比苏格拉底更彻底，庄子不以辩论而以自述的方式破灭了一切人格的精神崇拜。庄子唯一迷恋的就是虚无。

《应帝王》：不是政治世界中的帝王，即便有这样一个帝王，他在政治世界只是一个影子一样的背景。好的帝王是一个永远让人感受不到其存在的帝王。帝王指的是每一个个体获得了真正的自由之后获得的帝王一般的主宰感。如何获得这种自由，方法就是"顺应"。这就是应帝王的含义。

儒家的世界无法离开政治和礼，是一个伦理的世界。但是庄子的世界完全相反，抒发的是对生命的理解。生命、生存、自由，这是排除了政治伦理世界之后的世界。这在整个中国思想史上都是另类的。因此，我们永远不要站在伦理的角度去批评庄子。

我的追问

我一直自觉或不自觉地试图在世俗（功利）的框架内寻求精神痛苦的解脱之道，比如按庄子提供的自由之道，问题是，这样以后我们真正获得了自由吗？从基督教信仰的角度来看，这实际上是在缘木求鱼。因为人的精神追求、真正的人的尊严本身是超越世俗的，在本质上是反世俗功利的。要追问出真切的人生意义，必须去除那一切芜杂，直面简单的生命。只有从根本上把人之为人的本质，以及人生的意义这些终极的问题弄清楚之后，精神上的苦闷、焦灼才可能消解。但是，人的精神需求是客观性的，不是敷衍和压制所能解决的。一方面在观

念和理想上认同、寻求一种超脱世俗功利的价值，另一方面
却又放不下世俗功利，甚至自觉或不自觉地为追逐世俗功利
寻求"高尚"的托词，自欺欺人，这种灵与肉、圣与俗追求上
的自觉或不自觉的分裂几乎是所有知识分子（"文人"）的通病。
解决之道，不是要弃肉取灵、弃俗取圣，或者弃灵取肉、弃圣
取俗，这既没有可能，也没有必要。灵与肉、圣与俗并非绝对
和必然相斥，分裂是由主观性的二元化追求造成的，只要使二
元归一，问题便迎刃而解。二元归一之道，在于确立主从关系，
或者以灵统肉，以圣统俗；或者以肉统灵，以俗统圣。若试图
灵与肉、圣与俗并重，寻求灵肉、圣俗的均衡或平衡，则正好
落在二元追求的误区。——除非求圣是假，求俗为真。

　　以肉统灵、以俗统圣是人性的天然倾向。所以，"知识精英"
在经过灵肉、圣俗的分裂之后，便"自然"地向以俗统圣"衰败"。
欲以圣统俗，则需要某种终极性的强大精神力量和依托。这种
终极性的精神力量和依托则只能来自终极性的信仰，而终极信
仰正是与人的本质、人生的意义等终极问题相对应。信仰绝非
只是给人"死之希望"，现世社会也根本不足为"生之依靠"。
不少人正因为未能从终极的高度认识人生，因而既不能认识人
之为人的本质，也没有人生终极意义的答案，从而既看不到信
仰对人生绝对的、不可或缺的决定性意义，也无从获得终极的
精神依托。没有以圣统俗的精神力量和"资源"，又不甘于以俗
统圣的"衰败"、堕落，那么，除了继续在圣俗二元追求的分裂
中挣扎、"苦游"之外，就只好"弃肉取灵"了……

　　把生之依靠寄托于现世社会而追求超越世俗的人的尊严，
就如站在屋檐上摘月亮，既荒唐，又危险……但这里有一个
难处，要获得终极性的精神力量，则必须抛开世俗功利，即

必须"忘我"；要"忘我"，抛开世俗功利，则必须有终极性的精神依托。这是一道"坎"，跨越这道坎需要从根本上超越自我、超越世俗（功利）的勇气……

肖鹰：庄子式悲伤

2007 年 6 月 17 日

下午，听清华教授肖鹰讲《〈红楼梦〉的美学意蕴》，被其富有感染力的演讲打动了。

肖先生认为，读《红楼梦》，一定要以诗意的眼光去读，它的基本情景都是一个又一个的诗景，用脂砚斋的话说是"从诗中化出"的。《红楼梦》的诗意的核心，就是"情"，是对人生世界无名的感触和关爱。叶朗先生认为，《红楼梦》处处渗透着作者曹雪芹对整个人生的深刻感悟，一种哲理性的感悟、感叹。大观园是一个理想世界，一个"太虚幻境"，那里是一个春天的世界，是美的世界，是诗的世界。那里处处是对青春的赞美，对"情"的赞美，对少女人生价值的肯定和赞美。大观园这个有情之天下，好像是当时社会中的一股清泉、一缕阳光。但是这个理想世界，这个"清净女儿之境"，这个"有情之天下"，被周围恶浊的世界也就是汤显祖所谓的"有法之天下"所包围，不断受到打击和摧残。

很小的时候就读了《红楼梦》，尤其被里面那首《葬花吟》所打动。

"试想林黛玉的花容月貌，将来亦到无可寻觅之时，宁不心碎肠断？既黛玉终归无可寻觅之时，推之于他人，如宝钗、香菱、袭人等，亦可到无可寻觅之时矣。宝钗等终归无可寻觅之时，则自己又安在哉？且自身尚不知何在何往，将来斯处、斯园、斯花、斯柳，又不知当属谁姓矣！因此一而二二而三反复推求了去，真不知此时此际欲为何等蠢物，杳无所知，逃大造，出尘网，使可解释这段悲伤！"

宝玉听到《葬花吟》的感受是什么？我以为最终触动的是宝玉对人生世界的沉痛感慨，这里是对于人生的终极关怀。肖先生认为，庄子本来是一个大欢乐的人，但是恰恰他这个大欢乐的人对人生的有限性有至深的理解。他说："人生天地之间，若白驹之过隙，忽然而已。"宝玉与庄子一样，至深地领悟了生命的短暂和脆弱，因此胸怀着中国文化与生俱来的最深的痛。中国传统文化的精神目标不是指向天堂或来世，而是热爱生命、珍惜当下，用诗与哲学的话语来说，就是投身于宇宙生气活跃的大运动（大化）之中。陶渊明的诗歌说，"纵浪大化中，不喜亦不惧"，即将自我有限的生命汇合于天地无限的运动。第二十二回写宝玉占得一偈并附有《寄生草》一词作为解释：

你证我证，心证意证。

是无有证，斯可云证。

无可云证，是立足境。

无我原非你，从他不解伊。肆行无碍凭来去。

茫茫着甚悲愁喜，纷纷说甚亲疏密。从前碌碌却因何，到如今回头试想真无趣！

宝玉确实就是清代的庄子。石头的"自去自来，可大可小"，"空空道人""茫茫大士""渺渺真人"的清醒超然，贾宝玉所属意的"赤条条来去无牵挂"，也都与庄子《逍遥游》的要旨相通。

佛教认为，世人陷于贪、嗔、痴的苦海而不能自拔，只有凭借佛家的智慧，彻底洞穿世界的本质"空"、人生的本质"苦"，无念、无相、无住，才能离苦海，证涅槃。道教则认为，人生柔弱短暂，百念役其心，万事劳其形，但若能致虚守静，神住形固，与道合一，便能长生久视，羽化而登仙。两教都要求人认识世界与人生的真相，以便在此基础上获得永恒的解脱。正如肖先生所言，对中国的文人墨客来说，对中国传统的文化心灵来说，最大的悲伤不是自己的死亡，自己死亡如果还有另外的彼岸的天堂，那不是最后的绝路，恰恰可能是新生的希望。中国文化没有天堂，所以死，就是"花落人亡两不知"，整个世界都静灭了。这是一种彻底的沦丧，彻底的幻灭。黛玉之哭，实在是这无所皈依的生命幻灭之哭！"花谢花飞花满天，红消香断有谁怜？"这首诗浓缩了中国人对春天不常在、生命短暂的深刻忧患感。

这种幻灭感，是存在于中国人的心灵深处到最后万物归于寂灭的生命感。这种生命感引发的是悲悯苍生万物的大悲。中国人天生有一种乐极生悲的情怀。乐极生悲，是讲人在世界上，是有限的，生命本身是脆弱的。这就展示了贾宝玉由林黛玉的悲叹、哀伤想到人生生命本身的悲剧性。

中国美学的诗美，最重要的特点是追求自然之境。所谓自然，一方面是素朴纯真、任性随意的生活状态，另一方面则是体悟宇宙生命而获得的超越空灵的境界。简单讲，前者是"真"，后者是"妙"，而诗歌中的"自然"就是"真"与"妙"的统一。贾宝玉恰恰是这样一个"真"和"妙"统一的"自然之人"。

无论电影还是电视，均对《红楼梦》的诗意误解处处。按照肖鹰先生的观点，到了后来镜头应该这样设计：贾宝玉恸倒在山坡之上，怀里的落花撒了一地。这么一番慷慨的思虑，电影应该这样表现：在万紫千红之中，有一翩翩白衣少年，恸倒在山坡上，周围在清风曼舞之中，先是聚焦的长镜头，然后用遥拍把它拉开，画面混入一片苍茫之中，天光云影无限。肖先生以为非如此不足以展示宝玉当时的胸怀。

肖鹰，北大哲学博士，清华大学哲学系教授，近年因批评流行文化而备受争议。肖鹰批评过的名人很多，仔细读读，发现都有道理。他对记者说，"我喜欢庄子、屈原、陶渊明、王阳明、李贽，以及鲁迅。鲁迅给后世的印象是犀利，其实他身上有很多温柔的东西，比如《风筝》，鲁迅中年忏悔少年时代对弟弟的粗暴。在我看来，尖锐犀利且持之以恒的批评家，都是抱有巨大理想和深刻温情的人。"

朱良志：诗思与禅悟

2009 年 9 月 15 日

一

朱良志是一位有性灵、有智慧、有境界的先生。朱先生是安徽人，安徽是出美学家的地方，从邓以蛰、朱光潜、宗白华、方东美、常任侠，到曾繁仁，等等，朱先生也是其中一位。先生才华横溢，生动有趣，充满妙悟，将文学、哲学与佛禅融为一体，是高人、逸人、真人。是的，不听朱先生的课绝对是人生一大损失！

最早读到朱先生的《中国艺术的生命精神》，是在十年以前安徽芜湖读书时。当时十分惊异，这样的文字出自教授之手。

现在我手上的《生命清供——国画背后的世界》，其中文字已经化成一股灵性之泉，这是内在文化长期积淀而成。朱先生让自己对生命思想与体验蕴藏在美学与艺术中，带领我们进入国画艺术世界，感受中国艺术的智慧与魅力。

朱先生尤其推崇八大山人。课堂之上，他为学生展示了多幅画作。一张张怪异晦涩的作品中蕴含着八大山人对纯净精神家园的坚守。其画笔墨简朴豪放、苍劲率意、构图简练、独具新意，不论大幅或小品，只画一鸟或一石，寥寥数笔，都有浑朴酣畅又明朗秀健的风神。朱先生用诗意的语言带领现场观众走进了八大山人的内心世界。通过八大山人的作品我们来体验一下，他是如何体会人世间的一些问题，如何面对生命中的困境，如何在这些困境中寻找答案。究竟真正的艺术是要表达人生的困境，还是通过这种表达人生困境的东西，来寻求一种新的解释？

朱先生诠释到，八大山人跟人对话不方便，但他是一个渴望和别人一起交流的人。人在世界中，必须要交流，没有交流，人类是无法生存下去的。人是脆弱的动物，生命很短暂，瞬间就如秋风飞去，如同天外偶然飘来的一片落叶。我们到这个世界获得了知识，有了用理性解释世界的能力，以为自己能够控制这个世界，实际上不是这样的。中国哲学与西方哲学最大的区别就是：西方哲学是运用经济理性和知识的过程。从古希腊开始到文艺复兴以后，它的艺术一直在古典主义的光环中生活，而中国的文化从先秦时期就对知识产生了警觉，中国人不是反知识，但至少是对知识警觉。人的一生不仅仅是寻求知识的，人生境界的提取和内在无形的生命是最为重要的。人的一生为什么学东西？就是为了要使我们变得不仅仅有用，而且要有更高的眼光和境界。

为什么同样的问题，朱先生这样敏锐地捕捉并作出了深刻的洞察？听朱先生的课，我开始不再感觉孤独，不再用知识和理性认识这个世界，而是有意地向内观照。禅宗启发我们，不立文字，教外别传，直指人心，见性成佛。用透露的生命面对这个世界，每一朵小花都是一个圆满的世界，都是一个可以真心对话的朋友，这世界原本非常和谐。

那年，为了听朱先生讲庄子，我苦等了很久，十分落寞，因为他出差了，我从来没有这样渴望听一堂课。

二

朱良志的诗思感悟，映现出他的心灵智慧。他从艺术之中寻找人生的智慧，在鲜活的生命体验中寻找理论的落脚点，使他的美学课笼上一种诗意的氛围。他在书中说，一片山水就是一片心灵的境界，一片落叶里也包含着生命的感叹，让你反观自身寻求内在超越之路——

走在这样的香径上，上有树形婆娑，日光下彻照在小径的落花上，影影绰绰别有风味。时有暇落的花沾到衣上，又有淡淡的余香在身边浮动，使人恍惚感觉到要去一片香国。

——《红叶不扫待知音》

人是在对彼岸世界的期望中活着，人的期望是提升性灵的重要动力源泉。生命就是一种等待，理想就是一种性灵的约会……人在漂泊中，就不可能不是待渡人，一根金色的芦苇，就是心中不灭的希望。

——《一根金色的芦苇》

芭蕉这样一种勃勃的生命，一阵秋风起，满目愁城现。昨日里，绿意盎然惹人爱，转眼间却是衰落纷披成枯景。如此绚烂之物，却是这样的脆弱。

芭蕉暗示着生命的脆弱，而画中主人手持酒杯望着远方，似乎要穿过脆弱，穿过短暂穿过尘世的纷纷扰扰，穿过冬去春来、花开花落的时光隧道，任性灵飞翔。这幅画有一种沉着痛快的格调。

——《月影上芭蕉》

西湖的十里荷花，就是一片香世界，人们来到她的身旁，就会沐浴着一片香雾，载着荷花香气，随风往来，如在香界行。他们更不会忘记，到月光下的西湖弄影，驾着一叶小舟，泛泛中流，手弄澄明，目对岸上迷离的景色，耳听丝竹之声，月影天光与游船灯火相融合，如同进入一片香梦中。

——《真水无香》

日本的枯山水妙在寂，中国的假山妙在活。枯山水和假山都不是真山水，枯山水是枯的，假山也是枯的。但中国人是要在枯中见活，日本人要在枯中见寂。在中国艺术家看来，坚硬的石头中孕育着无限的生机；而在日本庭院艺术家看来，一片沙海，几块石头，就是一个寂容的永恒。

——《枯山水和假山》

朱良志关于中国美学、中国艺术和中国哲学的阐发，每次读来都让我思之再三。朱先生有深厚的国学功底，难能可贵的是，他有一颗诗人的心灵，近年以来他对中国艺术的研究可谓殚精竭虑，取得了让人瞩目的成绩。去年听了朱良志的中国美学名著导读，精彩的观点很多。先生灵心慧质拈出"生命"来高扬中国艺术之精神，寻找中国文化、哲学、美学艺术生命精神的内在契合，正如有人说的一样，他"善感，是能悟入微茫惨淡之境的人，心到笔到，情深而文明，在他那里，永远没有不能驾驭文字的仓皇"。无论是理论阐发，还是即兴感悟，都可谓才华与悟性齐飞，显示出他在哲学、文学、文献和艺术诸领域均有良好的积淀和素养。朱先生沉潜治学，温润如玉，谦谦有礼，而今学界哪里还有这等学识深厚却虚怀若谷之人，着实让我尊敬！

朱先生说："我喜欢研究一些怪人、不寻常人。"对于八大山人的研究，朱良志倾注了心血。比如关于绘画的"怪诞"问题，朱先生就认为，"这些怪诞之作叙述的一个个变化的故事，不是用来说明宇宙变动不居的事实，而是强调人执着于世界的不确定和无意义，世界的变化只是一个'幻相'，八大绘画中的怪诞表现，意在打破人们对表相世界的执着，关心世界背后的真实。"

八大山人（1626—1705）的绘画是晦涩难懂的，尤其是其晚年的绘画。在他的画中，鸟不飞，鱼却飞到了天上；小鱼大于巨石，鹧鸪大如牛；猫如虎，鸟似鱼；鸭子与山融为一体，山就是鸭子；鱼、鸟从整体形象上是逼真的，眼睛却透出怪异的神情，等等。万法唯心造，心生则种种法生，心灭则种种法灭，这是禅宗的基本思想。在禅宗看来，变异只是世界的表相。

八大是曹洞宗传人。八大绘画中有一种孤危的意识、孤独的精神、孤往的情怀，都与禅宗有关。八大自成年之后便遁迹佛门，依佛门达三十多年。晚年他离开佛门，但心念仍在佛中，佛教思想仍是其思想主流。作为一位曹洞宗的信仰者，八大艺术的孤独精神打下了深深的禅家的烙印。禅给了八大山人独特的智慧，他毕生用艺术的语言来表现它。考察了八大绘画背后强烈的禅宗背景，朱良志说：

> 在八大看来，常人着眼于差异的世界，物物有定相，这是鱼，这是鸟，这是鸭，这是石，一物有一相，物物相关联；物与物又依照一定的规则在活动，鱼儿在水中游，鸟儿在天上飞，鸭在水面浮，山在天际显。而八大却深入到"苍茫寂历"之中，打破人们的惯常思维，鸟不是鸟，鱼不是鱼，石不是石，世界上无一物有定相，定相只是我们的幻觉。

这种禅悟契合八大画作。通过八大的作品我们来看一看，他是如何体会人世间的一些问题，如何面对生命中的困境，如何在这些困境中寻找答案。究竟真正的艺术是要表达人生的困境，还是通过这种表达人生困境的东西，来寻求一种新的解释？

禅宗对现实世界的解构，应该是八大怪诞画风的思想来源。禅宗热衷于以现存世界的荒诞来打破人们执着的时空。的确，八大的意义世界，不在超验的神灵世界中（如佛），不在先验的道的世界中（如理），也不在具体的经验世界中，而在他自我证验的生命体悟中。八大晚年在体味孤独中，透露出他对人生命价值的认识，即：只有孤独的，才是真实的。表达的是对禅门"孤独乃真实相"观点的依归。在八大山人看来，归于"自性"、归于自由，才是真实的展示，才是生命意义的实现。孤独是一条通往自由的路。

朱良志的文字里，以独特敏锐的艺术感觉捕捉到微妙的美学意蕴，集诗思与禅悟为一体，写下了一部部优秀的著作。朱先生的书，关心的不是"说什么"，而是"怎么说"，把美学研究的视角，由美学论述本身扩大到中国人整个审美活动，由外在的理论阐述深入到背后的活泼的精神中去。可见，这部著作研究的中心是美学背后的人。

朱良志有一种独特的精神气质，对艺术的解释颇为别出心裁。早在 1995 年出版的《中国艺术的生命精神》一书中，就独辟蹊径，从生命的角度来切入研究中国艺术。至今翻阅此书，颇觉新意。

重视体验，重视人生，重视生命，这是朱良志美学和艺术研究的特点。朱良志认为，中国美学与西方美学不同，有一套自己的概念，有自己独特的思路，有自己体验世界的方式，即从内心体证，融合于世界以内，与国人宇宙观、艺术观和人生观无法分开。中国哲学和艺术中间追求的东西归根到底还是内在心情的平和，强调的是人的内在生命尊严的保护，强调的是人和世界和睦相容的关系，这样才是心灵的家。心灵的内在城市，才是我们真正的家园。用这样的心情去和世界对话，这大千世界，花花草草，一切的一切都是和我身心相遇的对象。西方一些比较激进的人觉得中国没有宗教，是没有灵魂的世界。实际上，中国古人特别强调生命境界的提升。中国美学跟西方完全不一样。西方美学是重视感性的学说，而中国的美学追求的是对生命本身的关注，它恰恰是要超越感性的。比如有的人画梅花，他表达的意思根本就不在于这个植物，他要把那种内在的、清幽的、疏淡的、高逸的品性描绘出来，表达自己心灵中那种感觉，那种对人格的、境界的追求。中国的艺术讲究言外之意、意外之象，这就是中国艺术追求的根本东西。

张祥龙：反思"反传统"

2008 年 4 月 8 日

张祥龙先生进课堂的时候，一身唐装，戴着眼镜，气定神闲。

张先生学贯中西，讲座中旁征博引，言语又富于哲思。大家都知道探究西方哲学，需要研究领域非常广泛，包括中西方哲学比较、西方现代哲学、西方哲学史、中国哲学、东西方宗教哲学，真的是学贯中西，所以学生在私下都喜欢叫他"祥龙大师"。

本学期开设的研究课题是"孔子后的儒家思想世界与命运"，第一部分讲儒家哲理的历史成功，第二部分讲孔子思想的哲理经典和传承焦虑。

张先生在对比孔子思想和其他宗教的特点时认为，古希腊把哲理和宗教分析得十分清楚，孔子那里无法分得清楚。儒家不算严格意义上的宗教，但是，是有信仰的，可以和基督教和佛教一样，既有信仰，又不狂热，可以和无神论和怀疑论区别。儒家不只是学术，应该将之放在活的历史过程当中。张先生认为，儒家有信仰，又不以信仰而牺牲理智。西方有信仰反而太整合，还不如破碎为好。

张祥龙是西学出身，主要采用现象方法来研究儒学。他今天讲的是子思与《中庸》，听起来意犹未尽。他很有魅力，曾经在北大读研究生的周枫在《我所见证的北大外哲所》一文中这样写道：

张祥龙是外哲所唯一对哲学抱有巨大热情的一员，与几乎所有其他人的风格有异。他的诗性思维天然地与海德格尔有亲和力，写起文章饱含浪漫主义的激情，未见其人，会以为他是一个性格奔放、高谈阔论、留长发、豪饮酒、狂抽烟的那类人。可是，一接触方知他书生气十足，性格严谨，不苟言笑，不善交往，不抽烟，不喝酒，甚至不吃荤，生活简单以至于刻板，对哲学痴迷到身体力行的程度。他在美国读书时的导师是一位印度裔美国人，这使他深深迷上印度教，而他对中国传统孔、老、庄、佛的崇拜更是无以复加，海德格尔不过是用来体证东方文化的一个西方范本而已。

张先生去美国是带着一个问题去的，即如何用非概念的方式重新理解中国古老的哲学传统，如何打通哲学与人生。现象学，尤其是到了海德格尔那里，恰好为他提供了方法。通过海德格尔的思想，去阅读中国先秦的典籍，他发现许多原先看不到的东西，与现行的治中国哲学的路数相比较，更能看出其精妙极微处，更能品出鲜活的味道。

张先生年轻时偏激，以老庄反孔子，殊不知《论语》中处处透露出这种生龙活虎的精神。如今感叹，中国这种语言绝不是工具性、对象性的语言。海德格尔和维特根斯坦已从根子上突破了西方思维的大框架，在方法论上已昭示出中西方良性对话的可能。不过，现代西方哲学的教训与成果，远远没有被人消化，西方学界按老路子做学问的大有人在，汉语界搞哲学也极受传统西方套路的影响。

近现代先人被各种痛苦的激变逐出了已呈衰势的中国古学，流放到崎岖硗薄、"主义"横行的中西混合体之中。其中的浮浅、躁动、虚张声势、任意敷衍等等现象至今还不得不被容忍着，就是因为这个美其名曰的"比较和交往"的大势所致……

请来的西方人和学了西方哲学的中国人视西方的理性精神和概念哲学方法为放之四海而皆准者，参照着它、"比较"着它来剪裁、切割中国古学，以此来决定何为思想的精华，何为反理性的糟粕。所谓"中国哲学"就是这么建立或收容改编起来的……

张先生说，要力求做到知己知彼，还要弄清楚彼我之间有何关系。带有活生生的体验的对话势态已然形成，这确是一种交流，不是谁征服谁的问题。概念化的思维，其本性就是要切割、要抽象，西方人传统的框架体系，容纳不了中国思想的精妙处。海德格尔的思想是引发式的，不是传统意义上的按照某种格式的思想操作，而是去蔽显真的方法。他的思想方式改善了中西对话的形势。实际上，海德格尔本人就深受道家吸引，这一点我在书上已说到了。作为一个中国人，我所看到的海德格尔肯定与西方人是不一样的。对话对双方都有好处，只要方式恰当，在对话中我们并不会自失。实际上，我们一向已有了一种中国人的视野，这并不妨碍我们尽量正确地引述海德格尔的思想，更不妨碍我们的理解。总而言之，关键在于把思想走到底。

他叹曰，"亡国灭种"不一定是肉体的，特别是今天，思想方式、语言方式和生存方式的断子绝孙的现象到处都在发生。张先生在《中华古学的当代生命》中痛切地指出："非西方的古老民族中，似乎只有中国的现代人如此六亲不认，自嫌'丑陋'。我读《甘地传》，读尼赫鲁的《印度的发现》，真感到耳目一新。原来搞（求生意义上的）现代化，向西方学习，争取国家独立，民族富强者，不一定非要捣毁和污损自家的祖源。印度、日本、阿拉伯、波斯的后裔们无论变到什么程度，是绝不愿数典忘祖的，反要在西方化的时代冲击前尽量保存自家的文化、语言和风俗，让那盏灵灯长明不灭。"张先生近年对于"五四"新文化的理性反思，十分痛切：

黑格尔曾指责我国的哲学缺少系统、范畴，很原始、很低级。几乎每个民族每个文化都有自己的哲学与宗教，而每个时期每个地区又有不同。我觉得哲学没有高低优劣之分，任何一个哲学都不可忽视。

每个哲学都是重要的、有价值的，只是特点不一样。这就要求我们进行正确地比较，不仅要突破"西方中心论"，还要突破"东方中心论"，在充分认识各自特点的基础上，实现多元哲学的交流。

不同的语言形成了中西方不同的思维方式。西方重视形式，因为形式容易对象化，好把握。中国重视人与物、人与人之间的关系。筷子就是利用了两者之间相互依存的关系。中国人讲究天人相应，阴阳相合，也是寻求世界万物之间的相互关系。而对待哲学，中国人认为终极的存在是不能作为形式来对象化把握的。

西方认为世界是变化的，但终极实在是不变的，所以西方哲学都以不变为前提。中国哲学以终极可变为前提，通过变换的技艺，找到适应变化的形式。西方认为真理是唯一的，要么是事实真理，要么是逻辑真理；中国认为真正的真理活在变化的场境中，充满了时间感。

在认识中西哲学区别的基础上，才能脱离"西方中心论"，认清各自的特点，进行良好的交流。中国必须认识到自己文化的特性，而不是根据西方的特点来构造一个有特色的中国。我们现在不要讲"崛起"，"崛起"意味着我们是一个新来者。我们有着深厚的孔孟文化，我们要做的是复兴！我们必须努力让中国哲学与西方哲学站在一个平等的位置上，只有在这个基础上，中国哲学未来的道路才能更宽阔。

自 19 世纪中期以来的中国，为图生存，就逐渐有改革的呼声和举措。张祥龙先生深入剖析了陈独秀、胡适、陈序经、傅斯年、鲁迅等人那种纯粹版的全盘西化论，反思了新文化运动的负面的后果，"即这个运动并不像流行的说法所声称的，为中国人、首先是知识分子，带来了思想自由的新鲜空气，相反，它的开放外貌下面隐藏着压制深层思想自由的桎梏。如果不破除它，中国未来的文化和思想就不会有真正的活力和健康的未来……"话语的背后，对于传统文化的衰败和危机透着一种忧虑。他说，现代的中国人缺少对自身历史处境的基本认识。现代中国的一个很重要的现象，就是文化与民族及国家的分离，与民族生存问题的分离。

我请教张先生一个问题，基督信仰担当生命苦难，能否扎根中国文化？张先生说，基督教要想在中国扎根，像佛教那样，成为汉语基督教，其难度与佛教一样，甚至更大。信仰，是一个民族中最坚硬的部分。基督教若想进入中国，必须自身有所改变。现代神学以新的方式理解上帝，这使得中西对话的可能性出现了。海德格尔对现代神学的影响是巨大的，如布尔特曼、蒂利希、云格尔等人的神学，他们对传统的形而上学有较大突破。现代神学所取得的进步成果，我们应充分吸收、借鉴，宗教交流应进入"和"的状态。

张祥龙先生指出，新文化运动的一个后果是变相的思想专制，民族生存与这个民族传统文化的生存被完全割裂和对立。新文化运动的这些不合理和弊端，源自于它的思想方式，即强烈的短程功利主义和非此即彼的唯一真理观，实现于它的思想控制体制，即在根本处排斥异己者的西方化体制。九十年来，它的成功意味着中国自家文化活体的消失，中国人生存结构的单质化和贫乏化，以及独立的文化人格、品味和风骨的消失。而且很明显，人类面临的一系列重大问题，无论是生态破坏、科技滥用，还是文明冲突、家庭萎缩、克隆逼近，都不是这个运动的思想资源能够有效应对的。

无论儒家还是道家，或者中国佛教，虽然都相信自己获得了终极之真，但没有一个相信这个终极真理可以被充分对象化地表达出来，成为一个可以量尽天下现象的标尺。

广义的新文化运动接受的恰恰是传统西方的二分法思想方式，所以一直带有强烈的思想专制倾向，可以看出新文化人士对于中国自家文化的不宽容态度。

张先生批评新文化运动有"自虐冲动、灭祖冲动"，称这是"中国知识分子主流的文化哗变"。他在剖析新文化运动思想专制的原因时说："首先，新文化运动的思想基础和所依恃的原则并不是真理。这思想基础和原则可以被简略地表达为两条：弱肉强食型的进化论和西方科学普遍的、唯一的真理性。其次，新文化运动与人类先进思潮绝缘，甚至背道而驰。从19世纪下半叶、特别是20世纪初开始，西方的科学、哲学乃至社会思潮都出现了重大变化，传统西方的那种非此即彼的二分化思维方式（普遍化的唯一真理观即它的表现之一）受到强烈挑战。"

文化衰败的主要原因，第一个就是西方的全球化；第二个原因，就是文化与民族的错位。至于中国传统文化的出路何在？张先生认为，真正的出路在于改变思想方式，从以前的单一文化观即"一国只能有一种文化形态"转向文化的多元观。这种单一文化观自清末以来，让我们的传统文化吃了最大的亏。当时的洋务运动，后来的戊戌变法、民主革命等一系列的运动，其主导人都觉得中国只有一块，全国只能有一种文化形态，或者是以中学为体，或者就全盘西化；或者守旧，或者就全改，而且是全国一起改。这是大为失策的。我们应该有一个见地，就是文化完全可以分成多块。

张祥龙先生前段时间写了《无孔子之北大无灵魂》一文，称北大是"中华文明教育的正脉嫡传"，而因此建议北大立孔子像，建议成立儒家文化保护区，并期望北大能"引领中华文艺复兴潮流"。在我看来，北大真正需要塑立的，不是一两个塑像，应该是发扬蔡元培先生的精神。不过从中可以看出，他对中国传统文化的深情。作为一个研究西学的人，张先生对传统文化浸润很深。他在讲课的时候感叹，"中国古文化正从我们的生活主流中加速消失"。张祥龙称，幼年随父母到北京时，城墙虽已残旧，这个民族那时已经历了"辛亥""五四"这些巨变，但只有多少年后，张祥龙才越来越痛切地感到，祖母的善良、古朴、忍耐和对他的深爱，随着她在"文革"前的去世，永不复返了。岁数越长，越经历了些西洋的东西，倒越是对这"历史的必然发展"不安起来，难受起来。他总觉着，现在正在丢掉的已不是那些让中国人蒙受耻辱、遭逢危难的东西，而是那使我们是一个中国人的东西，是那让我们觉得活得有意思、有祖母的爱意和古老城墙环抱的东西。一个完全没有真正中国味道的世界，难道是我们所喜欢的吗？我们无法不去深思，这种深思带有一种伤痛的感觉。

陈怡：庄子的人生哲学

2009 年 10 月 3 日

作为北大的客座教授，东南大学博导陈怡，解读了庄子的许多人生哲学，做人道理。也提出了很多不同于王博，不同于于丹、易中天的对庄子思想的全新解读，深得学生喜爱。

《庄子》是人生哲学。唐君毅言："中国哲学常是即哲学，即文学，即人生的。"张世英先生说："哲学是提升人生境界之学。学《庄子》的三个层次：雾里看花；隙中窥月；顶上览山。"

陈怡说："不读《庄子》，无以知中国传统文化的根；不读《庄子》，无以知中国人文精神的魂。"他认为，《庄子》当中有四个方面最值得我们学习，即文学的风采，哲学的睿智，美学的情趣，还有洒脱的人生。

庄子到底是怎样一个人？他的人生境界到底达到一个什么层次？

庄子所采用的途径就是读他的寓言，《庄子》全书当中一共有寓言 242 个。陈怡选了最有特点的三十多个寓言来阐释庄子的人生哲学。

《庄子》共 33 篇，内篇 7，外篇 15，杂篇 11，要逐一读过，实非易事。内篇是《庄子》的精华，诚如明末高僧憨山德清所说："只内七篇，已尽其意，学者但精透内篇，得无穷快活，便非世上俗人矣。"

陈怡先生主要从内七篇入手解读庄子的哲学，他认为《逍遥游》阐述的是庄子的人生观；《齐物论》阐述的是庄子的世界观和认识论；《养生主》阐述的是庄子的生命观；《人间世》阐述的是庄子的处世观；《德充符》阐述的是庄子的道德观；《大宗师》阐述的是庄子的生死观；《应帝王》阐述的是庄子的政治观。像这样系统而严密的哲学思想在中国古代的典籍中是十分罕见的。

《逍遥游》——文章的主旨是追求"大""化"与"无待"三者统一的"游"，即：用大智慧（道）立大志向（无待），下大功夫（积厚、化），求大自由（逍遥游），即"逍遥无待的人生志向"。陈怡认为：道者高也，遥者远也，故"逍遥"者，高远也。"无待"的内涵：乘正御变游无穷。"无"是"忘"，是"超越"。"圣人无名"即"圣人忘却名、超越名"。《齐物论》——由去"成心"（无己）开始，通过"以明"，即以"道通为一"明"物我一体"，达到"天籁"，完成由无己到无待的历程。《齐物论》既非"齐物"也非"齐论"，而是"物通论"，即"道通为一论"：万物相通而为一整体。包括两方面："万物一体"，其具体体现为：是非一体、彼是（此）一体、生死一体、物我一体；"万道相通"。《齐物论》体现了什么样的平等观？一体性。其高于平等性，既具自然性，又具区分性，是在体现自然性、多样性、承认差别性基础上的平等性。万物各适其性（志）、各行其道、各得其所即为平等，这才是庄子《齐物论》的平等观。

《养生主》——集中体现了庄子的生命观、价值观：生命的要义在自由；生命的价值在薪尽火传：精神的长寿。养生的主旨在"超越"：超越技艺、超越名利、超越磨难、超越生死、超越有限；在"道法自然"：从庖丁的"依乎天理""因其固然"到右师的"安之若命"，再到老聃的"安时处顺"，最终都可归结为"缘道以为经"。以肉体生命的保全为基础、以精神生命的自由为要点、以价值生命的薪火相传为目标。

《人间世》——王夫之曰:"此篇为涉乱世以自全之妙术。"无用之用的全生智慧。间世三宝(虚心集道、游心养道、和心达道);全生四法(散木自保、不材全生、支离养生、离德免刑)。

《德充符》—— 德有所长则形有所忘(隐含养生的重点在养精神、养道德、养自由)。关键词:游心乎德之和;知不可奈何而安之若命;犹有尊足者存;才全德不形;德有所长形有所忘。

《大宗师》——真人的本质:知天道,用天道养人道,并做到天人合一。其特征:1.具三义:登假于道;嗜欲浅,天机深;不以心损道,不以人助天。2.知生死为天命并善生善死。3.知道达道。

《应帝王》——用心若镜的外王方略。"用心若镜,不将不迎,应而不藏,胜物不伤。"即"无为而治"的治国方略。

陈怡认为,人生哲学是庄子哲学的精华,而生死哲学又是庄子人生哲学的精华。学《庄子》,最值得学的,就是庄子的这种生死观:死生一如,善生善死。人与人的最大区别就在于对待死亡的态度,如何对待死亡决定了如何对待生命,不知道死亡的意义就不知道珍惜生命。做到生而无愧,就能死而无憾。

陈怡说,庄子不是简单地"逍遥和无奈",而是"无待而逍遥,无奈亦优游",这才是庄子的逍遥。

庄子为我们呈现了一个超凡脱俗而又自然本真的人生境界:追求高远,超越世俗。梁启超说:"庄子眼光提到极高,心境放到极宽,人世间荣辱得失,无一足以攖其虑。故一面与天地精神往来,一面又不傲倪于万物。庄子之深闳稠适盖在此。"

杨立华：孔子的精神家园

2008 年 4 月 17 日

一

作为北大的年轻教授，杨立华的课十分精彩。

通常在几个小时的讲授中，不用讲稿，娓娓道来，通俗易懂，风趣幽默，饱含睿智，围绕主题，引经据典。尤其是大段《论语》等经典篇章，深入体贴，准确把握，激情澎湃，让我很受感染。使听者深刻感受到哲学思想的精神实质，深刻体会到国学的魅力。可以知道，他是花费不少课下工夫的。为什么学生喜欢杨立华？我觉得，不仅是他的才华与演讲能力，更主要他身上涵蕴着的儒家的那种承担精神与儒者的精神气质。

杨立华所讲授的中国哲学史并不是僵死的思想史，而是活生生地将古人的思考与当下的境遇关联起来，并且有了一种奇特的观照作用。在他的课上，我开始坚信古典的力量，也找到了返回古典的可能性。他的思考精致但不矫揉造作，感性但也富有力量，因此学生都尊称他为"杨子"。

杨先生的讲课，幽默生动，让我对儒家多少有些感情。他的精彩的讲话很多。记得有一次，杨先生说，"君子素其位而行，不愿乎其外。我们应该深深地根植于生活的当下，而不要生活在别处。把每分每秒活在自己身上最难，我们总活在他人身上，活得心不在焉。回到自己，回到本我的生活，一切回到自己，上不怨天，下不尤人，由自己负责，承担自己的生活。越回到当下的生活，越知道自己该承担些什么，越体贴他人，越对他人心态关切，建立更深刻的联系。走向他者事实上是很困难的事情。"杨先生讲课，真的是"用体温去融化"。

杨先生认为，应在中国发现哲学，重建中国文化的主体性，而抗拒中国文化的客体化地位。我们的哲学史不应该是在中国文化的资源中"寻找西方化的系统概念表达"，这意味着中国文化自信力的丧失。中国文化是原创性的文化，这样的文化自我更新需要不断地自我否定，在反省中成为自我，寻求自我的可能性。所以我们的哲学史也不能是指向封闭和"定本"的中国哲学史，这样的哲学史仅仅是作为对象的中国哲学。我们似乎忘了，我们正生活在中国，中国的传统思想与我们是血肉相连的，我们不能站在中国之外将其作为对象来阐释，而是站在它之中，对它的可能性做出自己的理解和践行。

喜欢杨先生的讲课，可是对于所著《郭象〈庄子注〉研究》，怎么也喜欢不起来，总觉得该书写得严整。但是，杨先生的随笔，比如《韩非之死》《时代的献祭》《孔子的精神家园》《重提魏晋风度中的药与酒》等，具有文学的才华和哲理的穿越。

《论语》中最精彩的对话基本都发生在孔子与子路之间，孔子的弟子真是鲜活饱满。杨立华对《论语》原著极为熟稔，随手拈来，略加点转，就将深刻精微的哲理展示得明白透彻。在他的讲解下，孔门弟子的形象个个那么鲜活：资质很高的颜回，子路果敢直率，曾点狂直，子贡明敏……连同孔子的温厚平正之气，都被他带了出来。

仅仅两节课的时间，杨立华就把孔门弟子的性格特色剖析得那么微妙，没有对于文本细致的把握，难以做到。《论语》中确实充满着大智慧，要不断地去体悟微言大义。之前深受鲁迅影响，误解孔子与儒家，而现在必须要补课了。不谈别的，就看孔子的教学吧，那绝对不是什么空洞的大道理的说教，不是用一个硬性的框框来限制学生，而是让每个学生都能充分发挥自己的见解。孔子总是温和地，情景化地让他的学生来感悟一些东西。子路、冉有、公西华、曾晳陪在孔子身边，孔子让他们各说自己的志向，大家畅所欲言，孔子静静地听着，只在最后来一句："吾与点也。"这个场景是多么令我神往！真正的圣贤是以这种方式来和学生沟通，来和学生交流的。孔子的思想是有着极高的哲学品质的。孔子的教化都是在人伦日用中最具体的讨论，他几乎很少直接谈所谓"性与天道"。子贡说"夫子之文章，可得而闻也；夫子之言性与天道，不可得而闻也。"（夫子之文章，不是说他的文学、写下的文章，而是他的表现。夫子的文采、他在生活中的表现，这是我们能够看到的。但他谈性与天道这些东西，我们听不到。）

　　《论语》的价值是什么呢？孔子给我们留下了什么呢？杨立华认为，其实孔子并没有给我们留下太多的东西，给我们留下的就是一种人生的态度——一个人对待自己、对待他人、对待命运的态度，就是把自己能做的和该做的都做好。你能做到这点就足够了。他在讲《论语·宪问》和《大学》至善这个观念的时候也说，"不在其位，不谋其政。"知分、安分、尽分。你本分的事都没做到，没有必要乱讲。为什么"不在其位，不谋其政"？因为你不在那个位置上，你不面对责任不承担压力，你即使看得再清楚，你这个清楚也有限，这种抽象的清楚其实意义并不大。比如说作为一个学者，你要在公共场合发言的话，那你要有自己的知识背景，如果没有，最好还是回避些。孔子的一生可用不怨天不尤人来总结，总是在自己身上找原因，而不是把自己的一切都推到外在必然或偶然的原因上。把自己的一切都推到外在上，等于说放弃了自己的自主性。

"杨子"是个现代意义上的儒者，他给了我不同于基督、佛陀、庄子或鲁迅的存在方式，这就是大儒孔子的哲学：

以最饱满的心灵，去肯定这朴素平凡的生命——其实这才是孔子哲学的精神实质。精神家园不在别处，就在此种肯定生命的意志和力量之中。尽管经历了那么多个人的苦难，但我们从孔子身上却看不到丝毫怨天尤人的扭曲和怨恨。贯穿其生命始终的，是一种饱满和乐的精神。一个人幸福与否，从根本上取决于他是否拥有感受幸福的能力，而朴素的幸福和平静的愉悦对于每一个人来说，都近在手边，唾手可得。要怎样高贵的心灵，才能从如此困顿的生命中绽放出平和正大的精神来。在《论语》中透射出的那种温暖的勇毅、朴素的崇高面前，个体的苦难竟显得那样的微不足道。

《论语》里处处讲的都是修身做人的道理，没有什么抽象空洞的玄学问题。杨立华说，孔孟讲修身，都是极朴素的，都是在世上磨炼，不是躲在一个角落里静坐曰此心光明，一遇到事又乱了，你要光明心干吗？到了宋明理学时，儒家也借鉴禅宗、老庄来修心，其实在孔孟那里是找不到的。

二

北大哲学系治中国哲学的诸位先生，大都讲过孔子，我独推崇杨立华先生，他讲孔子是带着自己的情感和领悟，充满深沉的敬畏之心。杨先生在开篇中说："我们中国历史上有无数伟大的存在，有无数伟大的人。我们只要去读《资治通鉴》，我们就会发现《资治通鉴》里面所记录的每一个人都比我们伟大十倍，甚至百倍，哪怕是那里面最大奸大恶之人。那是何等坚定何等光明的存在，那是一个何等光明的世界。孔子是这群伟大灵魂之中最伟大的灵魂。"

杨立华在讲儒家思想时，特别提到了研究道家哲学的台湾学者陈鼓应先生。他说陈先生当年猛烈抨击儒家并非是与儒家过不去，而是和专制过不去。在一些学者那里，儒家等同于专制，这样一来，自然对儒家多有成见和误解。杨先生归纳了几种关于对儒家思想误解的错误观点：

其一，认为儒家仁柔。实则智、仁、勇、刚毅、正大、笃实是儒家真精神。

其二，许多人认为儒家专制，儒家重整体主义没有自由。这是错的。杨立华认为自由是儒家思想的核心，离开了自我的自由，根本不能理解儒家，儒家特别注重高扬人的精神主体性。

其三，认为儒家重血缘宗法观念的贵族传统。儒家实则把尊贤排在亲亲之前。儒家判断人才的标准，尊贤排在亲亲之前，一是不急功近利，二是堂堂正正，有独立的人格。

杨立华认为，民主和专制是虚构出来的，不要一提古代就说是专制，古代真正有专制思想的是法家，不应因此遮蔽问题。古代专制王朝只限于某些朝代，比如秦汉和明清，宋代就没有多少专制。政治体制与权力支配有关，包括：政治体制的选才机制，即如何选择人；如何分配权力；如何运作权力。杨先生认为，欧美权力运作也不透明，不必理想化。他还引用钱穆先生关于皇权和相权的制约来说明中国自古就有分权的做法，对于西方国家所谓民主不必天真。他用"负责任的权威制"来概括中国古代的政治，提醒学生不要简单理解民主和专制。

杨先生说，孔子是汉语文明的伟大先知，生于西周创辟以来的礼乐文化衰颓破碎之际。在这样一个礼乐文化衰颓破碎之际，孔子拯救的途径第一是复古，第二是开新。而孔子的复古和开新，其实恰恰是一体的两面。孔子的复古，不是要简单地回归和原原本本地复原周礼的每一个细节，孔子的精神恰恰是要回到周公制礼作乐的那个伟大的精神实质本身。孔子一定是在一个现实的物质生活的基础上告诉人们如何建构精神生活，如何建构精神实质，并且把这精神实质变成有根源的有传统的一种精神，与古代的传统有着内在的精神同一性。

孔子后来被尊为"庶王"。在孔子以前所有的圣人都是有德又有位的，要么是君位，要么是居于宰臣之位，就是能做事，但孔子一生却一直没有这个"位"，所以他的政治理想、他的礼乐理想，都不能最终地实现。这对于孔子来说是一件非常痛苦的事。既然孔子无位，那么孔子只能整理文献和教化弟子，这就是孔子之"为"。他通过自己对文献的整理，通过他所作的《春秋》，保存自己的政治理想的可能性，希望在某一天，它能再次出现在这个大地上，出现在这个文明里。王博教授认为，儒家想通过出仕把理想落实到现实当中。孔子身上有一种庄子没有的品质，就是对世界和他人的爱，即"人类情怀"。可是，残酷的现实是，一个无位的人又如何落实"人类情怀"呢？仕和道的紧张，始终存在于先秦儒家那里。杨先生反思后说，儒家在政治里面一直努力是不成功的，在孔孟身上可以看得出来，原因在于他们把政治看得太简单，难进易退，缺少权力主体意识，缺少对权力的饥渴，很难有现实的机遇，即便有机遇也抓不牢。

杨先生讲完孔子生平，最后作出了总结："孔子死了以后……子贡又单独留下来三年，他一直在孔子的墓前结庐而居了六年，可见子贡后来对孔子的尊崇。我们想象那段时光，在孔子死了以后，当这样一个伟大的人，这样一个活生生的价值的人格化、活生生的真理现身在你的身边的时候，他活着本身就是我们生存的意义。他给了我们生存的尺度，给了我们生存的价值，孔子过世以后，他的很多学生都非常不适应。所以那段时间，围在老师墓的周围，替老师守墓的这段时间，应该是孔子的弟子一生中最难忘的时光之一。大家相语讲学，共同尽德尽道的这样一个过程，是一段非常难忘的经历。这是对孔子一生的一个简单描述。"

以儒家为信念的杨先生似乎对基督教没什么好感，总忘不了嘲讽一下。他说，西方哲学不错，曾经读了六年，但是，感觉骨子里不好。这来源于西方游牧民族的侵略性，带有一种一神教的排他性，没有经过长期农业社会的浸润。他悲观地说，当下基督信仰对传统文化的破坏不亚于"文革"时期对传统文化的破坏。

几年以前杨立华先生就去过德国，他在文章中说："置身于各种以十字架上的基督为题材的绘画当中，我终于依稀地分辨出那宽容背后的怨恨来。"杨先生对基督信仰的评价，并不一定就那么准确。从基督信仰来看，主耶稣是怀着爱上了十字架的，受苦与受死，始终没有丝毫的怨气，而是宽容悲悯地心甘情愿地上了十字架，他甚至为嘲弄他的士兵祷告："父啊，求你饶恕他们，因为他们所做的，他们不知道。"他在生命的最后一刻还给一同受刑的强盗以永生的应许，不知哪里有怨恨呢？孔子固然是伟大的哲人，他的为人和精神是值得人敬佩的，他的理想也是很好的，问题是，实现理想的途径和方法有多少是可行的？抵达仁的途径全靠主观努力，一般人能做到吗？更重要的是，儒家不了解人之罪性的力量和人的有限，陆王心学的"宇宙即是吾心，吾心就是宇宙""心即理，心外无物"更是把人的自我为主、自我为神、自我为上帝发挥到极致，因此在实践上是有问题的。立志行善由得我，行出来由不得我，在与人之罪恶搏斗的过程中，能活出儒者风范的总是少数人，大多数人却落入到伪善和假道学的可悲光景中，以致乡愿成了国民性之典型病症，这也是鲁迅先生之所以批判那些"伪儒"和"小儒"的原因。

儒家是一个高度尊重现实和传统的人生伦理系统，它不追求来世，儒家可借鉴的东西很多，很生活化，富含生活的哲理和体验，可以增加人生经验和知识，提升个人精神境界，但作为精神家园来说，就值得商榷了。人在饥寒交迫时，首先是要活着，为生存而奋斗。温饱之后，他会问"为什么活着"，儒家思想能担此重任吗？显然，儒家对金钱没有赋予超越的、信仰上的意义，最终将现世中的福、禄、寿与死后的声名不朽，来作为人生的目的。一位研究者说，在市场经济卷席一切有形和无形的神灵之后，人们追求的最高目标就是无最高价值的个人物质以及感官福乐。这是很悲哀的事，我们没有价值追求，没有了根基。

个人认为，儒家学说只能是精英学说，可能适合杨先生这样的大学教授（类似现代士大夫），可是，一般底层民众无疑与之隔膜。再说，一个人连基本的生存还在艰难维系的话，你给他谈道德，这不是很奢侈吗？诚如基督徒学者曼德所说："儒家的自我修炼、内圣外王的人生信仰系统也只能给士大夫阶层享用，至于社会上占百分之八十的贩夫走卒、商人农民的生活与工作没有信仰上的价值，所以根本上贬低了职业和工商业的意义，这也是老百姓得不到信仰关怀、使中国民间社会迷信巫术、异端邪灵泛滥的原因。"

　　杨先生以儒者自居，对于孔子有深切的理解，但是，对于基督教有点成见。原因可能是基督信仰对华传播过程中伴随着侵略，以及十字军东征中的杀戮有关。当然，也有资料显示，西方一些基督徒为了传播信仰不惜把鲜血也洒在华夏大地上，他们是发自真诚的爱。不过，杨先生对于基督教在当下中国迅猛传播的担忧，很有道理。不少基督徒对于本民族文化经典不了解，就武断否定传统文化，让人忧虑。我隐约觉得，基督教信仰与中国的儒、释、道本土信仰的博弈才刚刚开始。

　　早在 S 城工作的那阵子，我深受鲁迅影响，阅读了一些国内鲁迅研究学界的著作，他们在涉及鲁迅与孔子的关系中，总是站在鲁迅的角度批判孔子。这对当时身处困境中的我是一个强烈的精神暗示——孔子那一套没有什么用，至于在那以后多年里，我都对中国传统哲学保持距离，当然隔膜很深。更重要的一点是，我受了当时文化界流行思想的影响，那就是我们民族自从鸦片战争以来受到的屈辱和伤害，与落后的中国传统文化有关。于是，我们把所有罪过都怪罪到孔子身上，而且还喊出"打倒孔家店"的口号。以鲁迅为代表的知识分子对传统文化中的糟粕发出了严厉的指控和批判，诸如"礼教吃人""奴隶道德""三纲五常"，等等，到了"文革"时期，传统文化遭受了严重破坏，连根基也断层了。现在看来，孔子成了背黑锅的文化符号，后人所严厉批判的正是孔子所警惕的思想，与孔子何干？孔子和鲁迅的命运是很相似的，死后都被人利用、歪曲、改塑。

　　学者金纲对于孔子和鲁迅都有深入钻研，他的精彩论断为我折服：

鲁迅期望现代化并坚守民族性，对传统给予理性批判的同时又坚持同情理解，继承经世济民的儒家思想和道义担当，恪守士大夫的生活方式。他们是传统士大夫向近现代转化的一批人，可以称之为近代士大夫或现代士大夫。鲁迅是儒学经世致用学说培育出来的现代士大夫。

鲁迅批判传统，并不是反传统。鲁迅批判的是伪儒，而不是真儒。鲁迅乃狂士——夫子云：不得中行而与之，必也狂狷乎。鲁迅对传统的批判，令今人产生了错觉（且不论其他），以为鲁迅是"反传统"的。其实，这是鲁迅坚持士大夫"清议"精神，向着文化纵深展开理性批判的一种努力，明代的李贽也是如此。鲁迅与李贽有相近处。

与传统士大夫比较，现代士大夫鲁迅，如何于恪守传统（"固有之血脉"）之际，复"洞察世界之大势"？为何会一生坚守"清议"暨"批判"姿态？鲁迅之思想资源何在？精神资源何在？当我考察这些问题的时候，发现了鲁迅思想、精神的光荣，也看到了鲁迅资源的漏洞——就像我发现圣贤的光荣与漏洞一样（但世上并无绝对光荣从无漏洞的圣贤）。坚守"清议"暨"批判"姿态的现代士大夫，于我，是长久关注的"政治—文化"之生态问题。考察这些问题，考察鲁迅个案，梳理鲁迅的阅读经历也许不失为一个方向。

鲁迅，似乎每个人都可以评论一番，但是，究竟有几个人真正地读完鲁迅先生的文章，包括一些所谓的鲁迅研究专家。认真地去思考，的确很难说了。鲁迅并没有简单否定孔子，他看重的是中国人灵魂的问题。国人的灵魂麻木、无知，造物主使肉体痛苦，而孔孟又不让人觉着灵魂的痛苦，所以，鲁迅置身这样的文化传统，难怪痛苦啊！

王中江："虚己以游世"

2011 年 11 月 9 日

王中江是自由主义知识分子，《炼狱：殷海光评传》是他较早的一部书，这本书与王先生其他的学术著作很相同。殷海光确实是一个奇怪而有趣的人，比如他说唐君毅"为人倒是真诚，可惜思想像糨糊""方东美读书多，但只是一鉴赏家，他没有什么思想力"。可惜，这样的狂人在李敖看来却是为人处事"笨拙不堪"。可见，自由主义知识分子的内心并不"自由"。

王先生在北大开设了先秦哲学研究，主要是从政治哲学的角度切入，这与王博先生从生命哲学的角度切入是不同的。就这个问题，我请教过，大约各人思路不同，大家都难以苟同。王先生推荐我读他的《道家形而上学》，十分明显这种思路与王博先生和陈鼓应先生不同。但是，等听了王先生讲庄子，我才发现自己错了，他对庄子"自由"的理解十分独到。

王先生指出，政治哲学解决如何建立一个好的社会，经济、科学和技术解决人的物质生活条件，人生观和伦理学解决人的精神生活问题，而学习庄子是培养"精神"，是追求"精神之道"，人生的艺术、精神的艺术和心灵的完善。如何学庄子？王先生说，先要破除和"悬搁"一个"自我"，"平心静气"学庄子。王先生认为，政治上的"自由"由老子道家构建，精神自由之道，由庄子道家所代表。庄子是追求个人自由的精神导师，是中国文人的朋友，也是中国士大夫的精神医生。

庄子才智极高，是世界上一流的哲学家。现代哲学家金岳霖（与林徽因和梁思成）曾对庄子说出了以下的真知灼见："他的哲学用诗意盎然的散文写出，充满赏心悦目的寓言，颂扬一种崇高的人生理想，与任何西方哲学不相上下。其异想天开烘托出豪放，一语道破却不是武断，生机勃勃而又顺理成章，使人读起来既要用感情，又要用理智。"

谈到庄子的自由，王先生说庄子的"自由"不是"政治上"的，而是对"个人精神"所作的安排，这对中国古代知识阶层精神生活和意识产生了相当大的影响。他以"游"和"逍遥"两个观念为中心展开讨论。"逍遥"不只是自由地"飞翔"，而是摆脱了一切世俗之虑的"安闲""安然""虚静""适意"和"无为自如"的心灵境界。庄子的"逍遥游"实际上是借"大鹏""绝云气"的极限性"翱翔"，隐喻他所追求的人的最高的"自由"和"超越性"境界。从与"鸟飞"联系在一起的"逍遥""翱翔"，到"巨鹏"的"怒而飞"再到列子的"御风而行"，在这些"飞翔"的"形象"和"具象"中，庄子想象和悟彻出了"精神世界"的"无限的"和"绝对的""逍遥""自由"和"翱翔"之境。"今子有大树，患其无用，何不树之于无何有之乡，广莫之野，彷徨乎无为其侧，逍遥乎寝卧其下。不夭斤斧，物无害者，无所可用，安所困苦哉！"（《逍遥游》）

庄子的"逍遥"和"游"是紧密联系在一起的，"游"在庄子思想中具有重要的意义。"游"的基本意义之一，是"行走"。庄子直接使用了不少"游心"的概念，如《人间世》有"乘物以游心"，《德充符》有"游心乎德之和"，《应帝王》有"游心于淡"，《骈拇》有"游心于坚白同异之间"，《田子方》有"游心于物之初"，《则阳》有"游心于无穷"，等等。庄子的"游"是"神游"，是在"精神世界"中"无限"的漫游和逍遥。庄子的"游"，是一种"内省"的活动，通过这种活动，个人自我实现对"绝对者"的体认。这种体认，同时也是与道合一的"超越性"境界。由于这种"境界"是在"精神"中冥想"无形无象"（或"超形脱象"）的"绝对者"，体验"道"，并沉浸其中，因此这种"体验"是一种"内向性的神秘体验"。庄子的"游"，是一种"游戏之游"，这也正合《广雅•释诂》对"游"的解释（"游，戏也"）。但庄子的"游戏"，也不同于一般的"游戏"，它不是在"外在"对象物中进行，而是"内心世界"的一种"自戏"。"游戏"是一种"娱乐"，而内心的"自戏"，也就是"自娱""自乐"。唯有这种"自乐"才是"至乐"。庄子的"游"，同他的"逍遥"一样，是不受"外物约束"的在精神世界中达到的一种"随心所欲"的境界。

庄子还承认一个超越的无限的世界和根源，代表这种根源的就是"道"。庄子认为，从超越的根源"道"来看，一切都是一样的，"道通为一"。庄子的《齐物论》（意思）就是专门讨论这一思想的。庄子将相对性及道通为一，既是一种世界观，也是一种超越性的境界。通过此，人的心灵得到了扩展，他能够在不同的立场观察世界，并最终站在宇宙和世界的立场看一切，至此，事物对他显示的意义都发生了变化。庄子主张一种宇宙中心主义，反对自我和人类中心主义。庄子追求道的境界，用一些具体的娴熟技巧，来说明由技进入大道；我们看到的世界如何，就是我们的心灵世界如何；我们看到的世界"多大"，取决于我们的视野有多大。

庄子道家的"隐逸性"，在社会和正义（"世"与"道"）无法得到治理和维护的情况下，个人的最好选择就是"隐"。但"隐"并不是远离人间社会，置身于山林岩穴之中，而是身在人间，拒绝参与，回到自我的心灵之中，以德而隐（"德隐"）

或以心而隐（"心隐"），从而保全自己。嵇康和陶渊明的"隐"，都是"隐"在"世间"，都是"庄子式"的隐。儒家的"时隐"容易成为"伪隐"，把"隐"当成一个工具，即"终南捷径"。"隐"不是为了心灵的解脱，不是为了置身世外，而是为了"隐"的对立面"仕"。对于道家知识分子来说，真正的"隐逸"，就意味着"绝仕"，意味着永不复出，意味着人的最佳存在和生活方式。道家知识分子的"隐逸"，往往是在经过"入世"（"入仕"）的考验之后，选择"退隐"的，"退隐"成了他的归宿，成了他与"仕途""诀别"进入到"仕外"的一种存在方式。一般典型的道家式的隐士，选择退隐，就是选择了一种存在和生活的方式，选择了一种自我超越之路。以儒家价值为基础因怀才不遇而被迫"退隐"的人，一旦具有了他们认为是合适的机会，他们就会重新"复出"。"伪隐"是为了更多地获得世俗利益而设下的欲擒故纵的"圈套"。人如何在社会中自由和逍遥生活，如何过一种心安理得的生活，庄子提出了"虚己以游世"的原则。

胡军：心魂哲思

2012 年 10 月 12 日

一

哲学出身的学者，文章一般缺乏文采。通读胡先生的文集《燕园哲思录》以后，才觉得哲学不只是枯燥的概念与逻辑，而是关乎生命的智慧之学。

作为研究中国现代哲学、知识论的作者，胡军先生的文章舒缓流畅，没有西化的浓厚痕迹，说理清晰、透彻、智慧，读了让人感到一种享受。同样是怀念张岱年先生和朱伯昆先生的文章，胡先生写得生动感人，不像有些学者拉拉扯扯，像个学究。

近距离旁听胡军的"中国现代哲学"，真切感受到他身上那种强烈的"哲学气质"。不仅如此，胡先生口才极佳，十分健谈，着实让我喜欢。哲学，在他那里都不是枯燥的学术名词的排泄，而是与人生与生命与真理相关的生动演绎。旁听胡军的课，确实让我领悟到哲学的魅力。

作为思想者，胡军对很多问题都有哲理的思考。比如对大学的使命、人文精神的培养、教育的终极旨趣等问题都有深入的思考。

胡军在书中写道：没有心或灵魂的个人无疑是个行尸走肉。急剧膨胀分化、迅速传播延伸的实用性知识体系与弥漫笼罩于整个社会的极具功利性的技术文化，这两者紧紧纠缠在一起编织成了一张无所不包的世俗之网，遮蔽了人的真实存在。高等教育或大学已没有心或魂。任何教育都是人的教育，都必须围绕着人而展开。这样我们就可以看到，教育的终极旨趣和崇高目标就在于使人成为真正的人，成为有远大理想、崇高人格、坚定志趣、关心他人、有社会责任感、具有丰富知识的人。因此"我是谁？""你是谁？""人是什么？""生命的意义或价值"等问题应该是教育，尤其是高等教育，急需解决的最为迫切的问题。

毫无疑问，人文学科中的哲学、文学、历史、艺术等是以人性、生命的意义、人的尊严、人的权利与义务等为对象的，所以我们完全可以说人文学科就是关于人的学问。

比如对哲学的本质、意义、目标、作用等问题，他也提出了自己独到的见解。

胡军说："按本质来说，哲学就是一条道路。对思想的反思就是在进行哲学的思考。哲学的主题是人。哲学思考源于人们想过美好生活的强烈愿望。哲学就是指导人们生活的艺术或智慧。要有美好的生活就必须寻找一个观照生活的超越的和无限的视点，这一视点就是哲学的智慧。哲学是无用之用。"

是的，胡先生说："我们不为任何其他利益而寻找智慧；只因人本自由，为自己的生存而生存，不为别人的生存而生存，所以我们认取哲学为唯一的自由学术而深加探索，这正是为学术自身而成立的唯一学术。"

与哲学有缘的人，必然能保持一颗鲜活敏感的心。哲学的起源不是为了某种实用的目的，而只是起源于人对种种事物的迷惑和惊异。在浩瀚无垠的银河中，人类昙花一现，转瞬即逝。如果"我"仅仅是指有着六尺皮囊的躯体，那么人生确实是毫无意义和价值的。如果真的是这样的话，那么人生的意义又何在呢？胡先生在文中写道：

好在"我"或人不仅仅是生理意义上的，也是思想、精神维度上的存在。如果从这一维度着眼，"我"或人生又具有什么样的意义呢？……与无限的宇宙相比，人的躯体微不足道、异常渺小。但是由于人有思想，思想是没有界限的，物理的宇宙尽管广阔无垠，但似乎并不是无限的，而人的思想的空间时间却真正是无限的。因此人作为一个生物体为宇宙所包围，但人作为思想的存在却包围着宇宙，超越了宇宙。人比宇宙更为伟大、崇高。我们有充分的理由感觉自己的伟大和了不起。

因此，能否具有追求真理的勇气，对于精神力量能否信仰，这对自我的建立很重要。人的存在就是哲学性的。冯友兰认为，哲学就是对于人生的有系统的反思的思想。哲学的功用就在于使人成其为人。人与动物真正区别开来的分界是人有思想，而动物则没有。能够"判天地之美，析万物之理""究天人之际，通古今之变"，让人具有了无穷的力量。王阳明说："我的灵明便是天地鬼神的主宰。天没有我的灵明，谁去仰他高？地没有我的灵明，谁去俯他深？"鲁迅在《文化偏至论》中也提出中国要想立于世界民族之林，"其首在立人，人立而后凡事举"，要"立人"，必须"尊个性而张精神"，"掊物质而张灵明，任个人而排众数"。这种思想的文化基础则是"外之既不后于世界之思潮，内之仍弗失固有之血脉，取今复古，别立新宗。"两位哲人都提到"灵明"。这里所说的"灵明"即是指思想所具有的感知和认识的能力。人有思想，思想具有认识的能力以形成各种不同的概念，因此我们才能感觉到天的崇高伟大，山谷的幽深曲折。人有思想，因此他也就具有了形成知识的能力。

二

对梁漱溟、冯友兰、贺麟、张岱年、朱伯崑等哲学系前辈的思想体系，胡先生也有深入的解析。他说话幽默，爱举例子。

比如梁漱溟。记得，胡先生也说了一个故事：

年幼时，梁漱溟很爱一个人思考问题。有一次他问家中终日辛苦劳作的保姆，她的生活苦还是不苦。保姆答道："不苦啊！"这一回答使梁漱溟幡然醒悟，意识到所谓的幸福生活并不存在于外在世界之中，幸福原本就是我们对生活的一种看法。物质生活的充裕虽然重要，但对于人的幸福而言最重要的是精神世界。于是他便沉溺于佛学典籍，想在其中寻找生活的真谛，抛却青春期的无限烦恼。

梁十四岁进入中学之后，便有一股向上之心驱使他在两个问题上追求不已：一是人生问题，即人活着为了什么；二是社会问题，亦即是中国问题，中国向何处去，这两个问题是互相关联的。他的一生八十余年的主要精力心思可以说，都用在这两个问题上。梁的个性极强，思想行为极其认真，他总想在思想上、在个人的生命上要有个安顿之处，乃能生活下去，不似一般人的糊涂随顺。

是的，如果我们有着崇高伟大的精神世界，那么我们无论在什么地方什么时候都能感觉到幸福或美好的生活。假若只是为了财富的积累而活着，一旦满足了但仍然感到很是无聊，生活空虚，精神贫乏。精神的博大和自由能给我们带来无穷的乐趣，即便身陷囹圄，心灵依然可以感受到无限的惬意和自由。正如胡先生所说："真正的自由不是外在的，而是内在的。人的躯体可以被外在的力量囚禁在有限的空间之内，但这却不妨碍人们依然享受精神的自由、思想的自由。"

早年由于受功利主义的影响，梁漱溟认为，欲望就是人生的一切，人生就是在欲望的满足与不满足的过程中度过的。进而认为，其余的思想流派纷纷向外追逐以求解决人生问题的想法都是错误的，只有佛家是正确的。十八岁那年拒绝父母为他订婚，并从十九岁开始吃素，一度想出家为僧。

1917年梁年仅二十四岁，受蔡元培邀请，在北大哲学系教印度哲学。北大的这七年对梁的影响是很大的。一是增长了梁内在的争名好胜之心，当时的北大名流云集，所以对梁的压力当然是很大的。改变了梁笃信佛学，一心想过出家生活的道路。二是一面教书，一面自学、研究，在学识上成熟了，开始具备了自己独有的见解。为了实践对教育问题的新认识，新设想，梁决定离开北大。从思想上讲，梁初信佛，后由佛入儒。

胡军认为，此种思想的转变明显地发生于梁漱溟在北大任教期间。但在蔡元培约其来北大的当时他本人的思想应该说已有了较大的转变，即其时梁漱溟并不仅仅站在佛学的立场上，而是自觉到有向社会讲明孔子思想的"责任"，认为佛学和儒家思想是自己思想的趋向。梁漱溟来北大之前和之后所感觉到思想上的压力，在此严重压力之下，他产生了一种愿望，就是"为孔子为释迦说个明白，出一口气。"由于当时他并未对东西文化的问题形成系统的想法，所以来北大当初只是向蔡元培表达自己的此番抱负。于是，他对蔡元培说："我的意思，不到大学则已，如果要到大学作学术一方的事情，就不能随便做个教员了，一定要对于释迦孔子两家的学术至少负一个讲明的责任。"由于梁漱溟认真独特的个性，使他由佛入儒，儒佛并重。

正如胡先生所说："梁漱溟是一个极有主见的人，且持守自己思想的一贯性，并不是一个轻易改变自己思想的人，他所以在进北大的前后思想有如上的变化，是既有主观方面的原因，也有客观方面的原因。"

三

我们在谈论哲学的时候，不禁会这么问：学哲学有什么用？

学哲学当然有用，但不是实用，而是"无用之用"。这种有用，不是普通意义上的有用，是在体悟到人生诸多道理后积累蕴含出的自发的内在的安静，内心聚集着巨大的能量，就好比庄子提到的"不知之知""无用之用"。

其中一点，这种"无用之用"就是能安妥心魂。哲学是爱智慧，是关于自我、世界、人生、生命的深度思考。文学，是以语言文字为载体形象化地作用于现实、表现作家心灵世界的艺术。

一直以来，我对那种满足于做一个经院派的、学究气的职业哲学家不感兴趣，因为，既没有思想者的睿智和深刻，又缺乏普通人的感觉和体验，无法准确地洞察和把握了现代人心灵中最重要、最敏感的地方。因此，我对那些枯燥、艰涩的概念堆砌，对那种机械、呆板的逻辑演绎有一种本能的拒斥，对那种冗长、烦琐的哲学范式和貌似庄严宏大的所谓"理论体系"，对那种矜持、僵硬甚或故弄玄虚的哲学和伪哲学面孔有一种发自内心的反感。

胡军先生虽然身在学院，然而他没有因为研究哲学而扭曲了生命，而是让生命之水自由地流淌。也正因为如此，我喜欢他。在他的文章里，围绕着那些古老的哲学问题，例如生命的意义、死亡、自由、尊严、爱、自我、灵魂和超越，等等，——作出精彩的阐发，从苏格拉底、柏拉图、笛卡尔、康德、黑格尔，到孔子、孟子、老子、庄子、佛陀、慧能、王阳明、朱熹，等等，从西方的爱智到东方庄子的"道"，信手拈来，引经据典，相互参照，就像生动鲜活、真切隽永的美文。从胡先生的讲课或文章里，你可以懂得中西哲学如何围绕"人"这个最高目标展开进行思考；你也可以知道，人的存在是哲学的。人要能够成为真正思想的人，他就必须要进行哲学的思考；哲学并不神秘，它就在我们的日常生活中，就是关于我们生活的学问和艺术。有了哲学这个向导，你会明白生命的意义是什么，从而才能过上美好的生活。胡先生特别强调，知识不等于智慧。他这样说道：

　　知识只不过是追求智慧过程中的阶段性产品，还不是智慧本身。这就清楚地告诉我们，理性固然是追求智慧的重要工具，但不是唯一的，也不是最重要的。我们要学会运用我们的耳朵去听，要敞开我们的整个胸怀，运用我们的整个身体、整个心灵、整个生命去感受，去听，去探索。也即一个人的整个存在都在听，在感受，在寻找，在探索。

　　我自己也有类似的感受。随着时间的慢慢流失，我的阅读范围在发生着巨大的质的变化，最近的几年中所阅读的全是关于哲学、佛学和神学的书籍。至此，我已经充分地认识到，哲学、佛学与神学是能把所有的学科整合起来的学问。只有在这些书籍的阅读和理解中，人才有可能达到最崇高的思想或精神境界，达到一种最为自由的境地。明白了这些，于是，我的内心不再紧张，渐渐放松，脸上逐渐地露出了平和、悠然的神色。

陈鼓应：学问和悟道

2010 年 10 月 20 日

　　陈鼓应先生著述丰厚，个人喜欢《庄子今注今译》《老庄新论》《易传与道家思想》。特别是《老庄新论》一书，几乎囊括了陈先生对老庄的见解。个人以为，听陈先生的讲课，不如看陈先生的书。陈先生讲课任性而谈，几乎没什么条理，想到哪儿就说到哪儿去。

　　倾心陈先生之庄子研究，这是因为，我喜欢庄子，是从鲁迅到存在主义再到庄子的，因而我注重庄子思想中价值重估、价值转换的意义（与尼采相比照），注重心灵境界的跃升对生命的意义（与鲁迅和存在主义相比照）。陈先生在《悲剧哲学家尼采·后记》的结尾写道：

> 我的老师东美教授曾说："研究一个思想家，首先要作同情的了解，要入乎其内才能出乎其外。"我是本着这种态度来研究尼采来的。可叹的是，这样的人又有多少？

陈鼓应的著作呈现一种独特的生命气象。对于我而言，是一种惊喜。这种独特的生命意识，与他的人生经历和阅读经验有关。他在文章曾写道：

> 在我上大学之前，从私塾、小学到中学，所读的尽是儒书。大一时修的中国文化课程，依然是习诵《论》《孟》之作，传统文化被窄义化而为儒家文化。因此，青年时代的我，在儒学礼治规范网中常有呼吸困难之感。（儒家思想空气的单调、沉闷和乏味，是我喜欢具有酒神精神的尼采生命哲学的一个最主要的内在驱动力，也是我爱好《庄子》的根本原因之一。）我上研究所时，偶然的机会接触到《庄子》的原著，这才使我认识到中国文化原来别有天地。

> 庄子思想的每一丝半缕的哲理，都深深地吸引了我。其后由于研究庄子，而旁及老子、墨子、韩非子、管子等各家的著作，从而进一步了解到中国传统文化原来是多元并起、多元发展的格局。可是长期以来，在我们的学术园地里，对于传统文化的研究，一直带有很大的偏颇：人们常把中国文化简单化为儒家文化，而孔孟之道以外的广大的思想园地，总是受到有意无意的忽略。

陈鼓应从小在单调、沉闷和乏味的儒家思想教育下长大，后来又由于追求民主和自由颇受台湾当局打压，这让他渴望借助老庄哲学释放内心精神的压力。陈先生认为，从人生哲学的角度来衡量，老庄思想，也远比孔孟为高深。然而，长期以来，由于受崇儒风气的影响，道家哲学一直得不到应有的重视。其实，老子的道论不仅建立了中国哲学史上第一个相当完整的本体论与宇宙论的系统，而且，其道论成为中国哲学内在联系的一条主线。他尤其称赞庄子："在先秦诸子中，像《庄子》那样纯粹地含有哲学的思辨、美学的韵味、文学的风格的著作，可谓绝无仅有。至于庄子思想的思想空间之开阔、精神蕴含之恢宏、生命境界之高超，那更是先秦诸子莫能望其项背的。然而，多年来，我看到学术界谈论《庄子》，大多是用一种较为俗世的眼光，从负面的、消极的角度去看待它，或则以某种规格化的观点过分简单化地批判它，而不能理会人类有一种更高的生命情调、精神境界、艺术审美的追求。这就不可避免地使人们对《庄子》充满了曲解。"

陈先生是从尼采到存在主义再到庄子的，因而他注重庄子思想中价值重估、价值转换的意义（与尼采相比照），注重心灵境界的跃升对生命的意义（与存在主义相比照）。先生论述庄子的游世思想，注重其中表达的"精神的自由活动""精神的安适状态"内涵。他在《庄子的悲剧意识和自由精神》一文中比较了庄子的悲剧意识与古希腊的悲剧文化，认为"后者强调悲剧英雄的形象，满怀激情；而在庄子的世界中，英雄形象和偶像人物则全然被消解掉了，因之激情也被恬静所取代。对于苦难的体认以及从苦难世界所作的精神提升，这是庄子式的悲剧意识"。

如果说王博先生启发我回归到安顿生命的话，那么陈先生则从悟道的角度切入学术。两位虽然不是什么"大师",然而让我觉得亲近。

陈先生的文字富有生命关怀,将学思与体悟相结合,不是枯燥的哲学思辨。这将是学术史、思想史上一个值得注意的现象:一般的修道者多无意于学问,而学者们又缺少修道的体验与修养,因此对道家的研究要么是知识性的外在研究,要么是独断性的信仰研究,而陈先生深入道家的内在智慧,又加以现代的语言表述,既有丰富的精神体验,又有深刻的思想反省,解行双彰,理事双圆,实为传统与现代的融会,体验与学思的结晶,是一本不可多得的兼具学术性与生命体验的札记体著作。

仔细体悟陈先生的书和博文,深感他在圆融知识与智慧、修道的体验和感悟佛法智慧方面,做出了探索,很有见地,解决了我的一些困惑,对我启发很大。我特地将他的文章,作出分类,便于体悟。

在胡适、汤用彤等人的长期影响下,北大哲学系形成了重哲学史研究、重考据的风气,强调精致严密的综合性的学术训练。胡适的"大胆的假设,小心的求证"便是。假设一定要大胆,求证却一定要小心,一定要细心,必须要拿出充分的证据,而且对于证据也必须追问:这些证据是在什么地方得到的?什么时候寻出的?什么人寻出的?这个人有做证人的资格吗?他虽然有做证人的资格,但在这一证据上他有作伪的可能吗?胡适对证据的上述拷问未见得确凿无疑,人人赞同,但他认为学问一定要坐实,不崇尚玄虚,在学问上要有一份材料,说一分话;有七分材料,不说八分话,还是有其道理的。但是,也应该看到,像庄子这样具有独特生命气质的哲学家,仅仅强调"要有一份材料,说一分话",恐怕是不够的。庄子是活泼的人，不是电冰箱，需要融入个体的生命的体验。

陈鼓应不以纯粹学问或社会改造为宗旨，而以"求道"或"生命关怀"为人生的目标，这种思路十分独特，甚合我心。一来避免了学问的枯燥，二来避免了社会改造的空疏。当下，所谓的做学问的"学院派"越来越多，千人一面，这种积累起来的所谓"知识"，究竟能在多大程度上契合人的生命？

3

第三章

信仰——从苦痛走向智慧

陈廷忠：苦痛与智慧

2009 年 4 月 30 日

　　静读陈廷忠的《苦痛与智慧：〈约伯记〉与生命难题》，陈先生的音容笑貌浮现眼前。在北大，修陈先生的《圣经》研究，苦于不能深入。确如先生所说，对现代人来说，要进入希伯来原文以及希伯来人的智慧中，的确不是一件易事，往往好像站在一座堂皇的宫殿前，知道里面肯定是美轮美奂的，可又苦于无法进去观赏。

　　记得一次发讲义，之前北大哲学系、宗教学系里负责人提醒陈先生不必发给旁听学生。先生说，这不太好吧，最后还是决定把讲义发给我们几个旁听生手里。有一次，陪陈先生到勺园住处，一路之上我向他诉说我内心的困惑，那时我挣扎于佛教与基督教之间，觉得两者各有好处，不知如何选择。陈先生静静地听着，一边和我讨论，末了他说："不信仰上帝，还能信仰什么呢？"直到今日读了陈先生这本书，我觉得我的内心是那么地渴慕神。

　　我喜欢《圣经》，乃至信奉上帝，其实很大程度上是受《约伯记》的影响。在苦难面前，我们这个民族很少深究苦难的意义，甚至抹杀苦难存在的价值。很大程度上，佛教乃至禅宗的智慧不是赋予苦难以意义，而是选择黯然地消解。约伯一直是个对上帝特别虔敬的人，而约伯自己的思想却看上去荒唐和不可理喻：尽管一切事实都对他所信仰的上帝不利，他仍然坚信上帝是公正、爱人的。沦落尘世、备受折磨的约伯，面对自身的苦况，沉思过后，开始倾诉心中的苦痛。面对约伯的苦难，置身无神论的语境下，我们不禁要质问：创世的上帝为何将苦难（恶）带入这个世界？为何我要生存在这个苦难的世界之中？我为什么成了无边苦难的被告？这些问题一直纠缠我信仰后的第二年。上帝创万物，各按其时成为美好，又将永恒安置在世人心里，然而上帝从始至终的作为，人并没有去参，更何谈参透，人应该努力去参，而且能够参悟，但众多人却不去参悟。就如曾经的约伯一样。苦难成了约伯跨越现实人生和理性信仰的桥梁，引他进入新的境界，呈现了真正的生命，面对面见到了神。

现在我终于明白，苦难是一种奥秘，也是来自神的管教，面对苦难只有保持敬畏与沉默。我在这本书里，读出了陈先生所经历的难言的痛苦。我不把此书当作学术书，而是当作寻找救赎的作品。本书后面附录了两个人的经历，可以看到理性背后流血的心。

约伯自有神的保守，但对于我们这个天生就不信神的民族怎么办呢？既然尘世间的一切都是不公平的，那我们为什么还要追求公义呢？约伯面对义人受难的情景，对于上帝发出质疑，这不正是合理的吗？做好人未必就有好报，世界上仅存的善心面对了危机，如何面对？

在北京孤寂的冬夜里，我翻开《圣经》读《约伯记》，眼前浮现出 S 城地狱一般的情景来。《约伯记》这一章我也十分喜欢，很想弄清楚寓意是什么。

"虚空的虚空，虚空的虚空，一切都是虚空。"我读《传道书》时经常被这句话触动。约伯用传统的模式来告知约伯所受的惩罚是因为他的不义，约伯给予否定。既然尘世充满苦难，我们为什么还要追求纯洁？

尘世充满了苦难，这是无法摆脱的，甚至，人的有限性就是人的原罪，因为人不是神，我们不可以成为上帝，全知全能全善，人的有限性决定了人此生必定要遭受苦难，所以，尽管像约伯那样，也不可避免要遭受到厄运。这或许才是真正的答案。

《约伯记》给我们的启示是：坦然地面对苦难，用正确的态度来经历它，远比知道苦难的来由要重要得多！的确，就如该隐不该抱怨神不悦纳他所献物品而杀了亚伯一样，重要的不是现实的境遇怎样不公平，而是如何面对现实的态度。在基督教信仰看来，现世生活充满了苦难、疾病、呻吟和眼泪，生存是浊重而无意义的，把希望寄托于上帝的国，才是约伯这样的义人应该做到的。通过约伯，可以看到，即使处在无望的情况下，仍应该要有信心。

当我们从《约伯记》中看到灾害和苦难时，应该记住，我们也活在一个堕落的世界里，好行为不见得会得到赞赏，坏行为也不一定受到惩罚。我们看到一个恶名昭彰的罪犯享福，而一个无辜的儿童陷在痛苦之中时会说："这不公平！"但事实的确是这样。罪恶已经扭曲了公义，使这个世界变得丑恶和不可理喻。

有一种说法，当我们试图超越自己，试图僭越人的理性的时候，遭受的往往是虚妄。如果是这样，约伯就不是真正的信仰者。

人与上帝之间有一种不可思议的奥秘：从人的立场，我们必须面对一切不可解释的荒谬和不幸，我们必须追问和反抗，甚至敢于否定上帝。恰恰就在人们质问抗议和否定之际，上帝敞开了他的存在，上帝从抽象的概念变成生命的事实。然而"正如宁静的湖水让你观察，却以黑暗的倒影折回透视的目光"（郭尔凯郭尔《基督徒的激情》），在舍斯托夫看来，约伯不能接受苦难的现实，勇于向上帝提出自己的质疑，这才是真正的信仰。舍斯托夫想借《约伯记》来表明，"上帝"和信仰并不局限在理性之中，荒谬和非理性也许才是信仰的开始。

真正能做到像约伯那样敢于向上帝提出质问的，毕竟很少。这可能是因为大多数人没有经历过彻底的绝望，或者干脆就是因为大多数人对上帝的信仰根本就不坚定，或者是盲从和狂热，其实内心虚弱。坚定的信仰不是受洗之后就能保持一辈子的。很喜欢读福音书里关于种子的一段话，有些种子落在路边，被鸟吃掉了，有些落在石头上，干枯了。只有那些落在土里的才能长出果实，需要在生活的艰辛中仔细体验。

林谷芳：禅心诗韵

2009 年 9 月 6 日

接到北大国学社社长彭璐璐的通知，台湾禅学家林谷芳先生来北大演讲，很是兴奋，原因是之前读了他的《千峰映月》《一个禅者眼中的男女》和《如实生活如是禅》。

林先生走了进来，果见他面容清瘦，一袭布衣，一双凉鞋，满头白发，操绵软台湾国语，平和里藏着智慧，儒雅中蕴含禅机，言谈之中娓娓道来，幽默诙谐。讲座开始，林先生谈佛禅，谈中华文化，谈艺术，谈宗教，人如其言，清澈淡定，一席话下来，正如一捧清清凉凉的凉水，恢复了我内心世界本有的清凉与寂静……先生是一位将禅意、音乐与东方式优雅融贯入生命的智慧长者，使讲谈都漾成一泓碧水的清凉。

林先生说，平常人的身大于心，而修行人的心大于身。习禅，是让他的心影响到身。他说："人的有限，正因生命缠绕太多的葛藤，禅的归零，却让生活充满无限的可能。禅不在远，就在当下。"林先生用充满禅思诗意的优美语言，叙写禅子掌故，品读历代禅诗，展现了禅家宗门的诸般风光和禅者独特的生命境界。读后，有大彻大悟的释然。书中感悟精彩，摘录以下几句：

道人与凡夫之别，正在于俗人是一波才动万波随，道人则满船空载月明归……

参禅是剑刃上行、冰棱上走，一有依恋，就难得透脱，非得云山海月尽皆抛却，否则即无"随缘做主，即事而真"的可能。

世人迷妄，所以万事在难易上计较，更无法面对死生，道人体得缘起，所以一切本然，道别的对象竟是苎溪之水，就像它必归大海般，我今归山。

世间的两难，在禅宗其实都属余事，两头俱截断，无心应自然……

谈进退，世人往往视之为机关算尽之事，但在行者，则只有先去我执，才能真正应缘，到此时，进亦退，退亦进，方得自由之身……

林先生六岁，有感于死生。高一见书中句"有起必有落，有生必有死；欲求无死，不如无生"，有省，遂习禅。四十年间，于音乐，始终观照道艺一体，在修行，则"出入禅、教、密三十年，不惑之后，方知自己是无可救药的禅子"，遂对禅门不共，多所拈提，常以"禅为剑刃上事"砥砺学人，所作恰可治时人"以禅为生命妆点"之病。谈到禅与诗的关系时林先生说，禅心与诗心是雷同的，都是一种直觉、直观的心。诗一旦落入逻辑思辨就坏了，直接让"物自相"呈现出来就是好诗，从禅的角度来说，这时候只有本心与外相的直接接触，不涉及其他的利害考虑与逻辑结构，诗意因此就显现出来了。

林先生说，追寻"不变的爱情"，几乎是所有人共同的梦，它是与生俱来的我执。而这种"我执"是芸芸众生在追寻爱情的过程中痛苦的根源。爱的缘起、爱的期许、失恋之痛、陷入回忆，一切晴朗与迷雾，皆决于在此参透与否。禅者说，爱首先是裸露生命，内省后才明了关怀、创造生命等种种后继意义——大哉斯言，答案或在其中。

生命是一场加法与减法的观照，加减之间必须有一种观照。人往高处爬，爬到多高才算高，如果只有唯一的高标，那你心里永远会有挫败感，因为只有一个人是胜利者。要能观照到自己的局限和幽微。其实爬山可以从不同方向来，如果累了可以随时坐下来休息，回眸一望，满目青山。

林先生认为，中国人的生命困境、心灵牢笼，并不需要用西方的精神舶来品来化解，它自有一种中国式的解决方式。禅宗作为佛教中最重要的一支流派，是中国传统文化中独具魅力和神韵的一道风景，它成为许多古代中国人的人生哲学和心灵归宿。在当今社会，在中国人面对人生藩篱时，禅依然能够引领我们发现从容淡定的生命境界，为生命找寻到真正的解脱。《坛经》说："识心见性，即悟大意。"禅宗提倡内在超越，设计了一套消解人们心灵深处的紧张、矛盾、障碍，超越二元对立的方案。对此，我深有感悟。

禅无处不在，禅源于生活。用禅心去体察生活，在生活当中证行道，正所谓，行住坐卧皆有禅意，运水搬柴，无非大道。禅一向"不立文字，以心传心"。禅是喧嚣尘世中的一道清泉，是身处俗世中的一道灵光。

禅僧百丈怀海有诗云："幸为福田衣下僧，乾坤赢得一闲人。有缘即住无缘去，一任清风送白云。"禅师参禅在于开悟，开悟靠什么？"悟"字拆开就是"吾心"，参禅靠的是正我们的心。达摩面壁，凡人皆称其为苦修，有谁知道达摩祖师在静修中心归空灵，慧及宇宙，体肤之苦尽皆化为心灵的极乐，哪有半点苦楚可言。

有一天，慧可说："弟子的心老是六神无主，不知所措，请师父为我安心。"

达摩道："好，你先把心拿出来吧，我就为你安心。"

慧可："我已遍寻很久，可是它捉摸不定，找不出来。"

达摩笑道："我已经给你安好了心。"

四祖道信强调"安心"。所谓安心，即以修持的体验或对佛法的解悟，使心安住于一处，并达到安住不动的境界。据《续高僧传》载，中国禅宗的初祖菩提达摩凝住面壁，澄心空明，无自无他，凡圣均等，是为安心。故安心即是止息心意的散乱，观照自性清净，将心安住于法性之理体，以达到无物无我的精神境界。

禅是思维的、心灵的深层体验。六祖慧能曰："不是风动，不是幡动，是仁者心动。"

禅宗"见性成佛"之说，所谓"见性"，亦指"自性"，或称"佛性"，人与人之间，自无差等。心为菩提，只是生活为心蒙上尘埃，只要我们用佛心智慧去清扫，心便能从浮动处获得纯善的本性。

人无求，心自在；人无烦，心自宁。静而无动，心自清凉。心因象生，同体无我。禅作为真、善、美的完整体现，它确实是无处不在的。

　　谈到做学问，林先生曾说："我自己虽然被称为学者，生命的学问是全体的学问，学业里的知识是没有办法解决生命问题的，这里我可以很负责任地讲这句话。我是大学教授，跟大家谈谈所知障的问题，他的所知，因为太专业了，反而构成他生命的一种障碍，那么抽象概念的意义，本来就不能解决实际、可触可摸的学问。简单地讲我握住你的手的感觉，我如何用言语形容，我如何解析这个感觉的物理化学反应？20 世纪50 年代，西方对这种东西，已经想去解决，后来发现这是死路一条。让我感觉，有时候的确生命体践像握你的手一样，就是禅所讲的，如人饮水，冷暖自知。各位，今天在时尚廊书店来参加这样一个发布会，其实都是你们自己在饮水，我讲这些话，放在每个人的心里，也许有些飘着就过了，也许有些会触动你的心，也许有些会反弹，也许有些会领受，都是如此的。所以不可能有逃避的，你想逃避一个这样的问题，你会付出同样的代价，但是我只是要强调，面对问题，并不是像很多学者、专家、哲学家所讲的是那么沉重。概念，它其实是一个生活体践，而且是每人不同的一种体践、一种实践。"

　　所知障的问题，在我看来是国内学院学者存在严重的问题。知识分子尤其是这样，自认为读书读得多，加上有高学历，就会接触很多人的思想见解，加上天生聪明，能举一反三，可以说得比别人更好。但是，细观他们的行为，往往说的是一套，做的又是一套。"所知障"为主的观念，是被自己原来的知识学问蒙蔽，产生先入为主的认识。然后，以这个观念的框架来批评、否定宗教，妨碍了宗教信仰的道德实践和内心的体验，不但对他自己形成了障碍，也可能误导他人而成为信仰宗教的障碍。当然也不可说学问好的人就有所知障，许多博览群书的人，依旧会选择一种宗教来作终身的依归。近年来，不论在国内或国外，知识分子信佛学佛，已经越来越多了。

《楞严经》里面有一段阿难尊者的自述之词："虽有多闻，若不修行，与不闻等；如人说食，终不能饱。"它开导我说，阿难是众多弟子当中学问最好的一位，但是他发觉自己对佛法只停留在"了解"的层面，还不能从实际的生活中，真正体验到佛法的妙用。佛陀时常赞美阿难是多闻第一，所以，多闻也是值得嘉奖的。但是，多闻还要实践，要体验所知的内容，可是一般的人只停留在"知"与"解"的层次，就像考古学者考察古代文物，但不会成为古人。所以，要享受佛法的好处，还是得确确实实照着佛的遗教，去做实修实证的功夫，做一分，就有一分体验；不然，在修行的成就上，佛学博士还未必比得上目不识丁的人呢！

人类活着的意义、人生的目的到底是什么？日本企业家稻盛和夫说，人生的意义在于修炼灵魂。所谓今生，是一个为了提高身心修养而得到的期限，是为了修炼灵魂而得到的场所。是的，学佛就是要解决自己的问题，无所谓一开始谈知识，谈别人，谈世界，谈你所爱的人，这根本是一个自我了解、自我澄澈的一个过程。之前，我信仰神，曾经读过几年《圣经》，可是，一再提醒一些基督徒，你可以信仰神，但是，作为中国人，要对自己的文化有个基本了解，这样就不会肆意批判。

楼宇烈："人间哲学"

2012 年 9 月 25 日

一

楼宇烈的中国哲学与佛学研究，十分注重内心的体悟与日常的修养，借用"人间佛教"的理念，主张建设"人间哲学"，以"人文精神"为思想的归宿。面对西方文化，楼先生一直思考树立"自觉的中国文化的主体意识"，从青年时代迄今半个多世纪以来，从不懈怠，倾注了对传统文化的关心。在物欲泛滥的今天，哲学这块圣洁的土地似乎很少有人真心投入，但楼先生却乐在其中。他说："哲学是智慧之学，它可以训练人的思维，提供解决问题的方法。办任何一件事情，只要方法对头，则事半功倍。哲学包含两个层面：理论层面和方法层面。这两个层面完美的结合就形成了人的智慧。"三十多年的哲学实践，楼先生著作甚丰。我手头有楼先生的《十三堂国学课》《中国的品格》和《人文立本—— 楼宇烈教授访谈录》。尤其要提的是，楼先生近年关于佛禅的文章值得玩味。这些生动活泼的讲座，有些没有公开出版，但可以通过网络搜索阅读。

尤其是，楼先生晚年对禅宗的研究与证悟很深，提出"做本分事，持平常心，成自在人"。先生深悟禅宗的智慧，注重内在精神的把握和修正而不拘于外在的各种表现形式。他把禅的精神体现在时时、处处、事事当中，并能随时、随地、随处都展现出来，他的妙语多多，生动的话语，灵敏的思维，对中国文化深重的感情，很能感染在场的听众。诸如时常鼓励大家"守常明变"，"慈悲为人，智慧处世"，"学在当下，行在当下，悟在当下，证在当下"，"身体力行"，"能说不能行，不是真智慧"，"行慈悲愿"，"启般若慧，证菩提道"，"活在当下"，"儒家'拿得起'，在于敢担当。佛家'放得下'，只因明无常。道家'看得破'，可谓常知足"，"法无定法，因人而异，理有常理，顺其自然"。许多人对楼先生"深入浅出"的讲授风格，留下深刻的印象。楼先生说："既要让内行人听出一些心得，又要让外行人能听得懂。"他的讲课一直坚持这样的原则。在课堂上，楼先生要求学生"得其意而忘其言"。一位旁听过楼老讲课的数学系学生评价："楼老师的课是在学术之外的。"

据说，学生有时候对他说，"楼老师您年纪也不小了，下雨下雪天就别来上课了吧？"他说："不行啊！人能活动就是幸福，你们不要剥夺我的幸福！今天我能来给大家讲座是我的幸福，我能让大家都感到幸福那更是我的幸福，是吧？"

二

楼宇烈用"上薄拜神教，下防拜物教"来概括中国传统文化的人文精神，很是深刻。

先说"上薄拜神教"。中国文化中的神都是自然神，而且都是人可以成为的神。这与西方的神是完全不一样的，西方宗教中的神都是完全超自然的，而中国文化中的神，都是人转化成为的神。人转化为神，只不过是精神提升的过程。精神的提升，不是靠神来救赎自己，而是靠自己的自觉提升，是靠慎独、诚意、正心这些来提高自身，所以说要"上薄拜神教"。

再说"下防拜物教"。中国古人追求精神生命的最高要求是成贤、成圣、成仙。物质方面的追求过于强烈，就会影响这些精神层面的追求，所以，中国文化所强调的，其实不是禁欲，更不是纵欲，而是上述的节欲、御欲、导欲、养欲。对于物质方面的欲望，《吕氏春秋》中讲："所谓全生，六欲皆得其宜者。"就是说对物质的欲望要适宜，方能"全生"。荀子引用了古书(《论语》)里的句子，说："君子役物，小人役于物。"——这就是"下防拜物教"。

既不拜神也不拜物，这就是中国文化的特点。"执两用中"，是楼先生课上经常爱重复的。如何理解？所谓中庸、中和，古人说是"执两用中"，没有"两"是不存在"中"的。所以孟子说："执中无权犹执一也，故曰不知中。"刻意地执着于中，其实是不知"中"，是走向片面，所以必须是"和而不同"，是多元的并存，其实社会也永远如此，社会就是合力的结果。

楼先生说："有些东西，在我们理想当中存在可以，但理想和现实永远是存在差距的。我们理想中的社会是干干净净的，一点脏东西都没有，可是事实中不可能那样，社会上就总会存在肮脏的、丑恶的、黑暗的方面、势力……譬如说社会上有黑道有白道，假如把'黑道'统统扫干净，只留白道，那只是理想。但是能否使'黑道'也规范化起来呢，那样'白道'和'黑道'可以相当好地并存？西方是机制很健全的社会，他们并不是把'黑道'一锅端了，从历史上看也是这样，比如说过去官府管的是大面上的东西，可是民间的好多事，都是'黑道'在起平衡作用。"

楼宇烈提出应该多一些"人文的开导"。庄子说："吾生也有涯，而知也无涯，以有涯随无涯，殆矣。"应该有一个开阔的胸襟，不要追究过分细小的事情，不要钻牛角尖。庄子还说："六合之外，圣人存而不论；六合之内，论而不议。""六合"是天地四方。天地范围之内的事情我们可以讲一讲但是不必要去议论它，天地范围之外的事情我们可以"存而不论"。

《荀子》中说，人们求学问，并不是为了自己怎样通达，而是为了当碰到坎坷挫折的时候，不会被它们难倒而不知所措。中国传统文化中的儒家、佛家、道家文化，还有禅宗的人文精神，都可以对今天的人们有清醒、缓释的作用。

不仅是在课上，楼先生还在多种场合讲"人文精神"，并提倡"人文宗教""人文修养""人文立本"等。他说，中国传统文化最主要最鲜明的一个特征就是人文精神，它的核心就是以人为本。需要说明的是，这里所说的中国传统文化的人文精神与现在所谓的"人文主义"或"人本主义"等概念不完全相同。在中国传统文化的人文精神中，包含着一种上薄拜神教，下防拜物教的现代理性精神。人不应当"役于神"，更不应当"役于物"，人应当有自己独立的人格。他说："人文宗教相对于拜神教来讲，它崇拜人自己。中国传统文化中，从儒家到佛教都有这个特点。宗教问题归根结底就是人文的问题，因为所有的宗教最终都是要解决人的问题。在西方的概念中，人的问题必须要靠神来解决，人自己无法解决。然而中国文化强调，人可以解决自己的问题，虽然也不否认神的外在帮助，但神的概念是不一样的。比如，中国的净土是自力他力的结合，以自力为主，这就表明了中国文化的这一特点。"

三

谈及生态环境的破坏，楼先生认为在中国的儒、释、道三家的理论中，都十分强调人与自然界和谐一体，都强调人类应节制自己的物欲，不要沦为物的奴隶。他们认为，人与天地万物同为一气所生，互相依存，具有同根性、整体性和平等性。

儒家的生命观是一种整体的生命观。这种生命观认为，生命不是一个一个独立的生命体，而是相互关联、前后相续的，个体生命只是整个生命链中的一段，个体生命有生就必有死，而整体生命则会通过下一代接续下去。

儒家因此而宣导"仁民爱物"，如宋代著名哲学家张载说："民吾同胞，物吾与也"（《正蒙·乾称篇》），着意强调万物与人为同类（"与"），应当推己及物。理学的创始者之一程颢也说："人与天地一物也。"（《河南程氏遗书》卷第十一）而其弟程颐更反复声称："仁者以天地万物为一体"，"仁者浑然与万物同体"（同上，卷第二上），等等。荀子在提倡"节欲""御欲"的同时，更指出"君子役物，小人役于物。"（《荀子·修身》）

庄子讲过一个寓言，是说南海之帝儵和北海之帝忽一起去拜访中央之帝浑沌，浑沌热情周到地款待了他们。告别之时，南海之帝和北海之帝想回报一下浑沌。他们商量说，人人都有七窍用来看、听、吃和呼吸，可独独浑沌没有，我们来为他打开七窍吧！于是，他们一天给浑沌打开一窍。七天后，七窍是开了，而浑沌却因此而死去了。这个寓言就是告诉人们，人为地改变自然界，不仅无益，甚至会置自然之物于死地。因此，老子强调指出，人类应当"辅万物之自然，而不敢为"（《道德经》六十四章）。

老庄自然无为思想包含了许多极为合理的思想，值得人们重视，如，认为"天地与我并生，而万物与我为一"，天地万物"道通为一"（《庄子·齐物论》），自然界是一个整体思想，以及尊重事物的本性和客观法则，强调根据事物和环境的变化而确定自己的行动原则等观念，都是十分有意义的。

佛教在"缘起"理论基础上，提出"一多相即"，"事事无碍"，强调宇宙一体，"万物共生"，"众生平等"，宣导"同体大悲，无缘大慈"，积极推行"护生"，维护人类与自然界的和谐相处。

佛教对有情生命之慈悲，不仅体现于"不杀生"的戒律中，更体现于为救有情众生之生命，可以不惜牺牲自己的一切，乃至生命。在佛典中有大量记载着佛、菩萨为救助有情众生，不惜牺牲自己一切的故事。其中，"割肉喂鹰""舍身饲虎"等是人们熟知的故事，虽不免有所夸张和极端，但它表达了慈悲利他精神的理想和升华。佛教对无情之山水草木的慈悲，则体现为对人类生存环境的良好保护。中国有句俗话："天下名山僧占多"。"名山"当然是风景秀丽、环境优美、生态和谐的地方，中国的佛教寺庙大多建在风景幽雅、环境优美的名山中。佛教僧众选择这样的地方，固然为了有助于梵行清修的考虑，而同时我们也可以看到，这些"名山"因有僧众的住修，而保护了它的生态环境。

四

当下，社会竞争加大，人的内心十分浮躁。楼先生说，体悟生命，首先要认识到生命之苦。生命之苦，一个是贪、嗔、痴"三毒攻心"，一个是"八苦缠绕"。这些每个人都避免不了。贪、嗔、痴三心中，"贪"相对来讲是最容易戒除的，"嗔"比较难戒除。现实中有许多东西让你放不下它，比如说物质、名誉、知识、权力等，让你不得不去和别人比，这使人很痛苦。显然，一个人在这样的环境下面是不能够健康发展的。现在有些年轻人正是由于这样，感觉压力很大，心理不平衡，导致精神失常。"痴"现在也越来越严重。现在一切讲科学，科学就要分辨，就要分析，就要打破砂锅问到底。但是实际上，有许多问题是打不破砂锅也问不到底的。有很多东西我们不知道什么时候才能知道，还有很多东西我们永远不会知道的。更重要的是，对客观事物研究得越深入，我们未知的东西就会越多。所以楼先生常常讲，要有一个科学的精神，但是我们还必须有人文的开导。

在佛教看来，一切生命体都是由色、受、想、行、识这五个方面组成的，色属于物质方面，受、想、行、识属于精神方面。以上八苦缠绕着我们，任何人逃脱不了。可能有人能摆脱后四种苦，但前面四种是无论如何也逃脱不了的。但是，后四种苦，凡是有感情的人也逃不掉。先要认识人生的苦，然后再寻求生命的真谛。

生命的真谛也是禅宗经常讨论的问题。对此，楼先生有"开示"：

禅宗六祖慧能从他的老师弘忍那里得法后，弘忍劝他快走，因为弘忍怕慧能的师兄弟们嫉妒。慧能连夜就走了。第二天一早，弘忍的弟子得知此事后便去追，其中一个和尚追上了慧能。慧能问："你追来是不是为了我的袈裟和钵盂啊，给你得了。""我不要，我想要得法。"慧能又说："不思善，不思恶，哪一个是本来面目？"本来面目成了禅宗追求的目标。本来面目就是指人的本性。禅宗认为，本来面目就是清净的本性。

《坛经》中慧能的得法偈有云："菩提本无树，明镜亦非台。本来无一物，何处惹尘埃？"最初记载的是："佛性常清净，何处有尘埃？""本来无一物"容易让人产生误解。"佛性常清净"是说它的本性是清净的，所谓"清净"就是指"空"。既然是空，为什么还要讲清净呢？《大般若经》里讲明了：一般人听到空就认为是什么也没有，就害怕，所以要讲清净。"性空幻有"，空是从本质上讲，而有时从现象上讲，所以称为幻。空不离有，有不离空；离有无空，离空无有。如果能认识到事物本质是空，那么任何的分别和执着都是没有意义的。我们哪一个生命体不是空的、赤条条地来到这个世界？又有哪一个生命体不是空的、赤条条地离开这个世界？这就是"生不带来，死不带去"。既然如此，我们现在拥有的一切是怎么来的？是社会给我们的，是众生给我们的。所以，最后应该把现有的东西全都还给天地，还给众生，这就叫报恩。

这一点在中国传统文化中也有体现。大乘佛法认为，最有意义的生命是要慈悲济世。很多佛经中写道："如来圣教，慈悲为本。"一切佛法以慈悲心养育民物，以慈悲水灌溉众生。大乘佛教把慈悲是放在第一位的。所谓慈悲，慈是给众生以快乐，悲是拔众生于苦难，合在一起，就是说要救度众生。

大乘佛法的根本精神可以用两个字概括：智，悲；也可以连在一起，叫作"悲智"。"智"是讲自我觉悟的问题，"悲"也就是"觉他"，是讲救度别人的问题。"悲智"也即自觉觉人，自度度他。觉悟人生，奉献人生。觉悟人生就是"智"，因为有智慧的人才能觉悟，没智慧的人永远是"迷"，在"迷"的过程中三毒攻心。奉献人生就是"悲"，就是度人。禅宗对生命的认识不能够只停留在虚无缥缈的地方，不能永远沉浸在幻想中间。禅宗十分强调现实，也即当下。生命的意义，体现在当下，我们活在当下，修在当下，悟在当下。禅不需要离开当下，离开了当下什么也得不到。近代著名高僧太虚的偈子"仰止唯佛陀，完成在人格，人成即佛成，是名真现实。"体悟生命，就要从当下做起，不要离开现实。

一次楼先生和一位电视台主持人聊天，主持人说："现在有很多人，本来是很有文化的人，怎么信了佛教以后反而变得没有文化了？"楼先生："这是个奇怪的现象，我觉得一个人信了佛教以后应该变得更加有文化，有品位，有智慧，可的确有一部分人，信了佛教反而陷入了某种误区，变得迷信起来。也许，他们只看到了人生的痛苦，因此把希望寄托在虚无缥缈的神灵身上。"很多宗教的人文关怀都是通过神灵的方式来体现的，而佛教倡导的是自立，强调人要依靠自己的力量、智慧和毅力来超越生死，超越自我。佛教是一种理性的、充满智慧的宗教，这并不是在美化佛教，我们回顾一下佛教的历史，就能看到这一点。

　　关于中西宗教的对比，也是争论不休的。楼先生引用康有为的分析说："康有为还相当敏锐、深刻地看到中国是有宗教的，但他认为中国的宗教和西方是不同的，西方的宗教是一种神道的宗教，中国的宗教是一种人道的宗教。这就非常明确地给区分出来了。所谓神道是以神为本，所谓人道是以人为本。因此，不是没有宗教，而是宗教的特性不一样。康有为的分析是很有道理的。无独有偶，章太炎也主张中国要有宗教，没有宗教不能够笼络人心、形成凝聚力。章太炎提出，科学时代不能提倡有神论的宗教，但他认为佛教是无神论的宗教。西方宗教有一种外在的超越，中国宗教都是非常实用的，讲究内在的自我超越。中国文化强调人本，神也是要看人的，不是人去服从神。西方的生命观是个体的，上帝创造每个个体，个体是独立的。中国人的生命观不是孤立的，在中国传统文化里，生命是一个群体，是子子孙孙的一个连续过程。佛教虽然也讲个体，但佛教讲的个体是可以轮回的，和西方也不一样。"

张学智：禅和禅宗

2012 年 9 月 30 日

张学智先生是明代哲学研究的大家，他对王阳明《传习录》的精彩解读我已领略。

今年秋季，恰逢他讲授"中国哲学史（下）"，从宋明理学的先驱周敦颐、张载、邵雍、"二程"、朱熹、陆九渊、王阳明、戴震、颜元，再讲授到佛教的天台宗、华严宗、唯识宗、禅宗，着实给了我惊喜。张先生对原著非常熟稔，随手拈来，略加点评，就将深刻精微的哲理展示得明白透彻。整个学期我被他的气场"震"住了，听到圆融精彻处，不禁欣喜。张先生语气和蔼，讲到关键时却如当头棒喝，有一种感人心魄的力量。

禅宗是我倾心的一种佛教的宗派，之前听了周学农先生的"《坛经》导读"，被他的机锋幽默吸引，再听张学智的点拨，茅塞顿开。

什么是禅宗？它是中国佛教最重要、影响最大的一个宗派，主张修习禅定，故名禅宗，又因以参究的方法，彻见心性本原为主旨，亦称佛心宗。其核心思想为：不立文字，教外别传；直指人心，见性成佛。禅宗自称"教外别传"。据佛经《大梵天王问佛决疑经》中载，佛陀在灵鹫山为众人说法时，闭口不言，拈花而立。全场只有摩诃迦叶破颜微笑。佛陀以"佛心印心"的方式传给了摩诃迦叶。佛陀曰："吾有正法眼藏，涅槃妙心，实相无相，微妙法门，不立文字，教外别传，付嘱与摩诃迦叶。"因此摩诃迦叶为西天（印度）禅宗第一代初祖。

摩诃迦叶将法脉传给二祖阿难，法脉迭传至第二十八祖菩提达摩祖师。达摩秉承师父般若多罗的嘱咐，来到中国弘法，成为中土禅宗初祖。达摩下传慧可、僧璨、道信，至五祖弘忍下分为南宗慧能、北宗神秀，时称"南能北秀"。慧能著名的弟子有南岳怀让、青原行思、荷泽神会、南阳慧忠、永嘉玄觉，形成禅宗的主流，其中以南岳、青原两家弘传最盛。南岳下数传形成沩仰、临济两宗；青原下数传分为曹洞、云门、法眼三宗，世称"五家"。其中临济曹洞两宗流传时间最长。临济宗在宋代形成黄龙、杨岐两派，合称"五家七宗"。历代祖师的说法文字，《五灯会元》记载最详。

　　什么是禅？禅宗的"禅"字系梵文"禅那"的音译，意为"静虑""思维修""定慧均等"，是指经由精神的集中，以进入有层次冥想的过程。"禅"是佛教大小乘重要而且基本的修行方法，被称为三无漏学（指戒、定、慧。"摄心为戒，因戒生定，因定发慧，是为三无漏学"）之一，也是大乘六波罗密（六度：布施、持戒、忍辱、精进、禅定、般若）之一。禅宗所谓禅既是指禅定这种修行方法，也是指证悟到本性的状态。

　　禅宗并不注重经典权威，但仍依经中所含之理法修行。禅宗从达摩始百余年间皆以《楞伽经》相印证，故亦称为楞伽宗。达摩的三传弟子道信开始兼以《金刚经》等经为典据，到了慧能即以文句简单的《金刚经》代替了《楞伽经》，目的在于摆脱名相烦琐的束缚，单刀直入，求得开悟。《维摩经》也很受禅宗重视。自从六祖慧能以后，《坛经》成为禅宗的最重要经典。《坛经》也是中国人的佛教著作中唯一被称为"经"的。五宗兴起之后，各著名禅师的语录也成为禅宗的重要典籍。另，《五灯会元》《古尊宿语录》等僧传也是了解禅宗的重要书籍。

如来禅与祖师禅怎么界定？

张先生认为，自从佛教在西汉传到中土后，大小乘禅法众多，如安般禅法、念佛禅法、实相禅法、般若禅法（鸠摩罗什的般若宗）等，皆根据佛陀说法的经典，而修止、观、禅，因不离如来佛典，又不同于达摩祖师传来的师徒授受、以心传心、不立文字的禅法，因此叫作如来禅。同时达摩祖师不立文字的禅法，就叫作祖师禅。

关于慧能的禅法，张先生说，慧能的禅法以定慧为本，在《坛经》的《定慧品》中讲得很清楚。他认为觉性本有，烦恼本无，直接契证觉性，便是顿悟。自心既不攀缘善恶，也不可沉空守寂，须广学多闻，识自本心，达诸佛理。因此，他并不认为静坐敛心才算是禅，一切时中行住坐卧动作中，也可体会禅的境界。慧能"先立无念为宗"，"佛法在世间，不离世间觉。"所谓无念，即虽有见闻觉知，而心常空寂之意。"自心归依自性，是皈依真佛。自皈依者，除却自性中不善心、嫉妒心、谄曲心、吾我心、诳妄心、轻人心、慢他心、邪见心、贡高心及一切时中不善之行，常自见己过，不说他人好恶，是自皈依。常须下心，普行恭敬，即是见性通达，更无滞碍，是自皈依。"慧能的佛教思想的特点是，融摄空有，自性是佛，顿悟成佛。

关于看话禅和默照禅。

看话禅与"默照禅"相对称，为临济宗杨岐派僧人大慧宗杲提倡的禅风。看，内省参究之意；话，又叫话头，公案之意。看话头就是把禅门公案里禅师的一些典型答语作为参究的题目，即专就一则古人话头，历久真实参究而获得开悟，此种禅风称为看话禅。此禅风先慧后定，与默照禅之先定后慧大异其趣。宗杲对当时风行的注重坐禅守寂的"默照禅"和从文字语言上进行参究的"文字禅"不满，批评"默照邪禅"，扫荡"知解"，堵塞"思量分别"。他常参究的话头有"庭前柏树子""麻三斤""狗子无佛性""一口吸尽西江水"等。如"狗子无佛性"，黄檗希运说："若是个丈夫汉，看个公案。僧问赵州：狗子还有佛性也无？州云：无。但去二六时中看个'无'字，昼参夜参，行住坐卧，着衣吃饭处，屙屎放尿处，心心相顾，猛着精彩，守个'无'字，日久月深，打成一片。忽然心花顿发，悟佛祖之机，便不被天下老和尚舌头瞒，便会开大口。"大慧宗杲认为，要参话头就必须生疑，他说："千疑万疑，只是一疑。话头上疑破，则千疑万疑一时破。话头不破，则且就上面与之厮挨。若弃了话头，却去别文字上起疑，经教上起疑，古人公案上起疑，日用尘劳中起疑，皆是邪魔眷属。"尔后其风益盛，是宋代禅学的主流之一。明、清以至于今，此禅风犹未绝。此外，宋代以后，禅净合习之思潮甚盛，以"阿弥陀佛"四字为公案之风极盛一时，此亦为看话禅之一种。另，在宋代，原来一般是把公案看作正面文章来理解的，但宗杲认为，从公案上并不能直接看到祖师的真面貌，应该提出公案的某些语句作为"话头"（即题目）来参究，来达到对禅宗所谓实相的证悟。

默照禅就是守默与般若观照相结合的禅法，是基本上以打坐为主的修习方式。默照禅的提倡者曹洞宗人宏智正觉（1091—1157），认为临济宗宗杲的看话禅滞于公案，不利解脱。与看话禅相对立，他提倡默照禅的观行方法。"默"指沉默专心坐禅，"照"是以智慧观照原本清净的灵知心性。宏智正觉强调，默与照是禅修不可缺少的两个方面，两者应当结合，统一起来。他说："缄默之妙，本光自照。"默是照的体（本），照是默的用，体用一如。他在《默照铭》中也说："默默忘言，昭昭现前。……妙存默处，功忘照中。……默唯至言，照为普应。"他还说："照中失默，便见侵凌。……默中失照，浑成剩法。默照理圆，莲开梦觉。百川赴海，千峰向岳。如鹅择乳，如蜂采花，默照至得，输我宗家。宗家默照，透顶透底。"这是说，默即有照，照体现默，默照相即。照中不能失默，默中不能失照，只有默照宛转回互，相辅相成，才是理圆无碍。只有默照理圆，才能透顶透底，完全觉悟。

十分明显，宏智正觉的默照禅是渊源于菩提达摩的壁观安心法门，以及神秀的长坐不卧禅法，是对菩提达摩和神秀坐禅法门的回归。但是在观照的对象与内容方面，默照禅与神秀的禅法又有很大的差别。宏智正觉批评神秀禅法说："菩提无树镜非台，虚净光明不受埃。照处易分雪里粉，转时难辨墨中煤。"宏智正觉认为，本心虚净光明，不受尘埃污染，而神秀主张观心看净，拂拭尘埃，是自寻烦恼。在宏智正觉看来，并没有身、心一类的特定照观对象，观照时应当"照与照者，二俱寂灭"，不仅要扫除一切的观照对象，而且观照者自身也要寂灭。看话禅的倡导者宗杲激烈地批评了默照禅，他说："近年以来，有一种邪师说默照禅，教人十二时中是事莫管，休去歇去，不得作声，恐落今时，往往士大夫为聪明利根所使者，多是厌恶闹处，乍被邪师辈指令静坐，却见省力，便以为是，更不求妙悟，只以默然为极则。"又说："有般杜撰长老，……教一切人如渠相似，黑漆漆地紧闭却双眼，唤作默而常照。"宗杲认为，默照禅只会使人增加心头的迷雾，虚生浪死，无有了期，永远不能觉悟，不得解脱。宗杲还认为，默照禅源自菩提达摩的"外息诸缘""内心无喘"的禅法，但"外息诸缘，内心无喘，可以入道，是方便门；借方便门以入道则可，守方便而不舍则为病。"说达摩禅只是入道的方便手段，把方便手段视为究竟方法是不对的。宗杲不是笼统地反对坐禅，他认为坐禅是入道的手段，不能作为究竟的方法，更不能视为唯一的目的。宗杲对默照禅的批判，表现了看话禅与默照禅的差别与对立。

默照禅虽受到宗杲的批判，在流传上也没有看话禅那样广泛久远，但也非常盛行。宏智正觉住浙江天童寺垂三十年，四方学者闻风而至，多逾千二百人，该寺遂为一代习禅中心，一时影响至为巨大。

在讲"士大夫与文字禅"时，张先生的见解对我也很有启发。

宋代以后出现了与唐代不同的禅风，大量《灯录》《语录》与《评唱》的出现是它的特点之一，"不立文字"的禅宗逐渐走上了文字的道路。士大夫参禅，在唐代就很盛行，著名文人韩愈、李翱、张说、王维、白居易、柳宗元、刘禹锡、裴休都与禅宗有较为密切的关系。他们或援禅入儒，从思想上加以发挥，或为禅师作碑铭，集语录，有的皈依为在家弟子。宋代此风仍然盛行，如翰林学士杨亿和驸马都尉李遵勖以及苏轼、黄庭坚、欧阳修、王安石，理学家如周敦颐、"二程"、朱熹等，都与禅僧有交往。虽激烈排佛如欧阳修，也在见了契嵩的《辅教篇》后，对佛教态度有所改变，在游庐山时与祖印居讷肃然心服，与之谈禅论道。据《佛祖统记》卷四五载，王安石曾问张方平：孔子去世百年生孟子，后绝无人，或有之而非醇儒。张方平曰：岂为无人，亦有过孟子者。王安石问：何人？张方平曰：马祖、汾阳、雪峰、岩头、丹霞、云门。王安石未解，张方平曰：儒门淡薄，收拾不住，皆归释氏。王安石叹服斯语。由于士大夫好禅，促使文字禅逐渐流行。一般认为文字禅的倡导者是云门宗的汾阳善昭，他收集先辈祖师的问答机语一百则，在每则后面以偈颂——加以解释，作成《颂古百则》，开创了用韵文来表达禅意的新形式。此后禅师纷纷仿作，颂古这一形式很快风靡禅林。

宋代除汾阳善昭外，最著名的颂古作者还有天童正觉、雪窦重显、投子义青、丹霞子淳等。其中云门宗的雪窦重显最为著名。与颂古相联的还有"拈古"。拈古即拈起古人公案，以散文体来加以评说。还有对颂古再加以注解的评唱形式，其中最有代表性的是圆悟克勤对雪窦重显的《颂古百则》加以评唱的《碧岩录》。后人说："雪窦颂古百则，圆悟重下注脚。"《碧岩录》被称为"禅门第一书"，但禅门中也有人担心后学"耽于言句"而反对此书。特别是大慧宗杲，在南宋时对《碧岩录》毁版，对文字禅有抑制的作用。但文字化的趋势延续了下去，至元代仍有万松行秀评唱天童正觉的颂古而成的《从容录》。这从一个侧面反映了禅风的变化。

潘宗光："空"的智慧

2009 年 10 月 18 日

晚上七点到九点，潘宗光先生来访北京大学，做了一场题为"国际视野下的当代佛教"的演讲。他结合丰富的人生经历和佛教的人生观，畅谈了如何丰富自己的内涵和提升个人的"软实力"话题。潘先生说：

一般情况下，很多人比较重视追求硬实力，就是他的名、利、地位、财富等，软实力相对来讲不是那么受重视。假如一个人学问很高，地位很高，硬的实力很强，如果他没有软的实力来平衡，很容易变成自大，目空一切，很偏执，走极端。人的名声越大，财富越多，他面对的诱惑也越大，很容易迷失方向。现在在北京也好，全国也好，我们的物质享受已经相当不错了。但问问富起来的中国人，你们很多人是否真的快乐？

什么才是真正的快乐？即便是有名有利，硬实力十分强的人，假如他们没有软的实力，他的内心不安详，也未必快乐。香港很多有钱的家族，第二代为争家产、权力、名分，亲人要对簿公堂，不能和平解决，这肯定家庭不快乐。有钱的人担心被绑架，自己和家人有很多保镖跟着他，变相没有自由了，什么也不能做。我看到很多很有钱的人，他不单是儿女，连孙子也由保镖跟着，他不能跟其他同龄的小孩子一起生活，他的整个人就变相没有自由，没有一般小孩的快乐。

所以，钱当然很重要，必须有固定的收入保证我们基本生活的稳定，但是对钱要有个正确的态度，否则物极必反。我们过分追求名利，如果缺乏智慧，很容易出问题，出烦恼。

潘先生说，通过多年来的学佛，他深切地体会到，佛教不是一种单纯的信仰，而是一门深奥渊博的哲学，很值得我们去探索和深入学习。仅仅空谈信佛还不够，还需要多方面而恒久的实践。对于年轻人来讲，除了做好工作、提升学问之外，需要注意不断提升自己的内涵和修养层次，这样才会"不迷失方向"，才能"安身立命，活得快乐"。他表示，现代社会人身处在疾风般变化万千的环境，如何使心灵平静自在不受困扰，从而提高心智的效率，成为现代人的一个重要课题。佛教中有个故事，旗幡在疾风中飘动，幡下的人在争论到底是风动还是幡动，答案是：不是风动，不是幡动，是心在动！这故事并非否定风动或幡动的外在环境变化，而是告诉我们佛教不是以外物，而是以心灵作为首要对象。

在谈到佛教的人生观时，潘先生认为佛学与科学一样，是对宇宙自然规律的探索、演绎和运用，其重要核心之一是回归自然，按自然规律行事。潘先生认为要取得事业成功，要有个人创意的"因"和人的行为的"缘"而达成一个结果，这要求我们不断完善自我，与周围环境保持互动，不执着于"一边"，"种善因，广结善缘"而创造美好未来。

潘先生精神矍铄，行走谈话间透露着谦卑的儒雅气息。他在退休后写了一本自传《感恩这一课》，同时还投入很多精力创办精进基金，为高校学子提供每年五千元助学金，帮助其完成四年学业。精进基金创办五年以来，迄今已资助了六百名大学生，并持续通过期刊、网络等与学生保持联系。潘先生透过基金这个平台，为学生做课外讲座，并普及佛教等传统文化，希望以慈悲、博爱等理念改变年轻人的思维。

自五十岁任校长职务起，至今已经过了十八个年头。常年累积的教育经验，也使他对人生教育特别关注。六十九岁的潘教授不仅是科学家，同时是金紫荆星章获得者、太平绅士及全国政协委员，长期致力于佛法的修学，至今仍坚持每天一至二次打坐，每次一小时。

潘先生表示很喜欢《金刚经》中一段经文："一切有为法，如梦幻泡影，如露亦如电，应作如是观。"并把它放在办公室座位后面，提醒自己处事勿太执着。谈到佛学的"空性"时，潘先生说，有些人听到佛教讲"空"，就以为它是虚无缥缈、什么都没有的意思，其实并非如此！他说，基于因缘所生法，事物呈现出变化无常的表面现象，由好到坏，由爱到憎，看似两边对立，其实是互动依存，佛教称之为"空"。运用到生活实践中，就是不要执着表面现象的任何一边，要深入认识其中的因缘，从而超越两边的对立，这就是与"空"相应。

譬如明白身体是"空"，就是说，我们知道身体是不停地在坏灭和生长的，样貌和体格在一段时间后必定有所变化，故此，我们不执着一时的样貌和体格作为恒久的价值。然而，更重要的是明白心也是"空"，就是说，要明白人的思想亦不停在变。在不同阶段，新的思想会出现，而旧的思想会遭放弃。即使在同一阶段，人的内涵无论多好亦会有坏的一刻，无论多坏亦总有好的一刻。所以，不要由于人过往的形象而对他的评价固执不变，否则只会产生很多人际关系的烦恼。我们既然不执着事物的一时现象为永恒不变，同时更了解到我们对事物的认识也不断在变，故此亦不执着一时的认识是永远正确。

吴蓓：甘地的启示

2007 年 6 月 9 日

听完吴蓓女士讲圣雄甘地，感觉甘地给我的启示是深刻的。

甘地追求智慧、衣着朴素、宽容、质朴、富有自我牺牲精神，他追求道德的完善、心灵的宁静，特别是他提倡"非暴力不合作"和"文明不服从"——这对现代人是有深刻意义的。

《圣雄箴言录》一书是吴蓓女士翻译的，谈及这部作品的意义，她说它是人们净化自身，透过浮躁的社会去丰富内心的一个窗口。的确，在工业文明充斥，血腥、暴力横行的世纪里，甘地精妙的话语在今天的人看来仍然如汩汩清泉，足以涤清人的心灵，给人以慰藉，启迪我们在杂乱的生活中重新审视人生。在我看来，甘地思想中的非暴力、自我约束、农村经济和对西方物质文明的批评，对我们都有借鉴意义。

甘地的家庭是印度教的毗湿奴信徒，严格地实行素食。然而上中学的时候，受一位朋友的诱导，瞒着父母偷偷吃了几次肉。在英国留学期间，甘地变成一名自觉的、坚定的素食主义者，并不遗余力地宣扬素食。他说："当心灵发展到某个阶段的时候，我们将不再为了满足食欲而残杀动物。"

素食是甘地追求真理不可分割的一部分，是他信奉的非暴力精神的体现。即使为了挽救生命，他也认为必须有个限度，对甘地来说这个限度就是不能为了自己的生命而剥夺动物的生命。

甘地强调："我们的身体是为神和众生服务的，众生包括人和其他的生命。"既然我们生命的目的是为他人服务，为其他的生命服务，就应该把自己全身心地投入进去，没有时间和精力为了自我的满足放纵情欲。甘地37岁时开始发誓禁欲，他认识到禁欲的誓言不是禁锢真正的自由，而是为自由开辟了道路。甘地禁欲的最为神奇之处是为闻名于世的非暴力抵抗。

甘地是一位政治家，又是一位思想家，也是一位社会活动家。他接受过西方自由思想，是一个虔诚的教徒，一个唯心主义者。他相信神明的力量，被子弹击中的那一瞬，还说"神啊！"他对印度教、真教、基督教兼收并蓄。甘地甘愿放弃物质享受，坚持真理。他是无所畏惧、实践非暴力的战士，决不屈服，决不放弃。神（真理）、非暴力（爱）和禁欲（自我控制）是甘地最常使用的三个词，也是他思想、言论和行为的核心。

甘地认为真理是神唯一正确和最有意义的名称，他的非暴力和爱是同义词，而禁欲的完整含义不是局限在仅仅控制住性欲，而是控制所有的感官，不仅仅是控制一个人的言谈举止，还要控制他的思想，或者说完美的禁欲者从感官的渴求中解脱出来，获得了真正的自由，把生命的所有力量集中于提升人的精神境界，为大众无私服务，实现真理。甘地坚信随着对自身欲望的征服，心灵的力量会日益强大。甘地名言说："当我绝望时，我会想起：在历史上，只有真理和爱能得胜，历史上有很多暴君和凶手，在短期内或许是所向无敌的，但是终究总是会失败。"甘地这种精神对于我们这个推崇实用理性的民族，陌生而又遥远。在我们这样一个"枪杆子里出政权"的国家，那种"非暴力"的思想究竟有多大可能？甘地的非暴力主张可能会被我们理解为过于软弱，是懦夫行为。甘地的非暴力思想我非常认同和敬佩，但是如果把这样的思想和大规模的"群众运动联系起来"，我觉得就有问题了。

中国人的国族性从来缺少那种真正意义上的个体概念，鲁迅早在《文化偏至论》一文中就提出"掊物质而张灵明，任个人而排众数"的"立意在动作、指归在反抗"的摩罗诗人精神！尤其在中国的现实文化语境里，"群众运动"总与"多数人的暴政"联系起来，运动一开始，就陷入了自我否定的怪圈，最后的结果都必然是灾难性的。更主要的，马丁·路德·金、甘地、曼德拉都是非暴力一脉，比较人性，前提是对手也比较人性，否则非暴力无效。对非暴力抵抗力量的怀疑，其实来自于对暴力的莫名恐惧；当我们从内心解除了对暴力的恐惧之时，也就是我们获得真理力量的日子。

吴蓓女士有着几十年研究物理学的经历，近年以来一直提倡环保理念和幼儿教育。她说："每个人都不是孤零零地生存在这个世界上的，都有自己所爱的人和事物，因此，我们不仅仅有作为'孩子'的身份，还有'父母亲'的身份，为了能让子女健康地生存，我们必须要关爱身边的土壤、水等自然环境。不忘记对自我关照的同时也要时刻注意外部环境的变化，联想到事物之间的关联。不仅仅是要在行动上严格要求自己，在语言上也要平等地尊重人和一切动植物，甚至在意念上也是如此。"我忽然想起《圣经》里的一段话："爱是恒久忍耐，又有恩慈，爱是不嫉妒、不自夸、不张狂，不做含羞的事，不求自己的益处，不轻易发怒，不计算人的恶，不喜欢不义，只喜欢真理，凡事包容，凡事相信，凡事盼望，凡事忍耐。爱是永不止息。"

因为甘地的一些观点和环境保护和佛教有很多相似之处，吴蓓女士对于佛教也产生了兴趣。她在 1996 年来柏林禅寺，《地球满足不了人类的贪婪》一文里记载了这样一个故事：

一位美国百万富翁的儿子，和中国留学生在一个大学里上学，老是看到中国留学生碗里有剩饭，他就说你能不能少盛一点饭，中国学生说好的。可是有一天，中国留学生忘掉了，又多盛饭了，这时候，那位富翁的孩子就把他的剩饭拿过来，不声不响地吃掉了。我想这不是你有钱没有钱的问题，而是说你如何理解人和食物的关系。大家这两天是不是感到，这里吃饭和家里不一样。这里吃饭不能说话，还有碗筷的摆放都不一样，饭前饭后法师们要诵经，要吃素。刚开始我也不懂这是什么意思，后来我请教了明海法师，他告诉我说即使我们吃素，也会伤害到生命，饭前我们诵经是对这顿饭做出牺牲的生命表示感谢。还有我想到，有很多义工和居士给我们加饭，当你接受别人的服务有什么感觉呢？我们会想有机会我们也会去服务大家，甚至拿我们得到的去帮助许许多多的人。我想我们的生存离不开食物，我们必须去关爱我们的地球，我们的大气、阳光、水，没有这些东西，再多的道理都没有用，因为没有吃的。

之前，我曾经读过池田大作的一段对话，他有这样一个说法，面对人类的欲望和贪婪，面对人类利用科学技术无止境地对地球进行探索和剥夺，要想使人类在地球上繁衍下去，他们两个人得出一个共同结论，就是人类必须学会自我约束。而且你要是去看不同的宗教，他们有一个共同点就是都有"人要自我约束"这一条，只是表现形式不一样。对此，我深以为是，无论是中国的儒、释、道，西方的基督教信仰，还是印度的佛教，都强调人类自身的约束。我们生活在这个世界，首先要有感恩思想。万事万物都是我们的老师，任何一个人都是我们的老师，而且我们的生命是相互依存的，我的生命依存于你们，你们的生命又依存于所有的人，包括大自然，包括山水、鸟兽。如果我们所学的专业沦为谋生的手段，不能把我们对自然的感激和感恩之情表达出来，这就失去了意义。

的确，我们需要信仰。正如吴蓓女士说的那样，"没有了信仰，这个世界会在一瞬间消失。通过祈祷和苦行来净化生活的人们，我们相信他们详尽论述的体验是真正的信仰。人们对先知或远古神灵化身的信奉不是无聊的迷信，而是一种内心深处对精神需求的满足……不进行自我净化就不可能认同一切生物。心地不纯洁的人绝不可能亲证神。因此，自我净化一定是净化生活的各个方面。净化很有感染力，一个人的自我净化必然会使周围的气氛净化。"

吴玉萍：神学语境中的"人"

2010 年 3 月 26 日

一

下午，在二教 301 听吴玉萍女士讲基督教与中国文化。

窗外，阳光灿烂，听吴玉萍的《圣经》导读课，再认真读《圣经》，让我对人和人、人和神、人与自我的关系有了新的理解。

时下，人人都像无头苍蝇一样盲目地奔波忙碌；我们没有了判断善恶是非美丑的标准，没有了追求正义、真理和光明的目标与动力，没有了确立人与自然、人与社会、人与人、人与自我之间关系的最高准则。今日中国人的精神生活，从整体而言，已经丧失了生活的总目标。"神""人""罪""救"在《圣经》中是重复出现的词语，它们所形成的关于宇宙、社会、人生的系统思考，特别是它们在认识世界、感受生活上具有的人文意蕴，值得思考。

《圣经》记载，上帝创造了亚当，并让他在伊甸园里无忧无虑地生活。伊甸园中有棵禁止享用的果树，叫分辨善恶树，是上帝为考验人的信心而设置的。据说撒旦原是上帝的天使，后来堕落成为魔鬼和恶灵的首领。有一天，他以蛇的形状向夏娃显现，并以十分狡诈的口吻试探夏娃说："上帝岂是真说不许你们吃园中所有树上的果么？"夏娃虽然有些动心，但信心的根基并没有动摇。她如实地转达了上帝的诫命："园中树上的果子我们可以吃，唯有园当中的那棵树上的果子，上帝说：'不可以吃，也不能摸，免得你们死。'"撒旦听出夏娃口气中的丝微犹豫，他扬扬翅膀展开了攻势："你们不一定死，因为上帝知道你们吃了果子，眼睛就亮了，你们便和上帝一样知道善恶了。"夏娃见那树上的果子非常鲜嫩光洁，悦人眼目，惹人心爱，比她吃过的任何果子都要好。她听说吃了它还可以具有与上帝一样的智慧，她纯洁天真的心理天平倾斜了，上帝的告诫被抛到九霄云外，她终于伸手摘了那本来禁止人摘的果子，吃了下去。她又给了亚当，亚当也吃了。两颗果子好像强力剂注入了混沌蒙昧的两颗心，二人的精神世界顿时澄清了，明晰了，他们的眼睛明亮了。他们开始分辨物我，产生了"自我"的概念。他们无比沮丧地发现，自己赤裸着身体，是羞耻的事情，于是他们用无花果的叶子为自己编织了裙子，来掩饰下体。上帝造人以后，这是人第一次违背上帝的命令，因而犯下了必须世代救赎的罪孽，称为原罪。意即原初的、与生俱来的罪。

在神学语境里，人乃神造，人有神的形象，人是灵与肉的结合体，人是万物的灵长。《圣经》一方面高扬人的价值、尊严和主体性，展示出人在智慧、精神、灵性上能达到的非凡高度；另一方面强调人受造于神、依赖于神的有限性，排斥人自以为神的妄自尊大。神学语境里的"人"的观念，与儒学的"天人合一"，佛学的"人是自己的主宰"，以及古希腊的张扬个体生命价值的观念是不同的。

《创世纪》中耶和华说："园中各样树上的果子，你可以随意吃，只是分别善恶树上的果子，你不可吃，因为你吃的日子必定死。"

神为何要造分别善恶树？又禁止人吃它的果子？人吃了"必定死"，却又为何没有立即就死？也许，有人会有疑问：难道人拥有分别善恶的知识就不好吗？从《圣经》的角度来看，并不是这样的知识本身给人带来什么问题，重要的是在于人寻求和使用这种知识的动机和目的是否合理。

伊甸园一词至今已经是世界性的文学隐喻，专指那种早已经逝去的人类理性的乐园境界。人一旦走出混沌的世界，独自面对自己造成的环境，就不得不面对伊甸园以外的世界，便开始有了"分别知见"，以及随这"分别知见"而生的"我执"，即关于"我"是真实存在的虚妄偏见。

神学认为，分别善恶的知识太沉重，"尘土"之人担负不起，神想替人承负善恶之事，所以提醒人不可吃知识之果，以便浑然和谐无忧无虑地生活在神人合一的乐园里。

什么是"罪"？在神学语境里，"罪"的产生有若干因素：蛇的引诱、人的自然欲望、人的自由选择。"罪"的产生就是人的自由意志背离上帝的结果，是产生而非创生。"罪"是人与神之间关系的损坏，人与神的关系失常，人偏离了正轨，这就是罪。"罪"即人的自我中心，任由自己，妄想代替神，就把自己视作最高目标，处处为个人利益打算。"罪"即人的骄傲，过分迷恋个人能力和意志，无限骄傲，唯我独尊，扮演着导师和上帝角色，把个人作为世界和生命的中心。"罪"即是人的奴役，包括肉欲美色、物质金钱、日常琐事、血缘家庭、生老病死、政治经济等的奴役。

人的错误在于把罪的责任推诿给环境或灵界，而不愿意自己承担，于是就倾向于把罪和恶当成一种实体，好为上帝的缺席与自己的放纵寻找借口。人已经离弃至善和自由的源头，离弃爱和圣的源头，离弃自己的本根，只有堕落和空虚。

中国文化的一大特点就是缺少宗教精神，《周易》所折射出来的"阴阳"思维很大程度上决定了中国人的信仰和生存法则，呈现出异于其他文明的特殊形态。这种思维也在很大程度上决定了中国人看待世界、看待人生的方式，而这也正是中国没有产生严格意义上的宗教的一个最主要的因素。西方人总是喜欢"刨根问底"和"上下求索"，喜欢向外探究，探索大自然的奥秘，研究宇宙的规律。

正是由于思维方式的不同，中国人和西方人的信仰才表现出了如此大的差异。西方人虚构出了一个外在的世界放置自己的心灵，从而出现了"灵魂不朽"之类的学说，而中国人则不同，构筑他们信仰的则是阴阳思维。这种思维，总是将个人同社会联系起来，将个人同自然联系起来，使得人生的价值和心灵的慰藉在现实生活中就能实现，而没有必要向外寻求。正如钱穆先生所说："中国文化，一天人，合内外，六字尽之。"中国人在现实的世俗生活中就找到了安身立命之本，而不需要寻找外在的慰藉和宗教的寄托，形成了"天人合一"的思维模式和价值观。但另一方面，阴阳的思维模式在中国人的信仰领域也形成了"天人感应"的理论，以至于产生了大量的迷信和巫术。更为甚者，"天人感应"的理论在"天不变，道亦不变"的政治宣传下成为了为统治阶级服务的工具，造就了几千年的专制统治，更是近代中国积弱贫困的最终根源。《周易》给我们的思维，就是让我们去把握其中的"微妙"之处，体会人生至理，洞察世间万象。知识关乎自然，智慧关乎人生，西方人所拥有的是知识，中国人拥有的才是智慧。

在西方人的世界里，人的存在就成了一个悲剧：人一半是天使，而另一半是魔鬼。像天使一样纯洁的是人的灵魂，而像魔鬼一样罪恶的是人的肉体，人的一切贪念、欲望都来自于这个沉重的肉身。更为可怕的是，人不但有一个肉体，而且还意识到自己有一个肉体。而且人生的大限就是肉体的消失——人的死亡。死亡的恐惧使西方人意识到了生命的有限。为了克服死亡的恐惧，西方人发明了宗教，宣扬"灵魂不死"和"来世的幸福"。西方人在现实存在的世界之外，又构造出了一个虚幻的彼岸世界。无论是柏拉图的"理念"，亚里士多德的"第一推动者"，还是基督教中的"上帝"，都不过是这一彼岸世界的不同表述，于是，肉体／灵魂、天堂／地狱、今世／来世、此岸／彼岸、有限／无限之间就形成了一个无法跨越的鸿沟：人只有在尘世生活中不断地朝向上帝，不断地体会"神"和"上帝"显示的一切，才能体会到什么是幸福，什么是永恒。

我和吴老师讨论起陀思妥耶夫斯基的《卡拉马佐夫兄弟》里的"宗教大法官"一章，都为这部巨著感到惊奇。她认为，伊凡和阿辽沙的谈话是一种残酷的拷问，即"宗教信仰如何面对一个悲惨的世界？仁慈的上帝为什么会允许罪恶的存在？一方面是圣洁的上帝，一方面是极为残酷的现实，这是人对宗教信仰提出的挑战，不解决这个问题，人永远都会处于现实的挣扎与痛苦之中。"

拜伦说："智慧是悲苦，智慧之树，不是生命之树。"

我想，陀思妥耶夫斯基是以伊凡自诩的，至少，他也曾像伊凡一样无数次地拷问自己。是的，他不能拯救任何人，他本身就是一个恶魔般的怀疑者。他和亚当夏娃一样，吃下了罪恶的智慧之果，于是，只能无数次地回望伊甸园，而阿辽沙，就代表了伊甸园中的他。

二

吴玉萍是一位和蔼可亲的北大老师，她的课也是十分火爆。

她主要从中西两大文化体系的差异上的分析着手，来向人提供不同的路径。在分析了中国文化的特质以后，她认为"中国哲学的儒、释、道，强调人本身，以人的生命为中心，注重人本身的主体性。不是向外，而是向内，没有截然不同主客体之间的关系，浑然一体，主客一体。中国文化讲究人是自觉的，通过自觉，提升自身价值，消弭人与外界的隔膜。西方以客体为对象，以知识为中心，重点在神不在人。中国文化不探讨与人没有直接关系的对象，孔子少言天，孟子学说的一切都是怎样对待人的学问"。

古代中国哲人在天地万物之中体察天道，化解了高高在上人格化神的崇拜。反观犹太人，置身战乱、苦难和奴役，无法主宰自己的命运，人只能依赖高高在上的神。这种信仰强调人与神建立关系，对人自身的软弱、卑劣、犹疑、怯弱、嫉妒等"罪性"的省察很深，警醒人接受试探、控告、恐吓、折磨，通过此种办法，不断胜过自己，这是中国文化所不足的地方。

中国文化不探讨与人没有直接关系的对象，孔子少言天，孟子学说的一切都是怎样对待人的学问。儒、墨、道三家，以"天道"作为"人道"的行为意志。儒家关注人的道德修养，道家关注个人的生命境界，墨家关注普罗大众，佛家关注人的解脱。中国文化重点放在"人"上，以心性体察天道，通过学习和体察，转为内在生命的丰润和圆融。

两种文化发展路线与方向不同，根本在于其深远的根源。吴玉萍女士在讲课之中，力求把中国文化与基督教文化呈现出来。两种文化之所以这样，都有其"不得不如是"的理由。之所以存在数千年，都有源源不断的生命力。文化一旦被创造出来，就有超越时代的特性，笼统地说中国文化过时或落后，恐怕都是错误的。

吴玉萍老师虽然讲授基督教的课程，然而却不信仰基督，她给自己的定位是学术研究，而不是传道人的角色。她把基督教文化当作一种文化现象，就如同中国的儒家和道家文化一样。每种文化现象解决问题的方式各不一样，基督教文化或者儒家和道家文化，各有自己的路径。我也是用一种包容的心态对待各种文化现象，尽量不随意臧否一种文化，这是一种文化上的谦卑。但是，有一点可以肯定的是，儒家的主流思想是"性善"。儒家只有圣人之德，没有普通人的道德，以这样的道德来要求人，十分苛刻。高远东先生在讲"周作人问题研究"的时候，曾经指出过这个现象，在旧道德在当时还很根深蒂固的情况下，责人成全要人成圣的现象普遍存在，动辄说人是汉奸，怕人失节，造成误杀。鲁迅就指出这种礼教文化"吃人"，很有道理。在道德判断盛行的国度，流行拿道德互相论断，基于人的主观好恶以自己的价值扭曲事实的价值。儒家文化也有"仁爱"，由己推人，循序渐进。儒家文化的精华在于道德的承担，而这种承担建立在"性善"的基础上。相比基督教文化，儒家缺乏博大和超越的爱。

北大作为思想文化的前沿阵地，自然吸引了一些基督徒在这里讲授基督文化，有相当多的基督徒不懂得中国自己的文化，却在那里站在基督信仰的角度批判传统文化。这种现象，让我这个基督徒也觉得可怕。我怕的不是信仰基督，而是某些基督徒那种偏执的文化态度。吴玉萍女士每每为此忧虑，她曾说，基督教在中国传播的主要任务就是磨合与中国传统文化的关系，中国的有文化的基督徒最好要补上传统文化这一课。

卓新平先生指出，基督教的"原罪观"可以帮助中国人开始对传统的人性论和人生观加以反思和反省，尤其是对近代以来中国人"国强""维新"、渴望"富国富民"却欲速不达的原因加以探究和分析。基督教"忏悔录"意义上之"随感"的问世，思想文化界"忏悔意识"的萌生，"忏悔文学"在中国文坛的出现，以及人们有关"负罪""忏悔"之话语的流行，都反映出原罪观这种被视为"中国人最大的绊脚石"的基督教信仰要素，已奇迹般地被现代社会中的一些中国人所体会乃至认同。他们对其传统乐感精神的人性本善之论的反省或扬弃，代表着基督教人性论或人生观在中国现代思想中的一种渗入。其给中国人在认识人性上带来的震动和警醒，可能预示着中国人心灵历程一种新走向，也就是说，自我并不能靠自力而达到"人性完美""成德成圣"。从存在论和实践论意义上而言，人之罪性或人的致恶倾向乃客观存在。人只有体察到这种人性"幽暗"的存在，意识到由"人世"文化所依存之本质关系的失衡，或破裂而构成的"罪恶"状况或缺乏"完美"，才可能从一种高度的自省精神来彻底否定自我，从而达到获取真正自由和人性新生的起始。基督教的"拯救观"在中国现代社会价值重构中可以弥补其原有"人治"精神、"逍遥"精神或"出世"精神之不足，使人对其生存意义有新的把握，在其此刻此在之处境中有新的作为。

吴玉萍的基督教与中国文化，我听了两次，每次听都让我有收获。更为重要的是，吴老师提出一个重要问题：一个中国的基督徒，如果对自己的传统文化都缺乏深入理解，如何才能让信仰扎根中国大地？吴老师提出，要在多元文化的激荡下不断反观自己。这点对我产生了很大影响。我一直在深入补中国文化和哲学的课。

三

对于爱，吴玉萍老师也有独特的思考。她曾做过一次"爱与人生"的讲座。

什么是爱？吴老师说：就是个体的"我"与作为自我之外的"他在"的一种关系，即是说，爱就是一种关系的呈现。那么，有多少种关系的表达，也就有多少爱的形式，因为，爱是一种关系的表达。很容易想到的是，人的基本关系，可以大概地分为与家人的关系，与爱人的关系，与朋友的关系，那么爱也就顺势分为亲情、友情与爱情。

先看亲情。吴老师说："人类最初的爱是亲情，这种亲情与生俱来，不仅仅存在于母子、母女之间，也存在于我们与父母之间的血脉的亲情。血缘基础上的亲情，是人生过程首先品尝的人间至爱。"但是，吴老师不无遗憾地说，在充满冷漠、问题、冲突的社会，亲情显得是更加弥足珍贵、难能可贵的人类的情感。孩子需要的呵护，老年人寻求的慰藉，年轻人恋爱失败之后想要的温暖，都把亲情当作最后的港湾。

再看爱情。吴老师说，从她个人的角度来看，要使爱情得以长久发展的基础，就是爱情跟亲情、友情的融为一体。三种爱的关系，她说，亲情、友情、爱情，都体现出人与世界的秩序的关系。所谓的不和谐，或者爱的丧失与割裂、问题与冲突，某种程度上，是对于自然秩序的背离。吴老师在此提出了第四种爱：超越之爱。人除了与自己身边的人的关系之外，还有一种超越局限于自身周围的爱，那种爱，就是超越的爱。第四种爱，基督教称为神圣之爱、超越之爱。

吴老师最擅长的，还是将爱置于几种文明传统之下进行阐释：

一、中国文化传统。儒、释、道三家构成主流，而儒家是中国文化传统主流之中的主流。在现代人的印象中，儒家只是一种道德伦理。但是这样一种理解，从一般的角度来说是不错的，人伦关系的秩序维系社会秩序以及人的关系的相对和谐。但是，从宗教文化的角度看，上述平庸的理解只看到儒家的一种外显的社会功能，我们需要深入地理解儒家思想的实质。她认为，我们需要通过爱的形式去了解儒教文化，去理解我们自身的文化血脉。

那么儒家的仁爱的意思是什么？孝悌的精髓又是什么？《论语》之中，孔子对此回答了三条："仁者爱人"；"己欲达而达人，己欲立而立人"；"己所不欲勿施于人"。仁是对人的规范，也是对人的超越，某种程度上是一种规范，但是如果通透它的话，就是一种觉悟。从人的起点开始，从亲情之爱开始，从孝悌开始，是这种觉悟的重要特点。设想：人本然的关系从何而起？是父母的抚育，是兄弟的扶助。儒家不仅仅有外在的表现，它的孝悌的精神内核表现的是一种感恩。守孝三年，看起来很漫长，因为人呱呱坠地，到能够直立行走，是三年。"忠孝之德，有深意在焉。"我们讥笑愚忠，而真正的忠臣，不是君不听就撞柱子，而是忠于天下百姓；孝不是听从父母的一切安排，而是对于父母的感恩之情。对于一奶同胞的兄弟，没有爱的话，也就不可能对朋友有义。这是一种生命自觉的过程，是爱的提升与超越。此分析很让人深思。

二、基督教文化传统。基督教的博爱，是建立在基督教作为一神教的信仰的基础上。它信仰一为万物的创造者，在基督教的信仰中，所有的被造物都是上帝的儿女，人有一种天然的关系，是兄弟姊妹的关系，在上帝面前人人皆为兄弟姊妹的关系。人与人的关系，根基在神，首先是人与神的关系，然后才是人与人的关系。从爱上帝与爱世人两条诫命中，我们可以看出，基督教的核心是爱。人间的诸种爱，都必须以上帝的爱为根基。吴老师说，她自己对于基督教的兴趣，是从《德雷莎修女传》开始。基督教的真正意义并不在于造就了多少发达的国家、多么美妙的来世观念，而是表现在提升每个人身上的神圣的一面。因为人不是向下滑落的，而是向上提升的。

三、佛教文化传统。慈悲是不是等同于爱？佛教排斥人间的爱欲。对于人世间的爱是否定的，佛教看重"苦、集、灭、道"，出家修行，成就佛道。不过，佛教并不脱离人间。慈悲之慈就是给愉快的意思，慈悲即为"拔苦予乐"，为人世间解除痛苦，而对象是芸芸众生。六道轮回，超度所有的存在。

吴老师认为，佛教对生命和人生的立场是：一切都是因缘聚合，一切都不是永恒的存在，都是空，人生如梦，一切都是不实的、虚幻的，一切的都是会被消灭的。爱的意义在哪？佛教认为，在暂时的世界之中，最重要的是觉悟，佛即为觉悟者，觉悟者对于世界的一切都不贪恋。那么走向觉悟的人，要不要关怀痛苦挣扎的众生？现象世界的存在，起源于人的"业力和愚痴"。佛教"自度度他"，目的是使得别人觉悟，以及在二者基础上的圆满，即成佛。完全的觉悟是众生一体的觉悟，是与众生在关系上的内在的相连。每个生命体都如同人体中的部分一样，每一个"我"与"他在"的区别是一种迷失的错觉，要消除你我的差别，因为每个生命体在本质上没有差别，不要把自己和他人分别开来。把自己与他在分别开来，是世界充满矛盾的真正的问题所在，是手与手之间交战，而佛教的慈悲，是在对万物众生的爱的觉悟，"所有众生如我母"，"所有众生如我父"，以众生为母，以众生为子女，是众生一体性的认知。

如何去成就一种完满的关系？吴老师指出：爱本身就是一种教化的力量，让人真正走向完满和成熟的方法就是去爱。法律是规范，道德是教化，爱是感化。真正的区别不是尘世的爱与超越的爱的区别，是我们是否对于世界有深刻的认知，对他人是否有真正的爱。我们对这个世界有千丝万缕的关系，无论是哪一种爱，都体现着我们对于这个世界的和谐关系。

徐凤林："地下室人"

2009 年 4 月 15 日

徐凤林讲的东正教专题研究，没有旁听生。

下课之时，我向他请教关于陀氏《卡拉马佐夫兄弟》与东正教的关系时，他说东正教和西方基督教有所不同，东正教首先不是一种学说，它不是外部学说，而是内在的精神体验、精神道德，它把内在的修行看成是宗教的本质。东正教是最不规范的基督教形式，也是最精神化的精神方式。东正教重圣母崇拜、圣像崇拜、圣徒崇拜，重"神迹""来世论"和神秘性的体验，继承了西方早期基督教的思想，突出精神信念的影响。东正教的神与人的交往，不像西方一些宗教要用很多的理论来阐述、传达，要有很多思维、理性上的工作去做。不是西方所尊崇的理性思维所能把握的，而是从我们自己的认识出发，能够体验，或者通过思维的东西。这是一种对上帝存在的证明。证明是理性的，是一种方法手段，而在东正教中没有这些东西。所以说，正是在这样的神人之间的场合，存在着东正教的特点，可以从中看出它和两个教派之间的一些差异。所以说，西方的基督教如果要与东正教比较的话，东正教的天更加高远，地更加广大，心更加深邃，人更难以捉摸。为什么要说难以捉摸，这可能要讲到俄罗斯的民族性格。这需要从俄罗斯民族个性讲一下。在东正教这种文化之下，造成了这种民族心理、民族性格。而这种俄罗斯民族心理、民族性格与东正教又是互动的，也影响了东正教的发展。这也是他们民族文化与世界各族文化有所差异的基础。

俄罗斯没有经过西方严格意义上的文艺复兴。无论是陀氏还是托尔斯泰，整个俄国东正教神学，都可以说是对欧洲文明近代化的变化的反思性回应。由于地缘与文明发展的雄心所系，由于从8、9世纪开始，俄国与西方的恩怨情仇一直没有停过，俄罗斯知识界对欧洲的观察比任何一个民族和地区都深细、全面，其回应比世界上其他任何一个民族都来得急切，有狠劲，经常带着声嘶力竭式的抗拒——你欧洲这样，我偏不这样。但这骨子里表明，俄罗斯人对欧洲文明妒火中烧，当其抵拒欧洲的笼罩时，正好说明俄国根本离不开欧洲——欧洲是其文明之父，是源头，是文明借鉴的大本营，同时也是整个俄罗斯能够文明下去的从物质到精神的支柱、大本营。正因为俄罗斯与欧洲这种又爱又恨，想离又难离，想超越又总是整体落后于兹的格局，造就了俄罗斯知识分子心灵上的矛盾、反叛、不忠、彻底的批判性。

一位宗教学专业的研究生对我说，伊凡是"反抗的无神论"，内心潜藏着对信仰的追求。他建议我读莫尔特曼的《被钉十字架的上帝》和汉斯·昆的《诗与宗教》。走进电梯时，我向徐凤林询问东正教课程，他说："这门课主要讲基督圣像，不讲东正教思想，东正教只是一个大课的名字，曾提出让教务处更换，但是没有换成。"

可惜的是，俄罗斯语言文学系的赵桂莲没有开陀思妥耶夫斯基研究，她毕业于莫斯科大学，是研究这方面的专家。我曾读过她的专著《漂泊的灵魂》，是专门研究陀氏作品的。

之所以选择旁听徐凤林先生的课，目的有些功利，就是为了更好地理解陀思妥耶夫斯基与东正教信仰的关系。文学思想是陀思妥耶夫斯基精神的重要组成部分，陀氏的思想来自他的文学作品，所以在研究他的哲学思想时不能脱离他的文学文本，而研究文本又无法离开陀氏的哲学和信仰背景。

徐先生说，东正教不同于西方基督教的重要特点是它的"非此世性"。东正教心灵在"天"与"地"之间更难于找到安身之所。东正教"神圣性"的人格理想不是强悍的英雄，而是外部软弱的"神人"，他没有舒适的"此世之城"，而是世间无家可归的流浪者。因此，东正教信仰的思想表现也与西方不同：西方基督教在同希腊哲学和近代思想的长期互动中，已习惯于给神人交通之路赋予知识形式。东正教则不重视这种知识的中介，而倾心于东方的直觉之路。东正教的教义神学和宗教实践的多方面都与这种直觉精神相关。如果说西方哲学家惯于在知识和文化反映中思考问题，那么，俄国哲学家则仿佛直接"站在存在的奥秘前面"，这使得"俄罗斯思想更鲜活，更直率"（别尔嘉耶夫语），但由于直觉是一种非知识性的内在体验，不是经验和理性上可证实的中介形式，因此俄国宗教哲学往往不易被普通人所理解和接受。俄罗斯民族本不是一个长于哲学思辨的民族。其早年的苦修主义、圣像艺术、圣愚现象，自然难登公认的世界哲学殿堂。但俄罗斯深沉的笃信精神与西方近代哲学的相遇，促成了独具特色的俄国宗教哲学的诞生。

徐先生通过对陀氏《地下室》前五章的哲学解读，阐释了"地下室"人关于意识的学说。在他看来，"痛苦变成享受"不仅是一种审美心理的发现，而且是一个深刻的存在哲学论断，可以说，它是以情感体验的方式，对人的生命和人的意识的能动性和超越性所做的一种证明。表现在两个方面：其一，意识的能动性与自主性。地下室人所说的，不是痛苦本身就是享受，也不是从痛苦中能够自然诞生出享受，而是由于对自己卑劣行为的羞愧、懊悔和自我折磨，是"出于对自己堕落的十分明确的意识"。可见，这里的享受是在意识的参与和主导下产生的。意识不仅仅是一种被动的感觉，而且是一种积极主动的东西。人具有把痛苦变成享受的超越力量，正在于意识的能动性，因为它是人的生命力的表现和证明。其二，绝望中的超越意识。地下室人的独特享受是由于感觉到自己已经走到最后一堵墙，别无他路，也就是陷入绝望。

徐先生总结说：人是天生具有惰性的存在物，那么，他的超越的精神意向从何而来呢？在陀思妥耶夫斯基的思想中，这种超越性应当来自基督教的神性，也指向基督教的神性。然而问题在于，这个超验之神在现代人的观念中已变得越来越不实在，那么，在从人身上除去了这个超验的神性维度之后，人能否依靠自己来完善自己的生命这也是现代性的基本问题。康德试图在人性内部找到超越的动机，认为绝对道德命令来自人的义务感，把人性的向善"禀赋"归结为道德情感，是一种"应有",然而并未解决这义务感和道德情感的来源问题。尼采把人的完善动机诉诸"超人",但"超人"作为人超越自身的努力意向,其力量来自哪里,在尼采那里也仍然不清楚。陀思妥耶夫斯基通过地下室人的生活和思想悲剧,通过地下室人在"半绝望半信仰"中的挣扎,通过他的痛苦和享受的悖论,对人的自足性问题做出了倾向于否定的回答。如果地下室人的回答还不很充分和明确的话,那么,后来的拉斯科尔尼科夫、基里洛夫、伊凡卡·拉马佐夫,则对这一问题做了更深入具体的探讨。

王志耕先生认为,人的天然视力面对人类当下具体的历史困境,而第二视力面对人的生死及存在本质问题。陀思妥耶夫斯基是用第二视力看待世界,将东正教信仰视为拯救世界的力量。徐凤林先生则指出俄罗斯文化与中国文化的差异:中国文化是通过社会、道德层面的直接关怀来实现终极人文理想,而俄罗斯文化是以表现过程体现人的终极理想。他深刻地指出这样一个道理:陀思妥耶夫斯基的深刻之处不在于揭示出人性和意识的神性基础这一结论,而在于这一揭示过程本身。或者说,这一结论不能抽象地预设,也不能由别人从外部指定,而必须经过亲身的生命及其悲剧历程才能得出。因为,在陀思妥耶夫斯基看来,生命的意义不在于达到某种目的,而在于生命过程本身。徐凤林先生认为,俄国宗教哲学家以自己的方式关注现实——人的心灵现实。他们以"从深处""从内向外"的眼光看待世界。俄国宗教哲学家对人的存在的独特体悟,对"心灵秩序"的哲学探究,可以为人们提供一种新的思想参照。

陀思妥耶夫斯基在《少年·代序》草稿中写道:"地下室的悲剧表现为内心痛苦,自我惩罚,意识到美好的东西却又无法达到它", "造成蛰居地下室的原因"在于"自暴自弃,不相信共同准则,'没有任何神圣的东西'"。曾经有很长一段时间,我就停在这种尴尬的"地下室"人的状态,意识到美好的东西却又无力达到。有的时候,为了说服自己接受一个人格化的上帝,还要挣扎,还要运用理性求证,真的好累。自从接触《坛经》以及慧能禅学以后,我对禅宗的"内在超越性"十分认同,深感契合我的心性。禅宗从众生到佛、烦恼到菩提、无明到智慧、生死到涅槃、此岸到净土、在家到出家、现世到出世等方面的超越,是内在性的。这种内在性非纯粹地孤悬于现象界之外,依赖于人们内在的悟与修,通过自力而达成。但是,徐凤林先生通过阐释,通过地下室人的痛苦和享受的悖论,对人的自足性问题做出了倾向于否定的回答。无论禅宗的"内在超越性",还是基督教的"外在超越性",在我这里都难以落实到唯一的信仰。我该如何?

有一点是可以确认的,面对当下这个对外追逐的全球化时代,正如徐凤林先生所说,"一旦我们沉思于人的存在,对生命的本质作精审细究,就会发现,人生的根基不在外部,而在人的精神深处。"什么是精神呢? 精神相当于心灵或灵魂。基督教早有类似思想,《圣经·新约》中区分了人的体、魂(心)、灵(精神)。在别尔嘉耶夫哲学中,精神与心的区别还在于精神的价值性。精神是心的最高品质,精神是心的真理和意义。精神具有价值性,心是自然本性,人生而有之,天性如此。精神不是自然本性,精神是真、善、美、意义、自由。精神的超越性在基督教中得到了明确的解释,在此,灵(精神)是人的生命之气,是来自另一个世界的东西,是上帝赋予人的最高生命力量。精神不是人的意识或思想,而是由某种灵感所决定的精神状态。

钟志邦："超越性"和"临在"

2009 年 11 月 3 日

本学期钟志邦先生开设"20 世纪神学：信仰与理性"课程。

钟先生以流利的英文、渊博的知识、智性而不乏幽默的谈吐让我获益匪浅，他十分健谈，心态年轻。

钟先生主要致力于哲学、圣经学、神学、汉学、新约圣经、文化比较等研究，主要著作有《马可福音注释》《约翰福音注释》等。

谈到基督教思想的演进与西方文化的关系，钟先生认为，一方面，就基督教而言，它在起源、经文、创始人和基本的教义（关于神和人的观念、创世论、原罪论、救赎论、末世论等）等各方面本质上是"东方的"宗教。从罗马帝国的"皈依"到宣教扩张和欧洲的"皈依"，然后是欧洲和美国在南美、亚洲和非洲的宣教，基督教经历了长期的"西方化"进程。在此期间，希腊—罗马思想对基督教的神学和实践有重要的影响。另一方面，就西方文化而言，它有两大源流：其一是建基在灵性和"宗教—伦理"层面的基督教思想，其二是建基在"理性主义—人本主义"和"社会—政治—经济"层面上的希腊罗马思想。它们的互动影响着西方的历史进程。然而，从中世纪以后，欧洲经历了各种"智性"运动——包括文艺复兴、宗教改革、启蒙运动、自然主义、存在主义和怀疑主义。钟先生指出，他正在尝试探讨西方文化是否因这样的历史进程，而处在了一种"危机"之中：当一些基本的宗教信仰和社会—伦理价值被放弃的时候，西方社会是否会返回其前基督教时代的"野蛮"状态？

钟先生深入梳理了20世纪神学，他认为，现代神学有两个中心："超越性"和"临在"。上帝以超越性的方式临在人间，既有超越性，又在人间。太过强调上帝，人便失去理性；太过强调临在，上帝便会成为人的俘虏，人便失去信仰。传统神学上帝超越，之后上帝临在。启蒙是分水岭，启蒙挑战了一千五百年基督教的根基，瓦解了过去的平衡；启蒙鼓励人运用自己的理性，人成为自己的主宰。以前处处以神为衡量标准，中古（比如奥古斯丁）把人看得很软弱很无能，人需要上帝来拯救，人是配角，神是主角，人被牵制，自认有限，人主动放弃自己的主权，自己限制自己，这样一来人缺少勇气；现在处处以人为衡量标准，人是主角，人无所不知，神是配角，人的潜能提高了。洛克就把上帝搬到地面，抬高人本，这点有点像中国的儒家，对于人性过于乐观。要在信仰与理性之间保持一种张力，不能失去平衡。神学家巴特就尝试保持平衡，他批评当时教会宣扬人的话语，而非上帝的话语。由此，他一方面反理性，一方面也反对过于感性主义。个人感性应该尊重，但不应该成为衡量上帝是否存在的标准。钟先生认为，如果把基督教的"吊诡"和"张力"拿掉，就无基督教。

我就尼采批判基督教这个问题请教钟先生，他说，尼采宣布"上帝死了"，那时候的欧洲人十分自信，自我过于膨胀。钟先生说，市场经济让人的地位提高了，可也有的堕落了失落了，人进步了，甚至可以取代上帝，可是在整个世界里，人的位置不过是个螺丝钉而已。

钟先生说，许多从事医学和科学的，以及很多诺贝尔奖得主都有信仰，信仰很少的是那些从事文、史、哲研究的，特别是搞哲学的人比较古怪，把简单问题复杂化……人不会主动找上帝，一个人要成为基督徒不容易，除非先"投降"，不谦虚的人不容易信基督。是的，人总爱以自己的标准取代世界的标准，不再服从世界的秩序。个人以他所处的位置，作为他世界的中心，但是，人不是中心，上帝才是中心。

　　钟先生提到他写过的一篇关于《天问》与《约伯记》的比较，我特地找来拜读。钟先生认为，屈原的《天问》与约伯的"上帝问"，无论在性质或内容上都有不同的地方。他的剖析很深入，现录如下：

　　导致屈原受苦的，甚少在表面上看起来是"人为"的。具体地来说，是对他失信的昏君以及妒忌他的小人们所造成的，并不是上帝或撒旦。约伯的无辜遭遇基本上是个人的命运问题。但这命运却不是盲目或偶然的，因为整个戏剧的导演是上帝自己。约伯的苦难是撒旦在"全能全知"的上帝的特别许可之下所造成的。

　　庞教授也提到留美华人学者余英时教授所说的"内在超越"。余教授在《从价值系统看中国文化的现代意义》一文中，尝试把中西文化作一个很强烈的比较。他认为"内在超越""内倾的性格""人与天地万物一体"以及注重人文领域"礼""五伦"等都是中国文化的特征。他特别强调"中国人的价值之源不是寄托在人格化的上帝观念上面"。他很自豪地给他的"内在超越"观做如下的解释：中国的超越世界没有走上外在化、具体化、形式化的途径，因此中国没有"上帝之城"……

　　刘小枫很清楚地肯定屈原是先秦时代的儒生。因此，屈原的困境也就被看成是儒家本身的困境。这样一来，屈原的例子也无形中有了一种代表性及普遍性的意义，虽然屈原最终必须对自己的信奉和思考负责。一位曾经慎重地怀疑过天命论的屈原——"天命反侧，何罚何佑？"——最终又为何顺服了"天命的安排"呢？这究竟是自愿的，还是无奈的？约伯也同样怀疑过天命论，但他最终却超越了"天命"的辖制，而降服在他所信靠的人格化上帝面前："在尘土和炉灰中懊悔"（《约伯记》）。因他知道自己不过是尘土！倘若"屈原"有一天能与"约伯"相遇，这将会为今后的中华文化带来什么意义？

钟先生的分析，值得认真思考。可是我最初信仰基督的时候，对一些基督徒的信仰方式产生了疑问。没有多少文化的信徒就不提了，我所接触的绝大多数有文化的基督徒对于自己本民族的文化一无所知。他们过分强调基督的"原罪"，会让人产生自贬心理。我相信生命原本是俱足，由于环境和人的伤害，导致不完整。这或许是我从基督信仰走出，亲近佛学的原因。

长期以来，基督徒都是以一神教的范式去套中国人的信仰，认为中国人不重信仰，拜神功利色彩重，缺少终极关怀等，甚至有不少人说"中国人根本没有真正的宗教信仰"。事实上这是典型的西方中心论带来的错觉。对此，周学农先生就说："你们信仰的是一神教，中国人信仰的是多神的东西，本来就不同，你凭什么说你的就是宗教，而我的不是？"的确，中国人自己的宗教信仰有其不同于一神教的形态，固不可用基督教范式去排斥。即便是欧洲，在中世纪，大量的农民和渔民也沉浸在精灵信仰和巫术之中，与基督教的绝对一神观念格格不入。事实上中国人的宗教信仰是非常厉害的，各种形式的祖先崇拜、自然神崇拜、行业职能神崇拜、伦理神崇拜盛行于各地，历史上一直如此，其渗透力不比一神教弱。如果把视野再放到少数民族地区，那结论就更明显了。不少民族生产生活方方面面都离不开祭祀、祈祷和占卜。关于基督教，现在世界上几乎一致公认，中国基督徒的信仰水平以及严格程度，在世界范围内，是极其之高的，甚至有人说"中国的基督徒全是基要主义（原教旨主义）者"。

在多元文化并存的当下，我更看重多种信仰的杂糅。

4

第四章
我思——一个北大游学人的体悟

尚未涅槃的鲁迅

2007 年 5 月 18 日

我在北大校园里的椅子上坐下来，陷入久久的失落之中，看着眼前走来走去的学生，有一种无奈感。夜晚，昏沉之中睡去，梦见自己赤身裸体在刺骨的河水中不停地游，却怎么也游不到对岸，极为恐惧。上午读林先生的《午夜的幽光》，从中读出"奴隶"二字，惜哉！许多学者、文人早已不悟自己为奴了！

读了一段时间之后，我开始觉得鲁迅的心灵过分灰暗、幽深，情绪太过激烈，思路较为深邃。先生侧重于批判民众的人性心理，索性把一切"破"给人看，让人满目疮痍、灰心丧气。如果联想起先生所处的生存境遇，我却认为先生偏激得还不够，远远不够。先生文字中的激烈远不是苏雪林那类温柔敦厚家教下调理出来的大家闺秀所能理解的，梁实秋、周作人、林语堂、胡适等人自然有其价值，但鲁迅只有一个，先生永远是站在弱势一边的，是体制以外的，是个独立的边缘人。鲁迅不屑于拿书本上的框框去"建构"现实中的一切，并且终其一生在书院书斋体制外游走。可以说，胡适们是拿学问当人生，鲁迅是拿人生当学问。鲁迅时时在沉思人的命运和出路，慨叹个体生存环境的严酷，痛斥杀戮个体的"造物主"。胡适们虽也关注人之命运，但更多是从学问中把握人生、设计出路，周作人、林语堂、梁实秋或像绅士或像士大夫，赏玩着惬意人生。鲁迅更接近现代意义上知识分子的人格，胡适们更像是受宠的大学士，周作人更像名士。

再次读鲁迅，深感先生深陷在与虚无和黑暗的搏斗之中的时间太久了，他的文字盛满了黑暗和寂寞，那些文字下面长眠着孤独的灵魂。研读鲁迅，自然涉及佛教，佛学给鲁迅的滋养十分重要。鲁迅与佛教一直是我所关注的问题。前一些时候请教北大中文系的教授吴晓东，他让我看看谭桂林的书，并说这个问题有难度，许多人都不敢碰。为了探讨鲁迅与佛教的关系，我上午去北大听周学农讲佛学，然而，他给研究生讲的"佛典选读"似乎和我的问题无法直接联系起来，也只有自己读书思考了。关于"鲁迅与佛教"，大致的情况是，鲁迅接触过佛教，曾大量购阅佛典，但他并没有皈依佛门，从气质与个性上看，甚至与佛教相当隔膜。那么问题就来了，他为什么花费大量时间读佛典呢？鲁迅先生毕生在佛学上用了很大精力，为什么他晚年还是"金刚怒目"呢？我总觉得，鲁迅先生的性格实在不适合佛教。我问高先生如何解释这个问题，他说鲁迅可能把佛学的修炼都用在了文学上吧！之前那次，就信仰问题请教高先生，他说自己笃信佛教。难道与鲁迅有关吗？不得而知了。高先生建议我读读鲁迅的藏书目录，不要读太多的流行书，我欣然接受。去鲁迅博物馆找孙先生，我想看看鲁迅的藏书中关于佛教的书籍。

1912年鲁迅曾在教育部任职，独居在古老而沉寂的绍兴县馆内的补树书屋。他白天去教育部上班，放任自流，每天上班无所事事，"枯坐终日，极无聊赖"（《鲁迅日记》）。无论是炎热的夏晚，还是严寒的冬夜，他都孤独一人在昏黄灯下抄古书，抄古碑，在古寺般的会馆里煎熬，过着孤单、寂寞、冷清、压抑、恬静、超尘脱俗的僧侣生活。这种清教徒似的生活，直接影响了他个性的形成，他作品中流露出来的猜疑、尖刻、孤独、郁闷、偏激，难道与他独身和禁欲的生活没有关系？鲁迅之所以成为鲁迅，自有常人无法达到的境界。我最关注的是，佛学对于鲁迅到底起到了什么样的作用？

鲁迅虽非佛教信仰者，佛学却对鲁迅产生了重要影响。鲁迅的散文诗集《野草》中就笼罩着浓厚的佛学色彩，里面许多文章常出现佛经中的典故、意象、用语、佛教词汇，像虚空、布施、大欢喜、大乐、虚妄、悲悯、伽蓝、火宅、大火聚、三界、地狱、剑树、曼陀罗、牛首阿旁、一刹那……《野草》的背后隐匿着一股强大的精神气息，必定是长期对内省察的结果。如果不是出于沉浸佛经和老庄的缘故，还有什么呢？当然，这只是一个精神侧面而已。痛苦促使鲁迅不断地总结着过去的教训，也不断地反省、解剖自己，自省意识因之愈益自觉。他常说："我的确时时解剖别人，然而更多的是更无情面地解剖我自己。"(《坟·写在〈坟〉后面》)在现代文学史上，像鲁迅这样富有清醒的自省意识和自剖精神的作家是不多的。可惜的是，像鲁迅这样自觉把研读佛典当作坚忍自持、砥砺品行人格精神从而保持精神自觉的人，真是太少了。

佛教认为，"人"本无独立的实体，一切都是种种因缘和合而生，不断迁流变化，世人不懂得这一点，故产生对"我"的种种执着，只有破除对"自我"的种种虚妄偏执，才能获得真正的解脱和自由。"苦"即由"我执"而来，其佛教的解脱方式，首先就是要摆脱矛盾缠身的状态。按照直接皈依来理解，鲁迅既已证成"苦""集"，接下去就是走向佛陀。但是，《野草》没有直接皈依佛陀，以达涅槃，而是自我怀疑、自我挣扎、自我探寻、自我求证，走了一条自我见证之路。佛教的"破执说"使鲁迅逐渐意识到尼采超人哲学中"入于自识，趋于我执，刚愎主己"(《破恶声论》)的极端个人主义主张的偏颇。这既使他痛若，也使他清醒，"看见自己了：就是我决不是一个振臂一呼应者云集的英雄"(《呐喊·自序》)。然而，鲁迅之所以成为鲁迅，就在于为了救度众生，他没有尽断"我执"。这里所说的"我执"是指"不持一己为我，而以众生为我"(《建立宗教论》)，强调一切以利益众生为念。这种以度脱众生为念的"大我"观念，对鲁迅的影响是极为深远的。终其一生，鲁迅的双脚始终落在大地上，迎难负重而上，甚至不惜采取玉石俱焚的做法，而不是看破红尘，走向寂寞消沉的遁世之路。就像章太炎一样，尽管鲁迅也强调依自不依他，但他断然否认"我"为"谛实常在"的绝对主体。鲁迅始终清醒意识到自己是活在人间，并与人间的一切存在息息相关。对于佛教，鲁迅不是执着于义理与仪规，而是潜移默化为自己的血肉，于人生践履中显出。针对这种选择，汪卫东先生精辟地指出，《野草》首先不是回避和抛弃矛盾，而是采取了相反的路向，反而进入矛盾之中，把自身所有矛盾都摆出、打开，鲜血淋漓地展现出来，甚而把矛盾的双方进一步激化，推向极端，置于无可退避之境。这近乎一种"休克疗法"。《野草》的主体似乎把自己放到了手术台上，亲自拿着解剖刀打开了自己的身体，不管此后能否再次缝合。

佛教看待生命的方式，对于鲁迅的影响是直接的。佛教看来，生存即是"苦"，这是佛法的根本出发点，是其"首谛"。老苦、病苦、死苦、怨憎苦……真是"苦海无边"，这种生即"苦"的观念对鲁迅的思想是有影响的。他曾说："我想，苦痛是总与人生联带的。"《野草》中流露出幻灭之苦、流言之苦、牺牲之苦、虚妄之苦，这是对于苦的直觉感受。如果说，佛教由"苦"引导人们出世的话，那么在鲁迅这里则直接引发了他对人间苦的"诅咒"，从"空"中开拓出一条新的生路。这种生命即是"空"，即是"无"的观念，也曾一度占据了鲁迅的心灵，常常感到唯"虚无"才是实有。他曾这样袒露自己的心态："我靠了石栏远眺，听得自己的心音，四远还仿佛有无量悲哀、苦恼、零落、死灭，都杂入这寂静中，使它变成药酒，加色，加味，加香。"这种在痛苦中深深体验生命的至"空"与至"无"，在至"空"与至"无"之境中痛苦而无奈地咀嚼自己的灵魂所达到的哲学境界，就非佛教莫属。可以这么说，作为缓解心灵紧张的精神资源，佛学无常无我、淡化执着的价值观促使鲁迅走向"绝望之为虚妄，正与希望相同"的空无状态。鲁迅彻悟了人生的虚妄不实，知生死烦恼均无自性，汲取了佛教坚韧精进、扫滞除执的有益启示，"于一切眼中看见无所有，于无所希望中得救"。鲁迅从佛教那里吸取了有益的精神资源，但是，并没有走上消极之路，而是走向抗争，他以自己的一生担当了诸多的人间苦。

鲁迅对"苦"的体验是超敏感的，也自然接受佛教的观点。但是，"苦"只是结果，对于"苦"产生的原因，鲁迅则直接把矛头指向病态的社会环境。体验人生的苦，是一回事，更重要的是如何面对这种苦难。尽管鲁迅常常感到唯"黑暗与虚无"乃是"实有"，但是他却偏要向这些作"绝望的抗战"，去肉搏黑暗，"执着现世，而求精进"。这种"精进"思想在中国近代影响巨大，它深深地塑造了一代革命志士勇于牺牲的品德和敢于抗争的意志，如谭嗣同杀身取法，章太炎数次被捕而斗志昂扬。同样，这种"精进"思想也毫不例外地影响了鲁迅。他在《这样的战士》中所塑造的在无物之阵中大踏步走、高举投枪的勇士，尽管老衰、寿终却"加行精进""无有止境"，高举着他的投枪；《过客》中匆匆前行"遭苦不屈"的苦行者，这些形象，无不带着作者的影子，体现了这种"精进"的精神。

在死亡的问题上，佛教认为普通生命的死亡之路仅是一种"六道轮回"，就是生命在天堂、地狱等六道中不停流转、循环，而难脱诸种劫难。鲁迅曾说："大家所相信的死后的状态，更助成了死的随便。穷人们是大抵以为死后就去轮回的，根源出于佛教。佛教所说的轮回当然手续繁重，并不这么简单，但穷人往往无学，所以不明白，这就是使死罪犯人绑赴法场时大叫'二十年后又一条好汉'，而无惧然的原因。""二十年后又一条好汉"正是阿Q临死之前的喊叫，然而阿Q却不可能升入天堂的，他的死仅仅是生命的消失。"轮回"观念在《阿Q正传》中却具有更多的历史内容和悲剧内涵，暗示出生存于近代社会中的生命个体无路可走的悲剧，于是，死亡便变成一种不可回避的选择。当鲁迅理性地审视中国历史的时候，他清楚地认识到，中国所谓的历史只是一种循环，一种"轮回"，难有进步可言，"试将记五代、南宋、明末的事情的，和现今的状况一比较，就当惊心动魄于何其相似之甚，仿佛时间的流逝，独与我们中国无关"。所以，尽管鲁迅小说刻画的仅是近代中国的社会历史，但作品的深层所指却超越了特定的时空局限，完成了对向来如此的历史与文化的整体反思，具有深邃的文化内蕴和丰富的历史内涵。也因为此，鲁迅小说对个体悲剧命运的思考达到了一种本体性的哲学高度。

"六道轮回"是不能真正摆脱人世的诸种劫难的，那么，真正的超脱之路是什么呢？佛教认为是"涅槃"，即此岸现实生命与意识的寂灭，是自我的终解，也是一种永恒境界的开始。鲁迅曾在《野草》中不止一次地提过"大欢喜",这种"大欢喜"就是对现实生命的否定,对死亡的向往,是他对"涅槃"的渴望。在佛教那儿,"涅槃"是由此岸到达彼岸理想境界的必由之路,而鲁迅则通过领悟"涅槃"思想透悟了生命的本质与"死亡"的意义,使其不惮于前驱,能够不断地否定旧有的自我,深刻地进行自我解剖。可以这样认为,在鲁迅这里,"涅槃"即是一种"更生"。也由于这种独特的"涅槃"观念的存在,便塑造了鲁迅思想中深刻的自虐意识,而一个未曾真正品味旧有生命"死亡"之独特意义的人,是绝难产生这种自虐情绪的。

鲁迅自己曾说,"我从别国里窃得火来,本意却在煮自己的肉的",也"因为希望生命从速消磨,所以故意拼命地做"。不难看出,这些自虐意识正是鲁迅深刻体验生命"涅槃"之后的产物,是他通向"涅槃"的心灵之路,因而这些自虐意识同时也就具有了"精进"的含义。鲁迅的自虐意识并不仅是表面上的"生命从速消磨",而是深刻体现了他的自我反省,不断反抗,乃至勇于复仇的精神。《死火》中以"死"相抗争,《墓碣文》中"抉心自食,欲知本味"的创痛酷烈无不体现了"死亡"即抗争,即复仇,即更生的特点。正是这种独特的自虐意识使鲁迅成为现代历史上的一个复杂的存在,它不断迫使鲁迅在特定的文化语境中对旧有的价值观念进行近乎惨烈的反思、否定、更新,使他的每一步前进都充满了生命的严酷与悲壮。

这里有一个极有意义的问题,鲁迅既不是佛教徒,也不是基督徒,也不是孔子和庄子的信徒,那么,是什么造就了他强大的精神吸收和消化能力?这也再次让我认识到,一个具有精神主体的人,在形成自己思想的过程中要依自不依他,至于他接受了什么影响，并不是具有决定意义的。

大地上的荒凉

2006 年 4 月 15 日至 20 日

　　窗外，夜深了，车站附近高出楼房的高杆灯，散发出昏黄的光线，风呜呜地吹着，四周一片沉寂。在 S 城寒冷而又干燥的夜里，周遭停止了喧嚣。

　　彻底地赤条条一个人陷入无边的黑暗之中，不能看书，无法写作，无人对话，无物可观，仿佛沉入黑幽幽的深湖中……鲁迅就说过是在纠缠如毒蛇的大寂寞中"看见自己"的，而现在呢，彻底体会到了。这时，摒弃了所有的依傍，唯一的研究对象就是自己。不能读书了，却可以对自己的读书进行反思；不能写作了，却可以对自己的写作加以反省；究根究底，把脑子空出来，彻底地反观、反思自己的认知逻辑、思维方法、价值标准、行为模式、人格修养等，不断地在大寂寞中读自己。

　　我的人生已经有三十多年匆匆流逝了，在匆匆逝去的那么多年里，对于幸福的认识，我又得到些什么呢？漫长而又灰色的日子里，那个怯怯的小男孩培养了一颗孤独、内向而又韧性的心。这颗心在一种没有爱和唯美的土壤里孕育，没有空气，没有水，渐渐直到枯萎；那些寂寥和孤独像一盘毒蛇吞噬了幸福，日子变得煎熬，平原上一株野花开了又落了，四季的更替带来了周而复始的循环。多少年来，心灵磨难精神漫游，在赤贫中煎熬，对于饥饿的斗争漫长和艰辛，低效的谋生，往事历历在目：深冬雪后的旷野、繁星点点的暗夜、蒙蒙细雨的黄昏、西北风呼啸的下午、昏黄的路灯、崎岖的山路、幽暗的河边、茫茫的暗夜中的荒江、随风而起的尘土；寂寥的童年、孤独的少年、郁闷而又忧愤的青年，牢笼一样漫长的时光，一颗苦涩而又抑郁的灵魂慢慢成长，像枯瘦的藤蔓上结出的苦瓜……村外西边的苇塘，只剩下一片干涸的沟渠。十多年前的那个夏夜，月光如水银一样静静泻在瓜地的上面，清风徐来，蛙声盈耳，水草丰茂，孤零零的瓜庵，我伫立在开阔的平原上手握着手电筒，沿着弯弯曲曲的沟坎，循着蛙声慢慢地走。

而此时此刻，大地上只遗留下两个字：荒凉。

视线里只剩喷着黑烟的乡镇企业，不见了绿油油的瓜田。那一泓泉水的清凉哪儿去了呢？我走入城市，满面尘土，渐渐地失去了与大地的联系，在人群的相互挤压下过着卑屈的生活。多年以来，辛苦辗转在俗尘中孜孜以求，饱含磨难的心灵没有得到片刻的休养，那片爬满青藤的红砖墙，留下了少年多少的怅惘？又有什么引导我度过虚无的一生？

我真切地感到了非人的痛苦，以及空虚之中暗夜的袭来。

人是什么？

人活着干什么？

人生来的目的是什么呢？

谁又能把这世界想个明白呢？一切不幸命运的救赎之路在哪儿呢？这个存在的质问谁能回答呢？这个存在的绝望谁能解决呢？

这些问题纠缠在心里，成了一个解不开的绳结，将我的内心牢牢捆紧。我的心失去了一种依靠，每天在油锅里煎熬，在苦水里浸泡，仿佛走入狭窄的通道，被黑暗和污秽包围，无法突围。几乎从2000年起，我就陷入致命的生存性的不安与恐惧之中，陷入了价值观的终极失缺状态。我没有自己的文学坐标和人生信仰，没有自己的判断力、选择力、拒绝力。肉身人的出生布满阵痛和艰险，精神人的出生布满了暗礁与刀丛。

　　一切都不过是偶然，人开始被偶然抛向尘世以后，注定要在无数个偶然之中穿行。一定要从这偶然中去发掘规律和寻求超越之道，肯定会受尽千辛万苦。长期物质生活的紧张和情感生活的空白，造就了一颗敏感、孤僻、内向而又时时闭抑的心灵。童年时的孤独，少年时的内向，青年时的倔强，构成了一个坚韧执着的形象。是的，对于人生苦难，我有着神经质一样的敏感，对于社会丑恶现象，我疾恶如仇，但是再向前多想一步就会坠入深深的迷茫了：假如这世界上没有了苦难，世界还能够存在吗？要是没有恶劣和卑下，善良和高尚又将如何界定自己成为美德呢？一个绝望的问题摆在面前：由谁充任那些苦难的角色？又由谁去体现这世界的幸福？只好听凭偶然，实在没有什么道理可讲。

　　随着对生存真相的了解和对苦难根源的发掘，我一步步地逼近对人对人性的理解。这正是上帝的启示：无缘无故的受苦，才是人的根本处境。人生来就是一场悲剧，从生到死，没有人能改变。人本是尘土，最高贵也是死后归土。人生而幸福，却无往而不在痛苦之中。上帝选择我做苦难的角色，我也只能勇敢地去背负自己的十字架。在耻辱中捍卫尊严，在黑暗中寻找光明，在荒寒中寻找温暖，在绝望之中寻找希望，在化解苦难中寻找做人的希望，为灵魂寻找信仰。我曾经以为找到了幸福，却是昙花一现。金钱无法让我快乐，爱情也无法安慰我伤痕累累的心。人生的苦难，比如社会不公、人对人的奴役，可以找到解决的方法，但是另一类苦难，很多或者根本是与生俱来的，并没有现实的敌人。比如残、病，这类苦难无法导致仇恨，无法找到声讨的对象，只有向内挖掘，向内超越。经过灵魂厮搏，自我较劲，自我解剖，将个体有限偶在融入无限的宇宙恒在。过分渲染苦难，刻意回避苦难，都不是明智的，因为这个世界上并没有人真正关注你的苦难，除非你的苦难后面有着一种意义的支撑。偌大的宇宙空间，一个人，倘没有根没有出处，他的生存就是虚无不定的，缺乏"在这里"的实在感。在没有信仰的日子里，我变得闷闷不乐；一个渴望自由尊严的活着的人，面对人世的钢刀和利箭，心灵肯定异常痛苦，而现在呢，我终于找到了自己的"上帝"。我尽力刹住愤世的情绪，把对外的宣泄改为对内的省察与审视，减少外部刺激对心灵的干扰，减少盲冲对个体的损耗，筑起坚强的内界大厦，走出生存的困惑。

骨子里天生具有求真的元素，是求真欲将我引向宗教信仰。对人生意蕴的敏锐感受，对人类苦难的终极关怀，以及信仰的确立，促使我将自己溶进信仰，纳入自我设计的人生目的中去。一个真正意义上的人，敢于挑战，他永不满足，永不停顿，他的灵魂为人的苦难战栗不安，并且会拒绝"听天由命"。苦难的生活把我成全为一个受难的基督（或是普罗米修斯），我只得索性撕裂自己的胸腔，让自己每天都去钉十字架，每天都承受被鹰啄食内脏的痛苦。在这样一个时代，只要人们还在为生活、医疗、教育、退休等而奔忙，就不会有人真正倾听信仰。我早已看清楚了前面的那条充满救赎的路。这样的一条路，没有鲜花和掌声，享受不到世俗的声望，可能还要忍受各种白眼和冷嘲热讽。仰望头顶上深邃的星空，注视脚下的大地，我知道这是我无法逃避的宿命。

在 S 城夜晚的大街上，灯火闪烁，斑驳的喧嚣穿透滞闷的空气，舞厅里的歌声刺穿耳膜，这是一个多么无聊透顶和缺乏激情的时代啊！伫立在十字街头，眺望来来往往的车辆，我感到许多熟悉的和陌生的影子渐渐地将我吞噬。

鲁迅曾说："走人生的长途，最容易遇到的有两大难关。其一是'歧路'，倘是墨翟先生，相传是恸哭而返的，但我不哭也不返，先在歧路头坐下，歇一会，或者睡一觉，于是选择一条似乎可走的路再走。……其二便是'穷途'了，听说阮籍先生也大哭而回，我却也像在歧路上的办法一样，还是跨进去，在刺丛里姑且走走。"（《两地书·二》）

无论是"歧路"还是"穷途"，选择的可能性总是存在的，每个人只能由自己承担选择的责任。鲁迅深信人生路途上选择的意义，他勇敢承担了自己的责任。鲁迅十分重视"历史中间物"的过程和个体生命的过程，而一下子直逼结局的透彻将使身处"过程"中的他充满矛盾、紧张和痛苦。

而我这个出生于 20 世纪 70 年代后期的青年，却在逼仄的生存空间和精神空间里丧失了精神的立足点，面对"意义的真空"从而陷入了魏连殳的"虚无"之中了。同样是知识分子面临抉择困惑，我再也无法找到魏连殳式暴弃的绝望反抗了。魏连殳在无路的地方还可以"跨进刺丛姑且走走"，但是我的面前，便连"刺丛"也没有，道路消失之后让人茫然不知所终。从阎真的小说《沧浪之水》中的池大为，和刘震云《一地鸡毛》中的小林，我看到的更多是个人的渺小和生活的无奈，因为他们生来就没有对抗虚无的有力武器，他们的异化也丧失了应有的悲剧性。

出生在一个激变时代，而对厚黑政治的残酷和经典传统的散乱流失，陷入迷茫和虚无之中，20 世纪 90 年代初期由上海学者发起的"人文精神讨论",实际上也就是解决知识分子精神危机的,但是这场讨论只让我隐隐约约看到了"旷野上的精神废墟",仍然无法找到一种精神上的皈依。从 2000 年开始,我就开始陷入了精神上的失缺状态,一种深刻的惶惑席卷而来。在这样的精神荒原上惶惑了几年时间,我迫切需要找到一种终极上的依靠,否则我无法具有直面生命的虚无、绝望与荒诞的勇气。必须承认,在这个层面上,鲁迅帮助了我,给了我敢于反抗与追寻的精神资源,给了我这样一个处于彷徨和苦痛之中四处碰壁的年轻人以有益的启蒙孵养。我的灵魂获得片刻喘息。接下来呢,凭借着这有限而宝贵的精神资源,我在一个与外界隔离开来的铁屋子中展开近距离的搏斗。这种搏斗与对峙并不以个人的主观意志为转移,我只有把自己变成堂吉诃德,不断膨胀起自己的自由意,对准外部的伤害狠狠一击。我的搏斗与挣扎并非因为那些所谓"为天地立心、为生民请命"的古老格言,也并非为了承传什么"自由之精神,独立之思想"的精神薪火,而是我想活出真实的自己,有血有肉的自己。我无意标榜自己这种生命履历是"富有价值的牺牲",也无须为自己设置"一个虚拟的战场",我只执着于自己灵魂的探索,我只在乎自己精神生命的完整。

在《面对苦难的 N 种方式》一文中,我大致勾勒出了六位作家面对苦难时的姿态,目的在于给自己找一些个案上的启示。其实我的心里十分清楚:他们只能给我一些手段,增长见识、战胜苦难真正要靠的还是自己。六位作家面对苦难时,都采取了知识分子式的姿态,而且平民的立场。仔细想想,面对苦难何来 N 种方式呢?只能直面惨淡的苦难现实。当人们还在为基本的日常生活、养老保险和住房而奔忙的时候,其实太多的人并不需要鲁迅，他们并不敢奢求公平的对待，只求那么一点一点可怜有限的生存资源，至少要让他像个人一样死去。但是，遍布暴力、冷漠、残酷、虚伪、狡猾的丛林社会，让我们无法为自己的驯服与麻木而开脱，于是长久的沉默蓄满了巨大的憎恨和愤怒。那糜烂、腐臭、无可救药的现实感，那种血腥、麻木、黑暗、荒谬的历史感，是我对现实生活的整体性感受。若论生存的苦难，我的那些小苦小难不提也罢，众多民众的苦难使很多受苦人丧失了喊苦的能力，已习惯了默默忍受。我只是感觉心灵浸满黑暗和痛苦，这是生活艰辛、精神匮乏、世态炎凉、人性淡漠和感情焦渴，多重原因而引起的综合征。在这种生活的持续剥夺下，我的心早已如死灰、枯井和荒漠。人与人之间互相欺骗、仇恨、诡诈和撒谎，为了名利，告密、撕咬、攻讦、倾轧、戒备、防范、敌视，在这样的环境里，以自由意志对抗外部的伤害往往让我身受更大的伤害，我无法以个人之力保护自己，我被人内在的罪性深深伤害。作为这些人中的一员，我在心里看不起他们，厌恶他们，也在心里看不起自己，厌恶自己，甚至开始厌倦自己年轻的生命。这么多年，我都没有活下去的欲望，我不知道为什么而活着？周围的人两眼空空，只有贪婪的欲望在其中闪烁着光芒，那是野兽的光芒，让人害怕。这时，我才发觉以前的那些精神资源已不够用了，必需探寻新的精神资源，于是，我叩问先贤，用什么才能安顿我这颗苦苦挣扎的灵魂？上帝告诉我："凡劳苦誓担重担的人们，到我这里来，我就使你们得安息。""我就是道路、真理、生命。""你们必晓得真理，真理必让你们得到自由。"从此，我的灵魂开始从幽暗的地下室里救赎出来。我惊喜地发现，这条道路上的同道者越来越多……越来越多的人，开始懂得爱、悲悯和罪性，我也与一种高贵的情怀不期而遇。《圣经》上说，要爱你的敌人。当对方作为敌人的时候，付出爱才是让人震撼的，才是十字架的爱。

这个世界好像从来都离不开痛苦，凡是有人的地方就必定有痛苦的存在，这是因为我们活着不光是一个自然与社会的主体，更是一个独立的精神主体。生离死别、恩怨情仇、失败成功等时时刻刻有如蛛网一样地纠缠交织在我们心头。自然界中到处都充满着苦难，物竞天择、优胜劣汰的规律是残酷而无情的。人类社会同样到处遍布着痛苦，新与旧、生与死、野蛮与文明无时无刻不在激烈地对抗、搏斗。人的一生更是无往而不在痛苦之中！人，从他降生的第一天起，就不可避免地陷入了永恒的两难境地之中。有人曾把人的苦难分三个层次：第一，绝望。绝望来自于人发现在死亡面前无路可逃。第二，虚无。虚无来自于人作为一个存在物他的存在失去依脱时所产生的茫然。第三，恐惧。每个人都害怕死，可是有一天都不可避免地要死去，这时人就会恐惧，恐惧就像一个人被罪犯绑着要扔下高楼大厦一样。

这里将苦难简单地加以归类：一、人本身具有的苦难，即一个人的生老病死苦，也就是佛讲的人生"八苦"。这苦难，也可以说是基督教意义上的"原罪"。生而为人，谁都免不了这生老病死的苦难，除非你没有降生到这人世上来。上至帝王将相，下至黎民百姓，无一幸免。历朝历代的求修仙的皇帝，哪一个能求得长生不老万寿无疆呢？二、上天降下的苦难，即我们平常讲的天灾。比如瘟疫、地震、海啸、龙卷风、雷击、降大冰雹，等等，都是属于天灾的范围。这里，我想还应包括从高处掉下大块的石头等东西把人砸死，以及现在的空难、海难、矿难等。虽然有些严格意义上讲是属于"人祸"的范畴，但我还是把它们列入了"天灾"一类，我在此所讲的人祸，并不包括这些。如此分类，是为了与真正意义上的人祸区分开来，以便更好地讨论和叙述。三、一个群体给另一个群体造成的苦难（施虐、施暴，等等），即我上面讲的真正意义上的人祸。西方中世纪的"宗教裁判所"，二战时的"死亡集中营"，斯大林时期的"劳改营"等都是这种苦难的具体象征。这人祸，基本都是强势集团对弱势集团的野蛮统治造成的，其惨烈更甚。

对第一、二种苦难，一个人抱"听天由命"的思想还是可取的，但对于第三种苦难，无论如何我不能同意听天由命。面对人为的苦难，面对黑暗给人的迫害，我们绝不能妥协，绝不能听天由命。如果大家都听天由命，不去抗争，不去想方设法改变，那么，前辈的苦难就会在后辈身上重演，前辈的苦难就会流到后辈身上像接力棒一样一代代地承担苦难而没有历史的进步。

苦海茫茫，无人可以逃遁；应该承担的不要放弃，应该放下的不要执着。环顾四周，虐杀无处不在，难逃人性恶的阴影，应该怎样化解仇恨权衡利益？欲望满足的界线在哪里呢？罗素说过，对爱情的渴望、对知识的追求、对人类苦难不可遏制的同情是支配他一生的单纯而强烈的三种感情。对爱的渴望、对知识的追求是每个人都可以具有的，似乎成为一种本能。对人类苦难不可遏制的同情是罗素的高尚所在，是他作为哲学家对人类苦难的一种先验感知。鲁迅说直面惨淡的人生……可人生这样充满苦难，叫可怜的人如何面对呢？这就是要破除对人的执着，寻找神圣性的参照。人因着原罪和本罪的剥夺，使人不能靠着自己去达到神完善的标准，罪在根本上是爱自己不爱神，选择自己不选择神为最高的目标。罪人是以自己为生命的中心，以自己去抵挡神，以自己的利益为最高的动机，又以自己的意志为至上的统治，不肯无条件地投降于神，顺从神的旨意。如何面对苦难的折磨，也即如何安置我们的灵魂，深重的疑问呈现在我们面前。余华让我们看见了人类一生的苦难，但面对苦难，他显然缺乏受难的勇气，不愿意在苦难中前行，以倾听人在苦难中如何获救的声音，他选择了用忍耐和幽默来消解苦难。人在苦难面前是被动的，而消解是被动的承担，它鼓励人们遗忘苦难，接受苦难，用现世的、短暂的欢乐来消解苦难的沉重面貌。而消解的后果，最终使福贵与许三观成了被生活榨干了生命力、充满暮气的老人。他们的眼神貌似达观，内心却是一片寂静，在他们面前，站立着的只是广阔的虚无、厚重的麻木，以及庄禅式的自我逍遥，而没有受难后的豁然与快乐。消解和遗忘只能带来另一重虚无，很多人不能真正感知苦难的内涵，他们逃避开了，"走出荒诞的墙"，可"城墙内荒诞和恶的世界依然原封不动"（刘小枫：《拯救与逍遥》）。

苦难是无法摆脱的，所以我也并不赞成消解和遗忘，这样并不能真正擦去人生存中苦难的痕迹，最多也不过是一种自欺和掩饰而已，它的结果只会使人被苦难吞噬，继续忍受着苦难与恐惧对肉体和灵魂的双重折磨。正是在这个层次上面，我并不认同余华对待苦难的立场。虽然我觉得他说的有道理，但作为一个觉醒了的知识人，我无法回到福贵和许三观的忍耐和麻木中去。面对苦难，只有担当苦难，受难将带来拯救，只有承担才能体味到苦难的真正意义。

暗夜里的过客

2006 年 5 月 11 日晚

十点，夜深了。

沿着曲曲折折的栏杆，一个人走着。

远处传来火车的鸣笛。

昏黄的路灯，透过摇曳的柳条，投射在地上。

风吹来，一次又一次地吹过来，凉风侵蚀肌肤。

斑驳的阴影洒在地上，许多熟悉的影子漫出来。我记得，在阜阳火车站的广场，在合肥火车站的露天广场，在芜湖北站冷寂的荒江岸边，在北京香山弯弯曲曲的石板路上……那些相似的夜晚，漫无目的地走着，风挟着尘土一次一次吹过来。

白天的思绪变得晦暗不明。

许多异样的感受涌现了出来，愤激、痉挛、疼痛、焦灼、迷茫、沉沦、黯然、孤独、虚无……

S 城的夜晚寒冷而空荡，车站的钟声在暗夜里响起，深重而悠长；四周停止了喧嚣，高杆灯投下昏黄的光线，四周许多虫子在旋飞。

顺着长长的栏杆，寂寂地走着。

很久，回头望去，灯火闪烁，心绪在阵阵风中变幻不定。

抬头仰望灯火上面的夜空，深邃浩大，颗颗星辰，稀稀落落在夜空中闪亮。

夜深了，我知道我走自己的路。

灯下翻阅鲁迅的《过客》，不禁再次陷入沉思。

《过客》写于 1925 年 3 月 2 日，最终发表于 1925 年 3 月

9 日《语丝》周刊第 17 期。《过客》在鲁迅脑筋中酝酿了将近十年，容纳了他自辛亥革命以来的十多年里，对于人的生命价值的追求、反思乃至体验。

荒凉的衰草丛中，过客孤独地走着，像个苦行僧，头顶苍天，肩负虚无和寒冷，绝望一阵阵袭来，唤起的只是清醒的疼痛与前行的执拗。

"坟丛""杂树""瓦砾""枯树根"，等等，都传达出古国文化衰朽和荒凉的气息，置身这样的环境中，人的本真生命遭受压抑，个性枯萎。

"圣人死了"之后的精神家园一下失落了，传统再也不能给人提供精神庇护了。这意味着生活在东方文化背景下的信徒失去生活目标，也就是说，过客处于本体论意义上的流浪状态。过客，一个人，孤零零地走着，肩着黑暗的闸门，一种孤独感慢慢升起。这种孤独感源于他的自我意识的觉醒，如果拒绝了群体性的归宿，孤独自然升起。过客置身苦难与地狱之中，心境黯淡而又坚韧，心中似有佛教中"无量悲哀"，这是一种独异个体不被他所处时代理解的悲哀。过客的苦痛与孤独来自于内心深处的绝望与精神无依，这实在是一种精神的危机。他是那个时代的思想先知，拒绝自己身处的社会，又被自己身处的社会所拒绝。

"坟"是鲁迅作品中经常出现的意象，显然包含了对归宿问题的关注。坟，作为过去生命的证明，本来就具有历史的意义。在谈论"坟"的那篇文章里，又牵出了一个"中间物"的概念。"荒野"意象是"精神和道德隔绝孤立的形象"，它总是与某种精神伤害相连。荒野不是灵魂的逃遁与安慰，它蕴藏着通向那些本被现代理性道德浸渍的人类的原本精神的途径。灵魂在荒野中回荡，也是一种追求。对于过客来说，精神受到残贼，必将逃入荒野进行疗伤，疗伤之后面对的只有一个终极目的：坟。

"坟"的意义是什么？稚气而又纯真的女孩只是"做着好梦的青年"，弱于对黑暗和现实的理解，是根本不知道"坟"的意义的。老翁呢？他也是这长途上的过客，不过停下来了，饱经风霜，饱尝世故，阅历甚深，近于麻木，十分满足于现状，恬然自适。这个曾经的觉醒者，知道了黑暗与罪恶，大约觉得反抗的无用，也就在现实面前，闭上了眼睛，进入人生的睡眠状态。然而，这个孤独而又倔强的过客仍然要走，为什么呢？

"那不行！我只得走。回到那里去，就没一处没有名目，没一处没地主，没一处没有驱逐和牢笼，没一处没有皮面的笑容，没一处没有眶外的眼泪。我憎恶他们，我不回转去！"

社会现实的黑暗、残酷和丑陋，使过客逃离这一世界。在过客身上，看到的是鲁迅多次提倡的对于与旧社会作战、反抗绝望的一种"韧"的哲学。一个觉醒了的知识者，不肯与旧势力同流合污，又不肯重回到"麻木境界"，时时感到的是碰壁流血式的痛苦，还有一种不和谐的内心被撕裂的破碎感，缺乏精神皈依，于是，"走"成为在"无意义"威胁下的唯一有意义的行动。

过客忍受着沉重的精神创伤，承担着过多的精神重压，拒绝基督教来世天堂的"赐福"和佛教来世地狱"因果"，自觉地担当起"历史中间物"的重任，肩负因袭的重担，为年轻一代开辟道路，沿着那条"似路非路的痕迹"，从过去走向未来。他不知道自己是谁，从他还能记得的时候，他就只一个人。他不知道他本来叫什么，他也记不清楚了，况且相同的称呼也没有听到过第二回。过客似乎是群体中的一个"多余人"，"一无所有，无牵无挂，无目的、无方向、无意义地走在自己的路上"。他从东方一个人与人之间没有良性的制度和秩序、没有爱和真诚的地方来，大概要走到一个什么目标的地方去，他自己也不清楚，但他知道要"走"，人生的意义全在于"走"上。他要从"铁屋中"走出来，向着"吃人"的社会和礼教搏斗。

"圣人死了"，这个民族精神上一片废墟，个体在人类中成了孤独无依的"个人"，在"自由"中陷入了困境。古国文化及人的精神出路在何方？枯萎的文化头颅已被吹断，精神家园已是一片残垣断壁，人在破碎的精神碎片中失去归属。一些学者忙着整合破碎的文化，但病入膏肓的文化，非一般的"药"所能自救。鲁迅敏锐地洞察到了变化中的一切，思想处于"天地之际"的孤绝境地，在一个没有统一文化价值观的人世间，整个世界陷入到相对主义的漩涡里。人不再接受某种外部价值观的约束，不再对某种抽象的价值观负责。人唯一面对的是他自己，是审判自己的灵魂。也就是说，一个孤独个体面对死亡和溃败，看见了腐烂的尸骸，独自面对"无"，陷入"被抛"的荒诞。当过客摆脱了一切传统的塑造时，个体感到了一种面对自己的深刻痛苦。这种痛苦是新生婴儿刚出子宫时的阵痛，伴随着"罪"的自觉和一种基督式的受难心理。过客在摆脱外在力量约束而成为一个独立个体的时候，经历了一个如朱鲁子先生所说的"众—从—人"的过程，他将为自己的自由而付出苦痛的代价。最苦痛的，最令人心碎的问题："我从哪里来？要到哪里去？"久久缠绕着他。过客在逃离旧阵营的同时，还没得为自己包扎流血的伤口，因为他说："我也不愿意喝无论谁的血，我只得喝些水。"这里的"喝血"，可以理解成吃人的文化和吃人的行为，也就是吃人。但在一个虎狼成群和弱肉强食的丛林法则之下，既要生存又要做到不吃人，何其困难！过客在荒野的荆棘丛中求索和跋涉，他在自我选择之中切实地对自己担当。在困惑中选择，在痛苦中追求，在迷惘中思考，在绝望中反抗，在重压下挣扎。过客正是在挣扎的同时对生命的存在和意义有了深刻的体认，深沉地把握住了"此在"。"圣人死了"的世界，成了一个偶然的世界，个体的自由使人面对着荒诞而又绝望的世界，不再有期待，不再有寄托，每个人必须独自承担存在的责任。正如汪晖所论断的那样，"反抗绝望"的人生哲学所表达的种种情绪，如绝望、希望、恐惧、不安、惶恐、复仇、反抗、憎恶、恶心……都不是纯然抽象的个体的心理现象，而是"在"而"不属于"两个社会的"历史中间物"的深刻而具体的人生体验。是的，过客对抗苦难的方式是深具"中国特色"的。他用现实的"走"亲证存在，以苦对苦，以沉重的搏斗来同绝望捣乱。这是一种存在主义上的"绝望"和"反抗绝望"，这种绝望意识不仅来自西方智者，而且是受了道家和佛家的启迪。尤其值得提出的是，状态困顿、眼光阴沉、黑须乱发、衣裤皆破碎、赤足着破鞋、肘下支竹杖的过客，不正是一个积极的儒者形象吗？过客首先感受到的不是存在的荒诞，而是生存的残酷。但当与外部的激烈搏斗结束以后，也即走进"无物之阵"中时，这时不愿意再沉沦到世俗的状态中的过客开始感到了荒诞。作为在无神论文化（中国文化）中长期熏陶成长起来的个体，无法获得对存在的形而上意义的超越，过客清醒地体验和知解到这种"被抛"的存在匮乏的状态中，并获得了一种超越的推动，那就是"走"。那"前面的声音"是什么呢？上帝的呼唤？生命的呼唤？存在的倾听？理想的彼岸世界？道义的呼唤？好像都有些。过客的自省是在天地间的人的大清醒，是对生命宇宙的追思。个体存在的暧昧、偶然与荒诞，就像海德格尔所言的"被抛掷状态"，个体生存出现困境，进退失据，本然的孤独状态与生命的有限性成了觉醒个体的宿命，"走"成了交织焦灼和苦痛的唯一行动。

过客，一个消失于沉沉黑夜独自远行的影子，孤独无援地反抗和挣扎，拒绝了一切天堂、地狱、黄金世界，义无反顾地在黄昏里"走"向坟场。一个背负四千年重负，带着极强的使命意识，肩起黑暗的闸门的历史"中间物"，正是在反抗"孤独""被抛"向死而生的不懈努力中，过客成了自己命运的主宰者。过客通过行走反抗虚无，"走"成了对精神囚禁的突围和反抗。当生存的真相被撕裂，沉睡的大地只剩下浓重的暗夜。千百年来，大地作为承载者、藏匿者、保护者的意义一直没有被彰显出来。人在大地上行走，却遗忘了大地。遗忘大地，就是对生存根基的遗忘。过客在大地上行走，大地成了他的意义。

"过客"是鲁迅的"精神自我"，处于敌意的中心，所有的人不爱他，爱他者他也不爱，万念俱灰之际，只得一人独自行走。

"坟之后是什么？"在鲁迅那里，坟并不是终点，死亡也并不能彻底解脱，消灭了一切与人生有关的意义，呈现出意义的黑洞。没有终极解决性的绝望，乃是鲁迅的绝望，真是"无所逃于生死之间，无所逃于天地之间"。《影的告别》是"影"对我说的话。鲁迅对"天堂""地狱"和"黄金世界"没有幻想，有着鲁迅式的独特的觉醒。鲁迅真的绝望和消沉吗？不，"绝望之为虚妄，正与希望相同。"鲁迅劝年轻人不要消沉，要有行动，希望是虚妄，绝望导致行动，所谓"反抗绝望"。

在这样的本相面前，人究竟应该怎么办呢？鲁迅是汉语的精神高度，坚持反抗，坚持寻找，直到生命的结束。他是这片土地上用心生活的先知。鲁迅之后，一些民族的良心在继续寻找，我们是谁，我们要去向何方？结果，他们发现鲁迅是一个高度，是一个人独立存在的高度。今天他虽然已经去世，但是，有一串的问题留给我们——希望是什么，人生是什么，我们如何生活，我们去向何方？这些问题和几千年的哲人们提出过的一些问题类似，答案很不好找，似乎解答这些问题对于人的智慧来说太难，因为人是有限的个体，有一些人发现了这些真相，超越鲁迅，走向了信仰。

而世界的苦难仍然在延续，鲁迅先生说过：无尽的远方，无尽的人们都和我有关。这是伟大的悲悯，真实地贴近受苦者，把自己置身于受苦者的位置，不是怜悯了别人一下，从中得了一些优越感，然后什么都不干就走了。这点上，我很佩服鲁迅。

曾经我也对这个世界上的苦难有过长时间的思考，心灵经历过长时间的痛苦。因为我发现，人的命运是和其他人有关的。别人的苦难与你有关，而所有的人作为"一个人的存在"有着共同的命运，假如今天别的人在痛苦中，得不到拯救，你怎么就知道你不会是那个人？这样的认识让我想到，这个世界上的每一份痛苦都和我有关。我从这里开始找寻这个世界的苦难和拯救。当一个人深入苦难，必然就会受伤，一颗敏感的心，必然也会敏感于别人的苦难。后来，因为对这个世界的苦难有太多的体验和观察，因为在苦难中希望太难寻找，我曾经也怨恨过上帝。

然而，直到有一天我明白了，面对苦难，我们要做的是爱，而不是抱怨，是从身边做起，从每一件小事去做起，去改变身边的苦难。在改变苦难之前，人必须改变自己，自己的伪善，自己的自义，自己的罪性，等等，用基督教的话说叫破碎自己。否则，人自身在苦难中，在罪恶中，不认识真理，怎么可能改变世界的苦难？

影响我的思想者

2007 年 5 月 10 日

事情已经办妥了，即将离开 S 城去北京了，心情莫名欣喜，莫名忧伤。

一个人坐在书桌旁边，看着凌乱的书籍，暗地里思考，读那么多书干吗呢？我的书柜还是母亲那年找木匠做的，里面装满了无用的书，许多匮乏思想的书挤得满满的，想扔又无法扔掉。点燃一支香烟，静静梳理读过的书，大约有四位作家对我产生了影响。

曾经对我影响最大的思想启蒙者，有四人：鲁迅、李泽厚、王元化和刘小枫。这个名单还可以加上研究鲁迅出身的王乾坤等人。

关于鲁迅先生，我已经在不少文章里说得够多，不打算再仔细说了。鲁迅作为 20 世纪中国文化异端的活化石，他在人格和精神的高度上，为后人提供了一个高度，已经成为知识分子能否走向独立思维和自由思想的标准。因此，有人把鲁迅先生当作 20 世纪中国知识分子话语的基石，有了这块基石，知识分子应该增强底气，拒绝在善于瞒和骗的文化沼泽里游戏人生。

李泽厚先生的确是在那个集体癫狂、思想禁锢的"文革"

年代里，仍然保持着清醒思考的知识分子之一，是一个在众人失语、学术满目荒芜的年代里勇于筚路蓝缕的先驱者之一，是一个以自由思想、理想激情、诗意表达影响了一代中国人思想进程的思想家。他的话题总能开风气之先，且无论说得好坏，应是公认的。他的美学和思想史论著，以及他所提出的许多概念，比如积淀、异质同构、儒道互补、实用理性、乐感文化、巫史传统、人化自然、有意味的形式、文化心理结构、救亡压倒启蒙，等等，已经成为中国思想史的重要源泉。

　　有人曾把王元化先生称作沉潜自在的通儒型思想家，这就说出了他的特点：沉潜。王先生属于那种沉潜型的思想家，漫长几十载，已近古稀之年，仍然沉浸于思想的境界里，不是真性情，很难如此。王先生在沉潜中不断反思，更显可贵。读王元化从《文心雕龙》论起，而文论、新启蒙、清园夜读，视野开阔，犀利而不觉其老。王先生曾说他的反思"完全是出于个人的自觉，可能是由于思想受到生活的冲击，才引起了痛定思痛的要求"。也就是说，他的胸怀总是向外敞开着的，不幽闭自己，与人间烟火相通。有人将王先生的经历、行谊和他的文章联系起来理解，称之为"生存于现实世界的思想家"，体现了"思想与德行的转化"。他的反思常常是以一种自我审查的方式进入到问题之中，所以要很真诚地去重新考量自己曾经深思熟虑而形成的思想，坚持独立思考，同时要克服一般年长者很可能会有的思想上的堕怠之习。支撑王先生反思的是他背后有一个知识和信仰的背景。多年以来，王先生揭示知性思维的弊端，反思"五四"的激进，他90年代的反思，对人的关注始终不渝。

　　夏中义先生在《王元化襟怀解读》一书中，对王元化先生一生的学术道路作了详细总结。王元化把自己的反思归为三个阶段：第一次是对"左"的教条倾向反思；第二次是对1955年因受到胡风案牵连被隔离审查时期反思；第三次是对跨越90年代的政治风波的反思，即对"五四"的一些缺陷（如意图伦理、功利主义、激进情绪、庸俗进化观点等）反思。三次思想的反思中，王元化在丧失身体自由的环境中真正品尝到了思想自由的大欢乐。反思中，他取得的另一个重要成果，就是对于个人的力量、理性的力量取得了新的认识。过去他一直认为，人的力量、理性的力量是可以扫除一切迷妄、无坚不摧的。自从文艺复兴以来，人类从黑暗中世纪的昏睡中觉醒，认识到人的精神和理性是一种伟大的力量。确实，从那个时代开始，人的力量和理性力量曾经在历史上起过巨大的进步作用。启蒙时代的一些重要学说，更将这种思想发扬光大，形成了一种普遍信念。但是，在这次反思中他逐渐感觉到，过去的看法也有它的缺陷。把人的精神力量和理性力量作为信念的人，往往会产生一种偏颇，认为人能认识一切，可以达到终极真理，但他们往往并不理解怀疑的意义，不能像古代哲人苏格拉底所说的"我知我之不知"，或像我国孔子说的"知之为知之，不知为不知，是知也"，所以，一旦自以为掌握了真理，就成了独断论者，认为反对自己的人，就是反对真理的异端，于是就将这种人视为敌人。

怎样从儒道（佛禅）互补的心理结构和集体无意识转换为基于原罪认知的救赎、忏悔和担当意识，并为民主制度的建构确立心理基础，这是许多学者所要思考的。

近百年来，中国的知识分子无论是固守书斋、埋头著述，还是走向广场、奔走呼号，言说的无非是如何在古今之间和中西之间寻找到一个平衡点，以实现他们的救国之梦。刘小枫的思路站得太高了，差点在《拯救与逍遥》里把传统文化抽空。关怀个体，追寻生命的真谛是他的出发点。刘小枫治学领域多变，无人堪比，由诗化哲学、中西文化旨趣的比较到西方神学、政治哲学，为当代思想界贡献了不少中心词。

西学来自"两希"的传统：古希腊古罗马的理性民主传统和古希伯来的宗教神学传统。刘小枫说道，国人引进西学通常都是重古希腊而轻希伯来。这个时候，刘小枫的"神学转向"就显示了他的理论慧眼和现实勇气。他从学理上彻底澄清了中国文化领域各种思潮的精神缺陷，并且结合中国文化精神史上有代表的人物，把中国文化的本体通过想象学的方法论给推导出来，那就是自然本体，以及由此反思到乐感文化表现与德感精神意识的逻辑关系，进一步明确了我们这个族体数千年来的精神痼疾，没有爱和宽容，就没有地上的一切。刘小枫提供了一个很好的参照系，他站在神学的精神高度反观中国文化，也不无启示。这对国人精神结构的重建具有重要意义，但中国文化怎样走，还要继续探索。

北大，你能满足我探求真知的渴求吗？北大，你能安顿我焦灼的心灵吗？北大，你能让我的心灵柔软起来吗？我不知道，只能亲自体验了……

存在之谜

2007 年 5 月 20 日

坐车去北大的路上，天灰蒙蒙的，路上行人匆忙，公交车每到一站，人群便呼啦啦地挤上来，不由得想起了张爱玲的一篇短文，似乎叫《浮世的悲哀》吧？便对人产生了隐隐约约的悲悯，脑海里又想起了S城里的那些松松懒懒的同事，特别是那一张张被残酷社会压榨干净掉生气的木讷的脸，之后什么感觉也没有了，头木木的，似在睡梦之中。还能说些什么？在S城那里，人是没有生命属性的存在。许多人过了三十岁以后，不由自主就变成了杀人机器。

在北大未名湖畔，来回走着，陷入深思之中。

听了那么多课，读了那么多书，迄今为止，关于"人"，我又知道些什么呢？经历过诸多的挫折、困顿、失望、痛苦以后，反而越来越迷茫了。

如何面对"存在"？活着不过是活着，这是我最大的认可和恐惧。满足和快乐都变得极其容易，却与意义无关，世界日渐苍白和萎缩。人从生下来就已沦为本真的荒诞，个体总处于孤独、脆弱和苦恼之中，这种存在的匮乏总让人渴望得到精神意义上的抚摸。生活在这样一个躲避崇高、怀疑爱情、蔑视生命、否定一切的转轨时代，虽然苦苦追索，但是却走不出生活的迷茫困惑，找不到生命的意义和价值。凯鲁亚克的《在路上》告诉我们，只能一直走下去，直到无路可走，也要走下去。"在路上"是一种无家可归的尴尬境况，就像那个后上帝时代的等待者戈多一样，处于一种本体论意义上的流浪之中，不停地寻找。莱蒙托夫《当代英雄》里的"多余人"毕巧林叩问自己："我活着为什么？我生下来有什么目的……目的是一定有的，我一定负有崇高的使命，因为我感觉到我的灵魂里充满无限力量。可是我猜不透这使命是什么。"知道自己"不知道"，却不知道怎样才能"知道"，从而走得更远；不停地寻找，却永远也找不到，但他没有放弃寻找；虽然处在迷惘之中，却满怀坚定，为让空虚的生活变得充实而努力不已——这，就是毕巧林的宿命。这种主动找寻意义的姿态确实可贵，对于信奉基督的西方人来说，上帝的缺席让人无法忍受。《卡拉马佐夫兄弟》中佐西马长老有段话："看看周围上帝赐予我们的美景吧：碧空如洗，空气清新，芳草萋萋，小鸟歌唱，大自然是美好的、无罪的，而我们，只有我们心中没有上帝，愚不可及，不懂得活着就是天堂，因为只要我们愿意明白这个道理，天堂就会来到人间充分展现它的丰姿，我们就会相互拥抱，流下欢乐的眼泪……"然而，随着尼采的一声"上帝死了"，人们对此发出了质疑。当我们听从了加缪的召唤，却每天发觉自己置身在荒诞而又真实的"西西弗斯"状态中，一次又一次地不停地推石上山，以及《局外人》里写到的那种英雄主义肉搏空虚的力量。这在陀思妥耶夫斯基看来，是不可思议的。他在《少年》里把主人公阿尔卡季·多戈尔鲁基放置到一个物欲横流的巨大漩涡中不断挣扎，奇怪的是，这个少年在一位老人马卡尔的帮助下获得了精神上的解脱，从而没有在社会危机中变得像兰别特和斯捷别利科夫等人那样丑陋、贪婪、无耻。这无疑体现了陀思妥耶夫斯基的思想，即改变社会的不是斗争，不是革命，而是爱，是逆来顺受，是"人内心的自由"。放弃外部世界的抗争，而沉入内心世界寻求"自由"，这在东方文化语境里，特别是在有着几千年专制历史的中国，简直不可想象。

生命中的疼痛，是与生俱来的。哈姆莱特的声音，仿佛就在耳旁，是逆来顺受，忍气吞声，还是拔剑而起，拼死抗争？一死了之，长眠不起，撒手尘寰，以此逃避心灵的创伤和肉体的苦痛？做一个倔强抗争的"过客"还是做一个麻木快乐的活物？我反复问自己，是生存还是毁灭。让我们来看看《围城》里的方鸿渐吧，从最初回国时的意气风发的春季，到和唐晓芙真心相爱的热烈的夏季，到三闾大学任教则是他命运开始走下坡路的暗淡的秋季，最终他和孙柔嘉吵翻，一个人孤独地在寒风凛冽的街上徘徊，这时已经是他命运的尾声，故事到这里，好像已经没什么可写。还有余华《活着》里的福贵，刘震云《一地鸡毛》里的小林，阎真《沧浪之水》里的池大为……他们的悲剧在于，总是被动地接受一切。也许，他们从来没有思考过是否给毫无意义的生活赋予一种意义，他们已经在一种实用理性主导的"乐感文化"的熏陶下习以为常，他们不会觉得自己的生活是种荒诞的存在。这在对中国文化和中国人的生存困境深具洞察力的鲁迅看来，是根本无法接受的。鲁迅先生笔下"眼光阴沉，困顿倔强"的过客，无法和现实达成妥协，早已选定了"自我毁灭"的道路，只有用行走反抗虚无。为了找寻意义，为了继续走下去，他拒绝了任何施舍、同情、爱和休息，他走过黑夜、荒野和乱坟，奋然向西走去。对过客来说，他的目标异常明确，他以毅然的勇气背弃了一切令他憎恶的过去和现在，他以自己的行走表明了自己对现实的反抗和对生命之真实存在的追求。鲁迅所提倡的是：在面对"生存真相被撕裂"的觉醒之后，依然选择"走"，没有说"算了"。这是一种残酷的个体尊严，很悲的文字，却有力量。内在的坚强其实不容易被看出来，这是一种冷漠的尊严。

话说过来，不得不承认这样一种现实，像西西弗斯一次次地推石上山，像过客那种没有尽头的苦行，毕竟以那样的高度来要求一般庸众，确实苛刻了。特别是置身于当下中西方文化都已进入一种困境的状况下，又从哪儿寻找精神的支撑呢？塞林格《麦田里的守望者》里的主人公霍尔顿只希望成为一个"麦田里的守望者",守望下一个要堕入悬崖的少年。"麦田"是圣地,是希望,更是理想,虽然现实的情形让其不堪忍受,可是他却不希望连这最后的理想也破灭了。"麦田"就是霍尔顿所要全部寻找的意义所在,他就那样在悬崖边守望。在近乎荒诞的《铁皮鼓》中,主人公奥斯卡三岁生日那天,母亲送给了他一个"铁皮鼓"做礼物,他高兴得整天挂着它。他在桌子底下玩,发现了布朗斯基舅舅和妈妈的私情,他觉得成人的世界里充满着邪恶和虚伪,他决定不再长大。他从楼上跳了下来,结果他真的就不再长高,停留在三岁的高度。一次,爸爸抢他的鼓,他大声地尖叫,结果发现,他的尖叫可以震碎玻璃,从此没有人敢再抢他的鼓。主人公因不愿长大而故意摔下地窖,将身体永远凝固成三岁的样子,走到哪里都背着红白相间的铁皮鼓。但是,不愿长大根本无法保护他不受到来自虚伪肮脏的成人世界的伤害,他的儿子竟成了他的"兄弟"。于是,他在一次"事故"中又一次摔下墓穴,然后,他的身体开始长大……奥斯卡用拒绝成长逃避黑暗的世界,用手中的铁皮鼓宣泄自己对世俗的愤怒,用能震碎玻璃的尖叫声来表达自己的反抗。奥斯卡不是拒斥对意义的追求,而是对虚伪肮脏人群的拒绝。

　　如果说奥斯卡是偶然发现人的罪性的,电影《晚娘》里的小男孩 Jan 从生下来就要背负这种人的罪性,从小时候很稚嫩的年纪就被虐待,他的继父被仇恨扭曲,要使仇恨代代延续,于是教育女儿也仇恨 Jan……一切人伦都在仇恨之火中消散。Jan 对尘世彻底失望了,他开始在一种畸形而扭曲的命运里恶性循环,影片结尾,Jan 从成人变成了青年、少年、童年、婴儿,生命又开始了轮回……这是一种对存在、对人生、对青春以及对自身的整体荒谬感，一种已渗透于主人公灵魂底处的无聊感、厌倦感、荒谬感。余华在《我胆小如鼠》里呈现了一个少年的恐惧和不安。当胆小如鼠的"我"感到为了自己的尊严要像父亲那样不畏死亡向凌辱自己的人报复的时刻，"我"却最终因为自己的善良受到了更猛烈的攻击和侮辱。是的，生存的荒谬远远超出了我们所能承受的限度，而退回内心寻索个体的根基，回归一种生命体验和生命原态，消解曾有的痛苦，是否就能保持内心的平静？一种现代人才能有的孤独、无奈、惆怅、悲凉隐约漫延过来。活着，就是为了承受？承受生活中的种种无聊、平庸、琐碎和苦难。每一个个体在觉醒后，都只能袒露出孤零零的灵魂，仰对深邃的夜空，面对凌乱的尘世，他沦落在内心的体验中，独自直面摆脱异化后的孤独。一颗颗苦难的灵魂，如何在荒芜的大地上诗意地栖居呢？

沉重的时刻

2007 年 5 月 25 日

看完电影《美国往事》，有点感伤。

表面上《美国往事》是黑帮片，但它探讨的却是人生。曾经共同起誓的少年好友一个一个从他的生活中消失，有的去了天堂，有的去了政界，曾经的爱人也成了他人妻，他还能做些什么？去教堂看望那刻着名字的墓碑？除了无语的冰冷和悲伤，一无所有，而他自己也老去了。

真有人生如梦的感觉，那种轮回绝望的感觉，在《晚娘》里也有。《晚娘》里唯一的亮色，就是主角少年时的恋人。《美国往事》里我印象最深的是那个毛躁的少年，偷看一个美丽女孩儿跳舞。

Noodles——是感性的，柔软的，多情的，他所面对的是一个阴冷和薄情的社会。我喜欢《美国往事》影片开头主人公百无聊赖地在贴有海报的墙下面走，主人公站在窗子前，不远处传来火车的鸣笛声，他慢慢走向他最终的命运——人生如梦。这就是此片揭示的生命真相：空。

出狱以后的 Noodles 强奸了他最为心爱的女人，他的绝望表明他已经丧失爱的能力了，他不再像从前那样。是否是街头的游荡斗狠和监狱的压抑困顿让这个男人丧失了向爱人求爱的能力？ Noodles 的落寞就是男人的落寞，难以和别人诉说。男人的落寞，和女人的有所不同。不仅是爱情一方面的落寞，他们面对的失落更多，尤其是对于 Noodles 这样内心充满柔情的男人。现在我无端想起里尔克那首《沉重的时刻》：

此刻有谁在世上的某处哭，

无缘无故地在世上哭，

在哭我。

此刻有谁在夜里的某处笑，

无缘无故地在夜里笑，

在笑我。

此刻有谁在世上的某处走，

无缘无故地在世上走，

走向我。

此刻有谁在世上的某处死，

无缘无故地在世上死，

望着我。

人赤裸裸地来到这个世界，转眼之间又赤裸裸而去。

人生在世恍如一梦，生、老、病、死匆匆忙忙几十年。人的一生，似乎是一个不断与压力和痛苦挣扎的过程。

从终极意义上来说，人为什么活着，那是哲学和宗教想要解决的问题。所谓超然物外，悠游于天地之间，静观世间百态，达到无惑、无惧、无痛的境界，对我这等凡夫俗子来说，是否痴人说梦？当你终日为生存而奔波劳碌，当你为琐碎小事而烦恼痛苦，似乎"活着"本身已被遗忘。

狄更斯在《双城记》的开头说："这是最好的时代，这是最坏的时代；这是智慧的时代，这是愚蠢的时代；这是信仰的时期，这是怀疑的时期；这是光明的季节，这是黑暗的季节；这是希望之春，这是失望之冬；人们面前有着各样事物，人们面前一无所有；人们正在直登天堂，人们正在直下地狱。"

人生在世恍如一梦，生、老、病、死匆匆忙忙几十年。从我们告别无忧无虑的童年开始，痛苦、悲伤、忧愁就伴随我们成长；成人后的工作、就业、家庭、婚姻、事业一桩桩的不如意更为自己的人生之路增加了重重的负荷。贫穷渴望富裕，富裕渴望真爱，真爱渴望长久……人的一生，似乎是一个不断与压力和痛苦挣扎的历程。

生不由己、死无定时，世事无常、旦夕祸福，追求目标的不同、洒脱程度的差异也就构成了人生的不同境界，不同境界的人生带给人们的感受是截然不同的，有的人可能一辈子都在忧愁、烦恼、痛苦、悲伤甚至恐惧中度过；有的人醉生梦死、得过且过，放纵一生，浪费生命；有的人为权、为财、为名拼搏一生，失去的却永远高于其所得到的；有的人却不受世俗名利的羁绊，不受情感的困扰，不受生死的胁迫，超然物外去探寻人生的真谛，坚持自己的信仰，悠游于天地之间，静观世间百态，以真理的目光审视一切，启迪世人，最终达到无惑、无惧、无痛的境界。

我们活着是为了自己还是为了亲人、爱人、朋友的期待？是为了金钱、事业、爱情，还是纯粹为了快乐？当你终日为生存而奔波劳碌，当你为琐碎小事而烦恼痛苦，似乎"活着"本身已被遗忘。

容颜、身体、金钱、名誉、权势、爱人等，都有可能因内在或外在的原因而失去。人生不过百年，不管你生前是落魄失意还是志得意满，到最后都不过是一抔黄土。也许你疾病缠身、穷困潦倒，也许你体健如牛、腰缠万贯，但最后，我们的终点都是一样的，我们自身所拥有的一切都会随着生命的逝去而消失。在生老病死的过程中，到底有什么意义？既然每个人的肉体和思想都有一天会灰飞烟灭，那么这短短的几十年间所经历的一切，人们所做的一切，究竟有什么意义呢？

人类，是世界文明的创造者、主宰者，但每个人在这世界上却显得那么渺小，面对现实有时竟是那么无奈，我们很想知道，人，来到这个世界，是为了什么？人生在世，到底是为什么而活着？

常有人问："人为什么活着？"人生还有意义吗？生命值得留恋吗？人从来到这个世界，就对世界和自己有很多的疑问和困惑，倾其一生在寻找生命的真谛和最高价值。那么，短暂的人生、荒谬的人生该怎样度过呢？任何一个不回避生活的人，都不可避免地要追寻生存的意义。

人是分肉体和精神的，每个人一出生只具备了肉体的属性，但是并不代表他已经是一个真正意义上的人，他还需要在精神上变成一个人，而人活着的意义其实就是完成自己。很多人活着，但他们的精神却处于停滞状态，或许他们很有思想，也能在这个世界上叱咤风云，但在精神上的贡献却是空白。这也就是很多人在功成名就之后，反而变得不快乐的原因。也因为如此，我们总是在反复地问："生命的意义在哪里？"

对世界上绝大多数人来说，人生一无意义，二无价值。人生一世，吃穿二字。富人们看着穷人饥寒交迫，很自然地要为自己的锦衣玉食高兴、自豪，感到自己活得很有意义。

他们也从来不考虑这样的哲学问题，等到钻入了骨灰盒，也不明白自己为什么活这一生。如果我们真能像动物一样，肚子吃饱了就什么都不想，就什么问题都没有了。我们不行，我们是人。人首先是生物，生物首先要生存，在饥饿线上挣扎的人们自然要以生存为目的。人与动物的本质区别，不仅在于人有思想，还在于人有人性，有社会性。人作为生物，不能有意加害自己；作为人，作为社会的人，不能有意加害社会，否则，人就不再是正常的生物，不再是正常的人。人性的实现必须对实现者自己有利，对社会有利，这是人性的内在规定。加害于自己，加害于社会，是人的异化。人生的意义，第一步就在于实现你自己。

其实从终极意义上来说，人为什么活着的道理，就是哲学和宗教想要解决的问题。几千年来，他们给出了各种各样的答案，解答的人，成为了伟大的人，思想家。相信的人，则成了忠实的信徒，偶像的拥趸。

西方人因为无法解决这个矛盾，只得求助于信仰，在基督中求得永生。基督教认为，人是渺小的，人所做的一切都是为了荣耀上帝，他的所作所为上帝都会看到和承认。从未来上升天国以说明人生意义的，是一般宗教，特别是西方神教。在天神教看来，人间只是空虚。人类的生在人间、信神、爱神、奉行神的旨意，都是为了希望未来进入天国。严格地说，在人间的一切信德善行，不过是为了进入天国作准备而已。

佛教认为，一切都是空的。一切都归于失望、幻灭，人生毫无意义。人生的意义在于转化色身，了脱生死，摆脱生死轮回，以自身证得宇宙本体。佛法对于人生，否定其绝对意义，而说是苦，是空。按照佛陀的开示，人生、世间，不外乎"诸行"——一切生灭现象，生灭流变的过程；没有不变的，称为"无常"。"无常"，那就没有永恒的福乐，终归于灭，终归于空，所以说是"苦"。在无常苦无我的正观中，又怎样肯定人生的意义呢？

儒家关注的是社会与人的关系，关注的是群体。虽然在人生的旅程中，受到空虚、失望、幻灭的侵袭，但人总不能没有意义，即使是不完善、不正确的，也总会有些意义，以安慰自己，一直活下去。如古人说："立德""立功""立言"为"三不朽"，也就是以为如能这样，就不虚此生，而具有不朽的永久意义。在现实人间的，或重视家庭——家族的繁衍：这是将人生的意义，寄存于家族的延续。所以人虽死了，而有永久的意义存在。中国儒家，是特重于此的。

人生是一个无解的方程，有人在拼命求解，有人不求甚解。一种观点认为，人生是有意义的，人生的意义在于追求精神的永恒，并且它在某些方面（不是所谓的精神之类抽象的方面）有永恒性；一种观点认为，活着本来就没意义，只是人一直在找各种理由，认为很有意义，自我安慰罢了；还有一种观点认为，人生是没有意义的，人生的意义需要我们自己去寻找，寻找的过程也就是人生的意义。人生的意义在于自己定义，你可以去赚钱享受，也可以去追求理想，可以为自己而活也可以去为别人奉献，你是命运的主宰。

人生有没有意义，关键是要跳出有限的"自我"。

世界不是为人类而存在，社会不是为个人而运转，主观欲求与客观现实碰撞的结果必然是失意，随之而来便是痛苦、烦恼与悲伤，为名所累、为利所绊、为情所困、为权所变而不能获得解脱。衡量一个人是否幸福不是依据他的权势、财富与名声，而是看他是否得到解脱，如果不能获得解脱，这些东西只能成为禁锢其灵魂的桎梏，而非实现幸福的手段。一个人不能成为自己灵魂的主人，外在的东西对其而言又有什么意义呢？如果人的一生被俗务缠身而身心疲惫，那人生还有什么乐趣可言呢？

个人的生命是有限的，而人类的历史却是无限的。个人的有限性构成了人类历史的无限性，我们每一个有限都包含在了那个永恒的无限中，所以个人的生命是非常有意义的。当我们把个人的有限投入到了无限的为人民服务中，那么我们的生命就有价值了！

人生是有意义的，首先在于人是能有意识地进行思考的动物。人是在群体中生活的人，并非与世隔绝的孤立的人。人是具有感情的动物，需要去爱与被爱。爱你的亲人、朋友、恋人，唯有爱才是人生的意义。拥有一颗宽容谅解的心，与人为善，正心修身。学会珍惜生活，珍爱生命，关爱他人。生命可贵，抓住最重要的东西——生命，爱，关怀……人生的意义就是认识世界，完善自己，为了爱你的人和你爱的人好好珍惜生命。

皖北长期的生活磨炼了我，我怕回去，怕回到以前痛苦的生活，更怕面对别人的痛苦。

想起在 S 城生活的日子，身边政府的小公务员、事业单位的小职员，庸庸碌碌，生活暗淡无光，无论工作还是家庭都不如意，还要为医药费而发愁，整天生活在琐碎的生活里，卑微而又艰难。在这样循环的生活里，大家都希望升官和发财，但是，又有多少人能当官？又有多少人能挣大钱？不过是混口饭吃而已，大致就是如此。

绝大多数的人，或者可以说几乎所有的人，其实都会在人生中落入同一境地，孤独而寂寞，默默无闻地来到人世（除了个别），默默无闻地离去，没有辉煌灿烂，也没有美女如云。有的人终生混混沌沌，忙忙碌碌，从来都不想这件事就过完一生，而稍微有点个人思想的，就会觉得很痛苦。

电影《肖申克的救赎》里，安迪被判终身监禁坐了冤狱，但是在狱中他从没放弃过追求自由的希望，也没放弃对知识的热爱和对权利的维护与争取，并影响了很多狱友，几乎改变了整个监狱。安迪非同俗流，他有着过人的智慧和能力，甚至有着哲人般睿智的心性，对生活坚持抱乐观和热爱的态度。他给狱警和典狱长做财务指导和免费财务服务；他坚持给州议会写信，争取增加监狱的图书馆经费；他争取到啤酒和音乐用于改善同伴的生活；他喜欢读《圣经》……我觉得安迪简直就是个超人，其他人处在他那种环境下非疯了不可。我身上有安迪的影子，我觉得我成不了他那样的人，因为，我生活在中国。我看完这部片子最让我震撼的地方是：人在监狱里的时间长了，就不能适应自由的生活了。布鲁克斯就是一个典型的悲剧，重获自由并没有给他带来丝毫喜悦，反而最后自杀身亡。瑞德最后也被释放了，他几乎也想走布鲁克斯的老路，几乎也被监狱生活毁掉。这一点太可怕了。

瑞德承认自己有罪，但是对"罪"缺乏认识；安迪始终认为自己无辜，却对"罪"有深刻的认识，他有错误而没有罪，即便他做错过什么事情，他所受的苦难也可以赎回了。关键是人对待生命的态度。安迪说："厄运就这样掉在你的头上，只是我想不到这场暴风雨持续了那么久，如果我做错过什么事情，我所受的苦难也可以赎回了。"

安迪这个人确实很有信念，他坚持认为自己是无辜的，不放弃希望，用行动改变自己，影响他人。反观中国的一些假基督徒，他们往往都指责别人，唯独放过改变自己。安迪是西方个人主义式的，需要清醒认识。安迪的智慧适用于西方的国度，如果生活在中国，他只有孤独。

爱与痛的边缘

2007 年 5 月 30 日

雨还一直在下，丝毫没有要停下的样子，北京整个城市笼罩在一片灰蒙里，狂躁、阴郁、潮湿的气息随处蔓延。我在漆黑的灯影阑珊的夜晚，徒步走在立交桥上，看远处闪过的车灯，如同一盏盏飘忽的灯笼在身后飘逝。

为了生存，我几乎忘记了诗歌，S 城不是一个适合写诗的小城，北京这里同样也是，写诗也许是未名湖畔那群学院年轻人的智力游戏，我对那样的诗不再感兴趣。曾德旷有首诗歌这样写道：

这里的一切让人厌倦，但不得不继续忍受。

失去了写诗的感觉，像行尸走肉一样活着。

没有人知晓的角落，把艰难的日子苦熬。

也许，没有这种流浪状态，整天过着温文尔雅很有生活规律的人，是写不出这样的诗来的。当我离开 S 城流浪远方时，很像曾德旷诗里所写的一样：

我不能进入神殿，

也不能退回寻常人的故乡。

一个人身处异乡，听着冷雨，无聊地看着一本书，然后，深掩自己的孤独和寂寞，任思绪缭绕。灰蒙的天气，慵懒的人群，暧昧的表情，充满蛊惑的眼神，投射出来的全是狡黠。

是气恼吗？不是；是愤激吗？不是；是痛苦吗？不是。我真想笑自己，生活明明就是一个可恶的婊子，而我却板着纯真的表情和她谈情说爱。四周分明冰天雪地，我却一个人独自在燃烧。

感觉自己很脏，沾满了社会的病毒，无法康复。苦心经营起来的一点温暖和爱意，却还是遭遇更为刻骨的寒冷。我是撞上鬼了吗？现在越来越看清楚自己了，屡败屡战，就是不肯服输，执拗的性格，接连碰壁，心在流血，明早起来，依旧还是纯真的笑容。用遗忘来说谎，这是逃避。我拒绝习惯并安于这种生活，不想停止内心的波动。十多年了，或者追溯到更久以前，对于感情，我直面痛苦的能力丝毫也没有提高。

以前上中学的时候，我老是被路遥的小说《平凡的世界》所打动，为主人公孙少平身上独有的纯洁、超然和圣化所深深感染。从极度贫困中成长起来的路遥没有因为生活过于悲哀而被扭曲心灵。生活的苦难、残酷和卑微实际上并不那么真的让人感到恐惧，恐惧的是没有一颗同样高贵而关怀他的心。孙少平和田晓霞之间的爱情无疑是纯粹而美好的，它能让每一个青年男女都怦然心动，从而生出强烈的憧憬和向往。孙少平这个人物浸透作家的血肉体验，来源于苦难的生活，是一个真实可信的人物。相反，我觉得田晓霞这个人物多少有点虚幻，这个省长的千金为什么心甘情愿地爱上一个社会底层的矿工呢？不会也让田晓霞爱上孙少平的"苦难哲学"吧？地位的悬殊远远脱离了现实，这大约也是路遥让田晓霞死去的原因吧！这种设想包含着路遥太多的书生意气和对美的向往与珍惜。

回顾多年在S城的生活，我的记忆里很少有田晓霞这样的女子，即便有，她也只是用一种"欣赏"的眼光来看我，顶多同情而已，绝对不会真的爱上我。而爱上我的也只能是那些出身卑微或者受过感情挫折的女子，能否与爱我的女子走到一起，还要经受住生活的考验。在这样的生活里，我的感情世界几乎是一潭死水。经常深夜里醒来，无人说话，只有自己与自己对话，这时候心灵反而敞开了。虽然说人生短暂，可这短暂的人生里充满了真实的苦痛。男女之间刻骨铭心的真爱，是我生命里的匮乏。我害怕，连爱也不能有勇气言说的时候，在无边的黑夜里沉默。身边有太多的人陷入了"无爱的悲哀"，加速着沉沦。环境再怎么艰苦，我可以依靠强大的内心世界来支撑，当一个人没有爱的支撑的时候，他应该怎么办呢？总不能抱着《圣经》过一辈子吧？朋友告诉说，爱情是众多爱中的一种。我不是鲁迅那样的强者，我难以想象一个人脑子里只有民族、国家、民众、他人，会是一种什么状态？面对狰狞残酷的现实，我只能选择先爱自己。但是，我的灵魂里浸透了黑暗，充满了荒凉与焦灼。在S城那样的环境里，我既没有爱人的能力，也缺乏爱自己的信心。生命枯槁之时，该是一种何等的凄凉与无助啊！我讨厌自恋，还是不自觉地偶尔陷入一种伤感。无趣、无智、无性长期以来就是我们的生存状态，这种生活深深伤害着每一个人，这种灵魂里悄然滋生出来的怨毒，就像挤不净的狼奶，时时伴随着我们。摆脱这种东西的桎梏，就成了一生的宿命，直到生命的终结。当别人还在放纵和享乐的时候，我依然还在写这种文字，心灵获得的只有粗糙和荒凉！在鲁迅那里，我窥视到了无性生活带给人的压抑、孤独、死寂。在《伤逝》里，我感到爱情的绝望，人性的悲哀，甚至会感到人生的无望。

那个曾经使我萌发最初爱情的地方，S城的曾经租住过的两间小屋，并且实实在在与我共度过一段时光的爱人已经永远地消失在这个世界之外了。她刚见我时绯红的脸，还有处女一样的羞涩……往日的温情与甜蜜不在，取而代之的是无比的寂静与空虚。生存艰难本属正常，我们爱情的生活因此而受到沉重打击则是毫无疑问的。我在努力了一段时间以后就放弃了对生活的抗击，我以为自己是在直面，而她却是胆怯，事实却是，我把自己内心的怯弱投射到她的身上，同时又把这种怯弱心理看成是她的专利。苦难来了，可以成为两人相依为命、互相搀扶着共同面对的契机，但它也可以成为一个人向往自由、幻想逃避的理由。我选择了后者。我为自己在现实面前的无力而辩护，现在亲手品尝到了生活对我的惩罚！"我要将真实深深地埋在心的创伤中，默默地前行，用遗忘和说谎做我的前导……"（鲁迅《伤逝》）这么多年，我用尽全力去反抗，拼命去摆脱非人的宿命，而且确实直面了生活的残酷，即便疯狂鞭打自己，可是，等待我的依旧是寂静与空虚。

人总是会衰老且抑制不住衰老的，一个丧失了美感以及对美的向往的俗人，一个对两性生活深深绝望的人，该有多么可怕？这是长期非人生活对人造成的深刻精神创伤。无人不承受爱的枯涩，无人不承受爱的折磨。我的文章为什么尖锐荒寒？就是精神状态出问题了。抗拒生命的干枯化和生命的硬化，不能增强生命的长度，却可以增强生命的丰富度！渴望爱情，就好比一个人在沙漠中寻找生命的绿洲。我要寻找挽救生命的雨滴，绝不能让悬着的心感到绝望！

还有将爱进行到底的勇气吗？

终于明白，我所要直面的就是这种孤独。归根到底，人的本质都是孤独的，这是人的根本处境。只有直面困境，背负起自己的十字架。

我暗地里佩服自己，甚至怜悯起自己。正如周作人先生所说："我不是基督徒，却幸而尚能担受得起，也不想责难谁，——大家都是可怜的人间。我以前的蔷薇的梦原来都是虚幻，现在所见的或者才是真的人生。我想订正我的思想，重新入新的生活。"重新订正思想，重新回到生活中去，需要怎样的勇气呢？这种想换一种姿态面对生活的尝试，还没有开始就夭折了，收获的却是更为世俗的嘲讽。每个人都有蔷薇之梦破灭的时候，或早或晚罢了。我明明知道这就是现实，却偏偏作"绝望的反抗"而已。易卜生说得好，世界上最有力量的人，是那最孤立的人。

内心的疼痛刚一浮上来，就迅疾被若干年前的冰窟窿吞没了。我内心的寒凉与冷酷远比温暖的爱意要持久许多，真是一种令人可喜的悲哀！

从 S 城到北京，从外向内撤退，一退再退，抉心自食，已知本味，我该如何呢？曾经有过两个不切实际的幻想：一是对于知识分子抱有期待，另一是对于美好的爱情还偶尔流露出幻想。随着时间的推移，幻想的破灭，总能在某个冷雨的夜晚，唤起我对于生活最深的疼痛。疼痛，是因为我活着；疼痛，是因为我曾经爱过！过去的生命已经朽腐，对此，我并不感到悲哀。与其于尘世麻木地存活，不如索性痛快地疼痛！曾经渴望一份美好的感情，渴望生命中出现过一个和我一样清澈、纯真、透彻的女人，但是，在她们那里，一个个都浮躁、功利、刻薄、尖锐，更有一些接受高等教育的女人，几乎被知识玷污了。特别在北京，我见过的有知识的女人，一个个疲惫、焦灼、干枯、无神，没有热情，更没有纯真。我看到的是一颗颗陈旧的心，一颗颗被岁月和时光所锈蚀的心。她们的本心到哪儿去了呢？这样的心，已经被世俗形形色色的规范所修剪，已经被污臭男人的熏陶所弄脏，即便得到这样的心，又有什么乐趣？我不是一个喜欢猎奇和充满占有欲望的男人，我所渴望拥有的是什么？是一颗本真的、自然的、生气盎然的少女状态的本心，是一颗未被世俗人群所雕琢、改塑和洗濯的心。

在北京这样干枯的弥漫着灰尘的天气里，我本能地觉得心灵缺乏支撑的力量，但是，我并不想急着信奉基督。让一个女人尝试理解，这是荒唐的。人的经验都是有限的，人总是拿狭窄的经验糊弄漏洞百出的生活，总是拿有限的经验关照别人，在她们的眼里，看到的只能是她们自己。于黯然中孤漠，反观宇宙，心房寂静了。

想着想着，突然感觉心中有一种难以言说的悲伤涌了上来。《红楼梦》中这样写道："试想林黛玉的花容月貌，将来到无可寻觅之时，宁不心碎断肠，既黛玉终归无可寻觅之时，推之于他人，如宝钗、香菱、袭人等，亦可到无可寻觅之时矣。宝钗等终归无可寻觅之时，则自己又安在哉？且自身尚不知何在何往，则斯处、斯园、斯花、斯柳，又不知当属谁姓矣！因此一而二，二而三，反复推求了去，真不知此时此际欲为何等蠢物，杳无所知，逃大造，出尘网，使可解这段悲伤。"作者说的何其明白，真正做到"逃大造，出尘网"，也就是"无立足境，是方干净"了。然而，依照存在主义的观点看来，世界是荒诞的，人生是痛苦的，人是天生自由的。贾宝玉在理想破灭后，将目光投向了"彼岸"，选择了出世，将意识转向虚幻的"茫茫"和"渺渺"。贾宝玉只有在充满青春的艺术气息的女儿周围和吟诗作画的大观园中才能感到快乐，但是这种艺术式的生活只能暂时地让他忘记现实的痛苦。在大观园里的"诸芳散尽"以后，他只能做道家式的回归于青埂峰下。

人生有限，宇宙无限，人从无处来，再到无处去，最后归为空蒙。面对空间格局的狭窄，悲从追问而来。面对春天消失，花朵殒落，当生命再次惨遭扼杀，我是当学宝玉恸哭，还是学阮籍穷途而返，抑或是像鲁迅笔下的《过客》那样独行呢？

鲁迅故居前的沉思

2007 年 8 月 6 日

入夜，回龙观这里，雷鸣电闪，一道蜿蜒的白光瞬间撕裂黑暗的天空，接着大雨滂沱。北京开始下雨了。心境压抑，失去了方向，心灰意懒，无所事事，时光仿佛回到晦暗的从前，我仿佛在冥想中老去。心在暗夜里战栗，一条河流在内心汹涌而来。

晨起，忽然之间，很想去鲁迅故居了。

坐地铁 2 号线到阜成门下，向东步行几百米，向北即到。有许多次，我坐地铁去市区办事经过阜成门，心里想着去，还是迟迟不愿意去。那里的丁香树郁郁葱葱，有一种让人心跳的气息在吸引着我。

在 2005 年一个下午里，一个人站在这寂静、青瓦灰墙的小四合院的院子里，我同样没看到鲁迅曾经在 80 多年前看到的"地火"，也没有等来那夜里在"奇怪而高的天空"中，"哇的一声"大叫的"夜游的恶鸟"。

踏进那道门槛，再次伫立于此四合院，四面夜色降临，仍然听到心脏怦怦的跳动声，一个让我激动难忘的黑夜来临了！

鲁迅生前曾说——忘掉我，管自己的生活。可是，生活的磨难让我时时不能忘记先生，幸运还是不幸？鲁迅仿佛是早已死去了，我们讨论着的那个人，只是一个渐行渐远的背影，一个以"鲁迅"命名的牌坊。许多人，还有我这样的糊涂虫，总是不能将他忘记，深夜无人陪伴的孤独里，时时想起他。鲁迅离开这里已经八十年，追寻前来拜谒的人数不胜数，难道还缺少我这样慕名而来的人吗？我想避开扰攘的人群，在那座四合院里静静地坐一坐，什么都不想，我想忘记世间所有的不幸。

从 1996 年工作到现在，整整十个年头过去了，我的人生还有什么意义？我的出走既是无奈的生存反抗，也是让自己尝试尝试新的生活。自己最清楚，这么多年，我是怎么处心积虑想着通过奋斗来摆脱自己悲剧命运的。S 城带给我的阴影，是目前我重点解决的问题，这个问题最复杂。我绝对没有把自己当作很无辜的人，外界和家庭对我的伤害，我也找到了应对的办法。从前年开始，我经济上自主，与他们划开界限。至于感情，在一系列家庭问题和外在力量的不断打击下，早已经没有了挽救的余地。对于爱情或者感情这种东西，命里有时终会有，命里没有时不会有的，它取决于男女双方灵魂的内在融合，这点我十分清醒。现实告诫我，爱属于那些真正渴求爱、用心爱和有能力爱的人，一般的男人女人要的只是一个形式上的家庭。我觉得是神的旨意，让两个孤独的灵魂走到一起，虽然前途还会有挫折，我有耐心，化蛹为蝶，等待破茧而出的瞬间，这正是生命的意义所在。而这短暂的一刻，已经历了漫长的黑暗。在漆黑的暗夜里度过，生命注定要经过荒凉寂寞。正因为有漫长的磨砺，我的择偶标准非常苛刻，只有最为美丽的蝶才能点燃我心中的爱情火焰，这无疑增加了寻找的难度。

我在2003年以后，把主要精力花在思考、反抗、持续地反抗上面，让这些猥琐的寄生虫付出了代价，从现实和精神上回击他们。当然，我清醒地知道这种反抗的代价，不过即使我不反抗，他们也不放过我。所谓的普通人，不过是一些可怜的遭受了欺压无力反抗反而转移自己苦难屈辱的人，不叫人，是猪人狗人，每当看到他们，我不知道说什么好，这是一群被严酷生活榨干了生气的可怜虫！七年以来，我没有向他们的主子低头，难道还会向他们低头？有的人虽然很穷，可是过得很开心，很坦然，很幸福，很干净，为什么？不用看别人的脸色行事，不用像狗一样摇尾巴讨好别人，更重要的是，不用给人舔痔疮，太恶心。我不愿意过这样的日子。

我对生存的要求极低，不饿死就行。只要有一间草房，有一碗饭吃，没有人摧残我就行。现实并非如此，底层遭受的摧残让我无暇多想，严酷的环境逼我作出选择。其实，我也不是一定要离开安徽不可。在那里，我即使做牛做马，也无法获得必要的报酬。一千元左右工资，能做什么呢？为了不徒耗生命，我只好出来。从肉体到精神，我都感到羞辱，既然觉醒了，我就无法继续接受这种羞辱，就只能这样。虽然，北京并不像我想象的那么好，却别无出路。我清楚地记得，2005年的4月30日，我拿着稿子，走到Z的办公室里，把这个猥琐阴暗的家伙大声训斥长达三个小时。那一刻，我觉得，我站了起来，不再是个胆战心惊的奴隶了。在这一点上，我没有佩服过别人，我只尊敬自己。一个有尊严的人，才配得到尊严。太残酷了，至今在北京快半年了，我想起安徽的生活，战栗不已！我无法平静地打量过去。《奴隶手记》——那是来自民间和底层的声音，详细记载了安徽六年的生命体验，至今尘封。现在，我觉得现实了许多，也消沉了许多，文学成了我的一种信仰，我甚至不想再继续纯粹地思考。一个时代，总要有几个勇敢的人坚守住，这是希望。我来北京，就是继续寻找这种希望！

想突围，但是陷落；想放弃，但是不甘心；想反抗，但是备受折磨。人的一生都在背负，只不过是在不同层次上罢了。背负生活，背负传统，背负文化，背负道德，背负责任，背负良心的自律……人的一生，是在背负之下艰难行走的一生。现代人感到了这些背负所带来的身与心的疲惫，不能忍受，企图摆脱它，于是，出现了价值崩溃的景象。米兰·昆德拉告诉人们，这世界上最沉重的东西，不是高山，不是大河，却是空无。生命中最不能承受的恰恰是那份什么也没有的"轻"。人的命运就这样被注定了，是人就必须背负。鲁迅的一生是背负的一生，肩住黑暗闸门的一生。鲁迅对我精神的最直接的影响就是，守住心中对生命的那份信念，不忘记在现实中做一个清醒、现实、坚毅的人！

此时此刻，回顾往事，无法自拔，噬心蚀骨般的痛苦，如影随形。只有伫立在鲁迅故居前，我才有勇气把鲜血淋漓的伤口展示出来。人的一生，注定只能自己舔舐自己的伤口。

我十分崇敬德兰修女，她是一个满身光明毫无黑暗的人，那么善良，那么仁慈，那么哀怜那些卑微的苦难的生命。她带着爱的光芒在这片有限的大地上行走，却把无限的爱带给了他们——那些穷人中的穷人：病人、被遗弃的人、没人关怀的人、流浪的人、垂死的人，以及那些内心饥饿的人。她怀着非凡的爱，却做着最微小的事情，她是一个完全的奉献者。她深知我们活在一个光明与黑暗并存的世界里，因而她用整整一生来邀请我们，邀请我们选择光明。或许只有在忙碌地为生活奔波无助的时候体会她的精神才最真切——我是卑微的普通人，也可以拥有伟大心灵。在爱中行走，德兰修女这样告诉我。只有一颗丰富而又痛苦的灵魂，或许是不够的，还要有一颗博爱的心。

我昨天做了一个梦，梦见自己站在一片荒原上。在这片空旷的原野上，只有石头，没有水。我已经太口渴了，就像过客不能再前行。

那天，在机场，突然觉得我很孤单很渺小。回来的路上，灯火凄迷，我的耳边仿佛响起《雷雨》的插曲："夜那么长，足够我把每一盏灯都点亮，守在门旁换上我最美丽的衣裳；夜那么长，所以人们都梦得神魂飘荡，不会再有空间听我的爱断情伤，听我的爱断情伤。"

我清楚地知道，来路已无法返回，我的身份已反转，我的土地已荒芜。我一直在学习着化解痛苦的能力，呻吟、悲愤、嘲弄、绝望、伤害，这一切都在成为过去。我渴望做一个灵魂安静的人，一直在苦苦反抗着生存意志的压制，如果只停留在生存的层面上，那么一切都会变得残酷。

仿佛进入轮回之中，北京匆忙、劳累、孤独，有点微薄的积蓄，仍然是生存意志的奴隶；安徽苦闷、焦灼，像牛马一样活着，丝毫没有做人的尊严，被生存意志压迫，有时候还伴随性焦虑。像我这样的人，或许终生都在背负。由于我曾经长达十年生活在安徽那样恶劣的环境，不得不对人世的罪恶和黑暗敏感。这种敏感，我是无法避免的……我的精神性格与之格格不入，我常常用一种复杂的悲悯的眼光看待这片土地上仍然遭受苦难和罪性折磨的人。神在借自然的奇妙指引我该怎样对待生命。我总是在想，如果生命再来一次轮回，让我再次回到安徽，终生厮守那种苦难的生活，不管结局如何，我还都能坦然面对吗？在最苦难的时候，即使生活的悲苦也不足以淹没我的心灵。

对于生活，我没有过多的欲望了。我想在一个薄暮的春天，或者是在秋天，走在北京的古城墙下，静听着这样悠扬飘浮的音乐，慢慢治疗着我那忧郁的心。

经过十年漫长黑夜的煎熬，我来到神的面前，说：我渴。神借自然的奇妙指引我该怎样对待生命，对于生命又有了新的理解。

然而一回到安徽，一踏上 S 城那里，我先感到孤独、悲伤、忧郁，继而有一种生不如死的感觉！我现在经常还在困惑，就是：作为一个人，应该怎么活着，以及为什么活着？不可否认，作为群体的一员，我们通常很难作为独立个体发言。我们根本没有服从内心生活的环境。当个体价值被突出后，个体生命与整个社会环境、文化环境就产生冲突和对峙了。是的，从一个消极的角度来看，帕斯捷尔纳克说得对，只有与周围的环境融合在一起时，人才能是幸福的。可是，环境让我忍受得太多太难以承受，我必须要强烈地爆发！周围的环境能让我们融合在一起吗？这种环境只会培养非人。环境让我变得峻切，已经伤害到审美！这是严酷生活所带来的精神创伤！当你想反抗的时候，你会觉得真的很荒谬！我在那样的狭窄的猪圈里，忍无可忍以后，就尝试着与那一些下贱的畜生周旋和撕咬，结果，我是伤痕累累！我们所置身的社会和人性是让人痛苦的原因，如果没有解毒剂，我可能死于非命。我在 S 城那个电视台的悲剧命运，一开始我缺乏足够的准备，后来我洞悉了环境的荒谬，毅然出走反抗！

悲剧还不是性格的单一原因，还在于这种绝望的生活把你几乎所有求生的愿望和理想都摧毁干净，让你彻底低头像狗一样地在绝望中皈依上帝，但是，拒绝皈依上帝的我，只有死路一条吗？我的愤激乃至偏激，也许只有 S 城那样的环境里生活过的正直的读书人才能包容和理解。内心的镇定与从容，在那样的环境里，谈何容易！如果一定要以彻底丧失人性为代价而与周围的环境融合的话，我不能接受。在 S 城那里，我每天都在无休止地拷问自己，活着的希望在哪里？从那里出逃，来到北京，我知道自己终有一天跑不动的时候，那该怎么办呢？我一直在学习着化解痛苦的能力，呻吟、悲愤、嘲弄、绝望、伤害，这一切还远没有成为过去。我现在颇感觉专门用口用脑生活是苦极了的生活，真是心累。凡生理上没有缺陷的人，一定有两个表现，一个是性欲冲动，一个是精神的爱的要求。这是一切人的人性。我始终在两者之间苦苦挣扎，无法化解某种痛苦。

庄子说，相濡以沫，不如相忘于江湖。当我再次体会生命的沉重时，我开始不再那样渴望超脱。人生渺渺，真爱难寻。哪怕只相爱一瞬，然后大家死掉，化烟而去，江湖我都不要！

北京时期的鲁迅，几乎都是在焦灼里度过的，也用了种种办法麻醉自己，让心沉下去，可是偏偏不能。在夜色茫茫，众人昏睡的时候，独自醒来，又不知如何，那一定是痛苦的。他在文章里向人坦白了此一心境，承认自己黑暗，觉得唯"黑暗与虚无"乃是"实有"，却偏要向这些作绝望的抗战。它像蛇一般纠缠，久久不去。他的文字让夜透射出惊恐，仿佛地狱边的喷火，如月色下闪烁的寒光，溅出丝丝寒意。我感受到一种充满孤独者意志的强力，同时也感受到他内心的忧郁、苦楚和不确切性的恍惚。这一切都让人感到进入他的世界的困难。

我在安徽最痛苦的时候，想到过自杀和杀人，每到夜里一人孤独醒来，形影相吊，什么叫生不如死，我已经品尝。朦胧之中，在昏暗的夜里，在油灯下，我看到鲁迅的像，犀利的目光射过来，像要穿透我的心似的。所以，要想平息自己心中莫名其妙的浮躁，我只能去这个四合院。

人始终处于自我或他人设置的或物质或精神的重重包围中，被囚禁被封锁已经成为生存的常态，这是个具有普遍意义的哲学命题。剔除了许多现实性因素，人是自我的奴隶。作为一个悲剧性的有限性的存在，人的存在处境其实十分悲苦。所以，没有一个人能走进另一个人苍凉的心境，也没有一个人真正听懂另一个人的爱断情伤。人的一生都在挣扎与突围，然而终于不能成功。我只是一个平凡得不能再平凡的男人，尽管在其中挣扎和沉溺，还是沦为时间的囚徒。试图突围又无奈回归，执着寻找过去又不断遗失当下，一个矛盾的混合体，在清晰和迷乱交织的时空碎片中，只能保持绝望的孤独，并将一直在回忆的囚禁中孤独地漂泊下去，毫无被赦的希望，因为没有人可以赦免我，除了我自己。鲁迅故居是什么？每一个去鲁迅故居的人都是为了找回失去的记忆，因为在那里一切都不会改变。我更是如此。决绝生存意志的压制，我想沉浸在内心的世界里，时间久了，就喜欢上了这种耽溺，甚至就把这种耽溺当成原本真实的世界。

　　直到有人真的爱上我之前，我想抛开过去痛苦的回忆，拥有当下的快乐，实实在在地拥有此刻，我却发现，自己已经离不开这种耽溺；理智却拒绝了，清醒的我明白自己内心深处的那份美好情感早就交给了鲁迅去保管，无力再给予，在回忆中给过我美好希望的地方——S城，那里或许仍有温暖。这是另一种意义上的回归，继续做安逸的囚徒总比伤得体无完肤好。鲁迅和我一样，我们其实是两个有着同样爱恨情仇的男人，无法化解心中的焦灼和疼痛。而此刻，我只想在无边的黑夜里不断下沉，沉下去，再沉下去，让人不再有空间听我的爱断情伤。

　　人类总不会寂寞，因为生命是进步的，是乐天的。存在的虚无与意义的追问，伴随着鲁迅，也伴随着我。在这里，我与鲁迅的灵魂相遇。在"冻灭"与"烧完"两者间作出选择，这本身也是预示了人的生命存在的无奈与悲剧性的。但鲁迅放眼看去，却分明感到——

　　在无边的旷野上，在凛冽的天宇下，闪闪地旋转升腾着的是雨的精魂……

　　是的，那是孤独的雪，是死掉的雪，是雨的精魂。

　　北京这里开始下雨了，我的心里又开始了漫无边际的忧伤。在雨夜里，我的灵魂感到平静。

人生不满百

2008 年 3 月 25 日

上午，钱志熙讲西晋诗歌，引发我思考。

在魏晋那样的乱世，像许多那时的文人一样，张华以无为为有为，以无用而有用，然而，身处狭窄的生存空间，表现在他身上的超逸玄学气质，确实不多，故而被人评为："风云气少，儿女情多。"说句实话，逍遥山林和闲云野鹤一般的生活都是假象，作为世俗中人，谁都不能超越现实！只能面对这个不完美的世界，以求在现世的解脱中生活。当然，与生活硬碰到底的人也绝无好的出路。如何面对这个世界，确实是一个问题。

晚上下课时，已是九点，过立交桥时，冷风吹来，才觉衣衫单薄，站在中关园公交车站牌下等车，望着马路对面夜色下的北大，百无聊赖。

从 S 城返回北京，才大年初一，一个人在健翔桥北站的立交桥旁候车，四周都是震耳欲聋的鞭炮声，心里寒冷无助。不知不觉之间，时光已经流走，一天二十四个小时，又有多少真正是自己的？如今忙碌生存，却已没有更多时间和精力去体会生命的真谛了。唐代的寒山禅师曾经作过一首《人生不满百》的诗——

人生不满百，常怀千岁忧。

自身病始可，又为子孙愁。

下视禾根土，上看桑树头。

秤锤落东海，到底始知休。

此诗可以这样解释："人生不满百，常怀千岁忧"，尽管人生非常短暂，但是人们却都抱着长远规划，全然忘记生命的脆弱；"自身病始可，又为子孙愁"，不仅应付自己的烦恼，还要为子孙后代的生活操劳；"下视禾根土，上看桑树头"，生命中劳劳碌碌都是为衣食生计奔波，哪里有时间停下来思考一下生命的意义；"秤锤落东海，到底始知休"，人生的轨迹就如同掉进水里的秤砣一样，直到碰到生命的尽头才会停止。

也不知道有多少次了，乘公交车回去，一路上，夜风飕飕，窗外，城市的灯火一片迷离。到了京昌路回龙观站时下了车，一个人寂寂地走，冷风呼啸而过，顿觉衣衫单薄。已经晚十点了，行人稀少，高杆灯排成长长的一队，高出地面许多，影子斜斜地投向一边。这高杆灯让我忆起S城汽车站，在那个巨大的高杆灯下，特别是晚上每当一人吃过饭后，爱独自徜徉在下面。有时，甚至觉得，这高杆灯比我的生命都长。看到高杆灯，便想起S城来。想起S城，通常是在夜间，在夜间又通常是独自一人。"终生役役而不见其成功，苶然疲役而不知其所归。"《庄子》的这句话，让人黯然神伤。

"一切行无常，一切法无我。"佛教认为世间万物本质是无常，世间一切现象的生住异灭都是因缘的聚散而已，"一切诸法，因缘所生。"佛陀认为世间的一切，都是流转变化的，无有已时，人生总不免为苦所纠缠。人生最显著的苦，就是生老病死苦、爱别离苦、怨憎会苦、求不得苦等。而这一切苦的根源，则为无明，无明即痴暗，即惑。由无明生一切执着欲望，由执着欲望在身口意三方面造作各种业因，再由各种业因产生各种苦果。这样，苦果的近因就是业，远因就是惑，由惑业苦三者互为因果，而成过去、现在、未来三世流转。佛教看待世界太悲观太彻底了，虽然很认同，但是无法坚持悲观到底。道家主张自然地看待生死，不为情绪所牵绊，逍遥自在地生活，我十分向往，然而，对于一个经常为柴米油盐操心的文人来说，那种境界实在太遥远了。据说庄子死时，他以天地为棺椁，日月做双璧，星辰做珍珠——这是多么洒脱的做法啊。庄子认为小用不如大用，无用就是大用，只有"无所可用"，才能"物无害（之）者"，在"无何有之乡，广莫之野"永做逍遥游。庄子以智慧的眼光去把生死看破，他做到了达观。疼痛、挣扎与焦灼是实在的，苦与乐，喜与悲，聚与散，离与合，生与死，爱与恨，真与假，沉沦与救赎，记忆与忘却，信任与背叛，痛苦与渴望，怨怼与悔恨……面对这些，确实不能闭上眼睛。逃离世界而求内心的宁静是容易的，最痛苦的是厌恶这世界的丑恶却无法闭上眼睛，这是世界的痛苦。于现世中求解脱之道，于入世中求出世法，这是最艰难的道，此菩萨道也。陆九渊云"宇宙内事乃己分内事，己分内事乃宇宙内事"，虽不能至，心向往之。

来京将近一年的时间，除了应付无聊的工作之外，其余的时间都浪费在出行上了。虽然，有时也去北大和三味书屋那里听课听讲座，实在是挤占休息时间。2005 年的时候，我来京曾在张晓波那里居宿一夜，羡慕他丰富的藏书。然而，他说自己为了拼命挣钱还楼房贷款，哪里有时间读书？突然想起了诗人王家新的《帕斯捷尔纳克》：

终于能按照自己的内心写作了

却不能按一个人的内心生活

生死疲劳，疲劳生死，一个体制外作家，这么多年耗费心血出了那么几部小说，实在不易啊！那天文友对我说，至今还在为一个安静的写作环境而忧愤，他的邻居都是那种做事不为别人考虑的劣皮！谁让我们是一个人呢？每个人都在承受这种无聊的生活，要么反抗这种无聊的生活！周学农那天在上佛教史课的时候，曾反复提及"人生苦"，想来很有道理！

来北京工作，已经一年有余，突然觉得自己很孤独，像一叶小舟，漂在茫茫大海，不知道要到哪里靠岸。莫非孤独就是我的命运吗？第一次，觉得自己这么孤单，在这个熟悉的城市……

> 我已习惯这攘攘世间，
>
> 要想离尘别世绝无法办，
>
> 是痴人才眼望云端，
>
> 幻想那里有自己的伙伴。

——但丁《神曲》

身在异乡为异客，有很多无奈！我不是什么坐怀不乱的柳下惠式的"正人君子"，于茫茫人海中寻找灵魂之唯一知己，是我的渴望！一种心灵上可以相通、精神上可以相依相偎、情感上可以相知相惜的朋友，有时候，一个微笑就能抚平生活的创痛！好想找个人说话，在这样寒冷的夜晚也让这颗焦虑的心平静下来。

那次，去张晓波家里，到了他家，不禁惊呆了，他家的客厅和卧室里全摆满了文学名著和思想文化一类的书，特别是关于俄罗斯文学和宗教文化思想哲学方面的书，大大超出我的想象。眼前这个80年代后出生的年轻人，让我肃然起敬起来，这个时代如此小的年龄能读书的人，的确是不多了。回想我的青春时代，最需要读书的年龄，实在是没读过什么值得称道的书，文化封闭和贫穷闭塞带来的只有恶果。

晚上，在晓波家休息时，我以飞快的速度读陀思妥耶夫斯基、托尔斯泰、赫尔岑等人的书……忽然之间，我悲哀地感到什么对我最重要了。

我并不是没有禀赋和才气，也绝对不乏坚韧，完全可以在文学领域做点什么来的，但是贫穷和闭塞始终是套在我们这些底层文人脖子上的枷锁，它限制了我的视野，让我在缺乏精神滋养的状况下渐渐长大，变得像S城的人群一样荒寒和冷硬……鲁迅老人说过，一要生存，二要温饱，三要发展。更多的时候，只是温饱而谈不上发展。文学也许真是阔人雅人的精神游戏，从来就与底层和弱势人群无关。文学的作用就像黯淡夜空的微弱亮光，它的作用是照亮存在。我无法否定这微弱亮光带给我的启示，也因此不再孤独。

每个生命都有它存在的轨迹，进入这个生命，照出自己的影子。每个人都有着对世界、命运、人生和意义的追问或者幻想，正是那种对生命自觉的、认真的和积极的追求和企求，在遭遇了社会各种阴暗潜流的阻挡和冲刷之后，渐渐蜕变成为冷静而又漠然的心情。枯燥的课堂，浑噩的学生，可鄙的无聊教授，浓重商业气息的校园，人与人之间缺少交流，自私、冷漠、冷嘲，充斥着校园。我在校园里的椅子上坐下来，看着人来人去，心中涌起无限的寂寞。每个人都有选择自己生命形式的自由，是生还是死，都是他个人的权利。我尊敬这样的人，却没有那样的勇气。这个世界是一个被冰雪覆盖了的世界，只有我一个人还在燃烧，终有归于尘土的时候。我不知道自己还在等待什么，人越痛苦就越成其为人。

忽然忆起，在北大一百周年纪念讲堂聆听中日诗歌朗诵音乐会，骆英朗诵的一首诗歌，竟然让我怦然心跳：

活着

就像街旁的树枯了又青

被一遍遍依靠

然后又一季季飘零

眷恋的狗一次次来

用褐黄的尿把我固定

不被选择的日子

又干硬得像被反复用过的恋情

躲不过的爱抚连狗都难以忍受

心的苦像树皮被一层层剥尽

活着

就是咬紧牙关决不言痛

骆英，本名黄怒波，中坤投资集团公司董事长。他说本不选择《活着》朗诵，是日本诗人谷川俊太郎替他选择的。我是觉得这首诗很好，只是多年生活的磨砺让我没有了疼痛。刚才听北大中文系那些80后的学生讨论沈从文的时候，我已隐约感到与他们的隔膜。这是他们的时代，视野开阔，思维敏捷，深刻犀利，自由独立，是70后一代人所不具备的。像我，除了比他们在底层受的苦多，其他就没有了。他们开始打量我们这一代了，带着不太友好的眼光。90年代后出生的一代人怎么打量他们呢？他们什么都有，就没有我听《活着》背后那种痛苦麻木的感觉，那是一种什么感觉呢？是一只野兔被猎追时的感觉，是一种灵魂被撕裂的感觉。哦，我已老了，这是一个不适合怀旧的年代。

后记

　　这些零碎的文字要和读者朋友见面了，文字不多，但它却凝结了我在北大几年的一些学习心得和生命体悟。

　　2006 年夏天，我第一次来北京，宿命般地来到北大听课，一晃就是六年过去了。从 S 城到北京，不仅是地理环境上的转换，也是心境上的转换。穿着单薄衣衫、背着挎包的我向北大走来。正是上午，火热的太阳直射着我，路过一个拥挤而杂乱的小市场，掠过那些蒙尘的白杨树，径直走到北大南门旁。

　　后来的日子，没有了当初走进北大时的激动，一年又一年，仿佛又回到了 S 城。在以后的岁月里我蹭课、听讲座和读书，在不咸不淡的日子里漂浮着，我又重新体味到生活的反复与停滞，单调与无聊，再一次感受到了苟活、平庸、艰难与屈辱。目睹了一些人的沉沦与挣扎，我的心曾经死过。北大图书馆前的白丁香花开了又枯萎了，我忽然感到了一种深深的倦怠。

　　我自己，即便在 S 城荒寒、苍白、无助而又绝望的日子里，都没有放弃对于生命诗意的守望。这种信心支撑着我寻找亮光，我感觉自己没有真正死去。我仍然选择去生，选择隐忍，也选择韧性的斗争。

　　早在 2007 年北大听课时，我在某某先生的课上遇见了他的课代表。出于好奇，我偷看了北大学生的作业，隐隐感到不安和恐惧。北大教授要求很严格，一开始就以标准论文格式来要求学生。当然，这样的要求自然不过分。但是，当教授一遍遍强调论文不能抄袭，而需要注明参考文献的时候，很多学生就养成了为引用而引用的恶习。为了证明自己"认真"读过"很多"书，以期获得更好的成绩，学生们比着谁读的书多，于是就在自己的论文里注上十几本或更多的参考文献，仿佛不这样就算不得论文。我很怀疑读书的质量，每一个读书的人在写作以前都应该问一问自己这些问题。托尔斯泰在晚年曾经给文学下过一些定义，他说："文学意义是探究我们到底是谁，我们为什么存在，生命的意义是什么，世间为何会有苦难，人类为什么不能平等。"

记得早在中学时，我读过路遥的《平凡的世界》，完全扫除了那时我内心的彷徨迷惘，获得了一种坚实的存在感。每当生命出现萎靡，总会联想起孙少平在日常生活中的那种隐忍、真诚和坚忍不拔的高贵品质。我现在很怀疑，自己真的爱那些空洞的论文和讲课吗？难道仅仅是一种虚荣心的支配之下逐渐偏离读书初衷的读书和学习？我曾想读书是为了陶冶情操和变化气质，可读书如果只是让生命变得更加优柔和格式化，会不会变成一种精神枷锁呢？我说不清楚。但是，无论如何，毕竟北大给了我很多丰富的精神滋养，我有理由敬畏它。现在想想，那是一段愉快充实的日子，我和一位北大学生在一起谈国学、讲佛教、说人生，设想用自己的学识和智慧，阐扬传统，传播文化，启迪众生，这是我渴望的生活。

以前做"愤青"的时候，爱激扬文字，现在回过头来，我讨论的很多东西，远远超出了当时自己的知识和思维能力可以解决的范围。这点随着学问、阅历的增长，我已经觉悟到了。

没有办法，作为欲界的凡夫，人总要为自己的愚痴负责。年龄小时，人很容易自大的。其实，我很渴望有人一声棒喝将我敲醒。兴许现在有点小痛，有点不爽，但就其将来而言，却是我死病的大药。

北大未名湖畔积淀已久的博大、优雅、沉郁、特立独行的气质给予正处于精神蜕变中的我的灵魂的安妥是重要的，这种气质造就了我自由、果敢、卓然不群的心性，也极易让我流于孤独、躁郁、失落与荒漠，使得我不知道如何与众生的世界融合。不过，让我欣慰的是，通过北大学习国学，在这种坚守之中找到了一种均衡的幸福感，它让我从容、镇静、和谐、安详、自得，心灵不再沉溺于无穷无尽的困扰、焦虑、烦恼之中不能够自拔。

这里，我留下自己的个人邮箱 1289217154@qq.com，欢迎提出指正意见，欢迎和我分享你的人生梦想，期待和你交流。

于仲达

2015 年 5 月 8 日